KB263771

서문문고
154

데미안

헤르만 헤세 지음

이인웅 옮김

Demian

von

Hermann Hesse

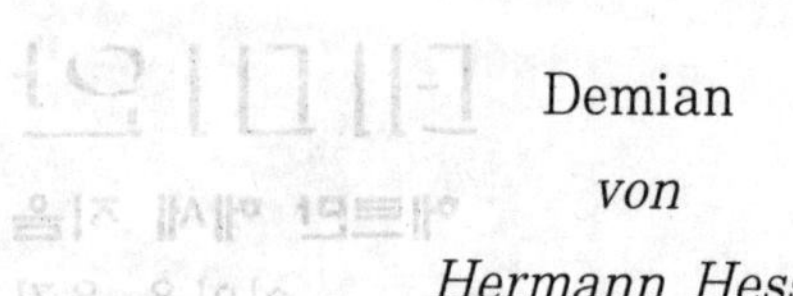

차　례

해 설

이 인 웅

　모든 인간의 운명이 그러하듯이 헤세의 인간 및 작가로서의 운명 또한 야릇한 것이었다. 자신의 영혼이 히말라야 산중의 은둔자였다는 그는 러시아에서 태어나 그곳에서 교육받은 아버지와, 인도 학자의 딸로 인도에서 양육된 어머니의 슬하에서 1877년 7월 2일, 독일 슈바벤 지방의 칼브에서 출생하여 끊임없이 동양과 서양의 영향을 받으면서 사라났다. 내면과 외면에 이국적인 요소를 함께 지닌 그는, 수도생으로, 방랑아로, 책장수로 어린 시절을 불안 속에서 헤매었다. 겨우 작가로서 보덴 호수 근교에 자리를 잡게 되었으나 곧 세계대전이 발발하여 사랑과 평화를 주장하며 반전 문학운동을 하다가 나치정권에 쫓겨서 스위스로 망명하였다. 이국땅에서도 끊임없이 세계 시민적 입장에서 창작생활을 계속하여 《향수》 《청춘은 아름답다》 《크눌프》 《데미안》 《싯달타》 《황야의 이리》 《나르치스와 골드문트》 《유리알 유희》 등 우리에게 너무나도 잘 알려지고 애독되는 수많은 작품을 썼다. 괴테 상, 라베 상을 비롯하여, 1946년 노벨문학상까지 받은 헤세는 1962년 8월, 85세를 일기로 스위스의 아름다운 소도시 몬타뇰라에서 세상을 떠났다.

현실 생활에서 뿐만 아니라 무한한 창공을 자유로이 날아다니는 정신 세계에서도 헤세는 끝없는 방랑을 하였다. 초기에 그는 노발리스, 티크 등 독일 초기 낭만파의 영향을 받아 신낭만주의적 색채가 깃든 작품을 썼으며, 이때에 벌써 자아와 전우주의 합일을 추구하는 전일사상(全一思想)을 직관적으로 예감하였다.

다음으로 그는 프로이트, C. D. 융 등 정신분석 및 심층 심리 학자들의 영향하에서 창작 활동을 하여 《데미안》《클링소어의 마지막 여름》《탕치객》 등의 역작을 남겼다. 동시에 인도의 지혜에 접하고 심취하여 그 자신 직접 인도식 요가를 행했을 뿐만 아니라, 《바가바드 기타》 등 인도의 고전을 탐독하고 그 사상이 깃든 《싯달타(인도의 시)》와 같은 작품을 남겼다. 그러나 질식할 듯한 서구 문명에서 도피하여 1911년, 어머니의 고향인 인도를 여행한 후 헤세는 현대 문명화된 인도는 물론, 그에게 정신적으로 지대한 영향을 주었던 베단타 철학과 삼캬 철학에도 실망하게 된다.

그 후 그는 《진리의 증인 노자》라는 책을 쓴 그의 아버지 요한네스 헤세와, 외사촌 동생으로 30여 년을 일본에서 보낸 일본학자인 W. 군데르트, 역시 반생을 중국에서 보낸 친지인 중국학자 R. 빌헬름의 영향을 받아 동양철학에 몰두하기 시작했다. 노자, 장자, 공자, 맹자, 예기, 춘추, 시경, 역경, 벽암록, 선(禪), 불경 등

수많은 동양 철학서를 탐독하고 그 중에서도 무엇보다 선과 주역 그리고 노장철학에 심취하였다. 그러므로 말년의 그의 정신 세계는 완전히 동양사상으로 충만해 있었다. ≪동방순례≫ ≪유리알 유희≫ 등 만년의 작품 속에서는 동양의 양극적 단일사상 및 전일사상을 시적으로 표현하고 있으며, 또 ≪유리알 유희≫에서 주역을 적용하였을 뿐만 아니라 ≪선(禪)≫이라는 책까지 남기게 되었다.

≪데미안≫은 1919년 에밀 싱클레어라는 익명으로 발표된 작품으로, 헤세는 여기서 이전의 〈낭만적인〉 작풍을 지양하고 완전히 새로운 수법으로 자신의 변화한 사상과 철학을 묘사하고 있다. 즉, 서로 불가분의 관계로 하나의 단일성에 속하는 두 세계와 그에 대한 상징적 요소를 시적으로 표현하고 있다.

주인공 싱클레어는 10살 때 벌써 어렴풋이나마 인간 생활의 이중성을 의식하게 된다. 즉 그에겐 내적으로나 외적으로나 동시에 소속된 두 개의 대립적 세계가 존재했다. 그 하나는 도덕적이고 깨끗하며 사랑에 가득 찬 양친의 집으로, 명확함과 질서와 청결성이 깃들어 있는 〈밝은〉 세계다. 다른 하나는 술에 취하고 유혹적이며 공포에 가득 찬 하녀들과 수공업 도제들의 골목으로, 유령 이야기나 추문들, 살인과 자살이 존재하는 〈어두운〉 세계다. 이 밝고 어두운 두 개의 세계는 주인공의 어린 시절에는 아무런 마찰 없이 교체하고 상호 공존하며, 싱클레어는 대립적인 두 세계를 긍정적으로 함께 받아들인다. 그러나 자기가 사과를 훔쳤다고 악의 없는 거짓말을 함으로써 크로머라는 조야한 녀석의 손아귀에 들어가자마자, 이 조화적인 두 세계는 무너져 버리고 대신 음울한 세계가 대두한다. 크로머에게서는 도둑질을 하고 거짓말을 하도록 몰리고, 양친에게서는 관용과 애정에 감싸이면서 가련한 소년 싱클레어는 절대적인 양극 사이를 떨면서 이리저리 왕래하며 〈공포에 가득 찬 이중 생활〉을 영위한다.

이 대립의 세계에서 괴로워하고 있는 젊은이를 구해 낸 것은, 침잠한 단일적 세계의 사자(使者)인 막스 데미안이다. 데미안은 카인의 표적을 저주의 표적으로서가 아니라 선택된 자들의, 제어할 수 없이 강한 자들의 표적으로 해석하며 종교에 대한 전(全) 긍정적인 사상으로 싱클레어에게 새로운 세계를 열어 준다. 즉 세계란 선과 악을 함께 해야 비로소 완전한 하나가 되며, 인생의 양면성을 단일성으로 존경하고, 두 세계를 똑같이 신성하게 생각할 것을 가르쳐 준다. '우리는 모든 것을 숭배하고 신성시해야 한다. 이 인위적으로 구분된 공식적 절반만이 아니라 전체의 세계를! 그러므로 우리는 신의 제사 이외에 악마의 제사도 지내야 한다. 그보다 우리는 악마까지도 자신 속에 내포하고 있는 하나의 신을 창조해야만 한다.'

여기에 알맞게 ≪데미안≫에는 신적인 것과 악마적인

것을 동시에 내포한 상징적인 새로운 〈신〉이 창조되었
으니, 그 이름은 〈아브락사스〉다. 아브락사스는 신인
동시에 악마이며, 남자인 동시에 여자다. 양극성을 한
몸에 지니고 대립적인 것을 동시에 창조하는 아브락사
스는, 인생과 세계의 모든 대립적 다양성을 포괄하여
하나로 합일시키는 신이다. 싱클레어와 데미안, 그리고
피스토리우스에게 아브락사스는 인생과 신앙과 세계의
경험을 위한 지도적 상징이 된다. 그들은 아브락사스를
전체로서 긍정하고 숭배하며, 모든 대립성을 조화시키
는 커다란 단일로서 그에게 기도한다.

　이 신·악마적 아브락사스는 싱클레어의 이중·단일
적 〈사랑의 꿈〉에 대한 상에서도 계속된다. 끊임없이 싱
클레어는 남·여성적인 사랑의 상에 대한 꿈을 꾸고 환
상한다. 이 상은 저음에는 옛날 애인 베아트리체와 비슷
하다가 다음엔 영원한 친구인 데미안을 닮고 또 자기 어
머니의 모습을 지니기도 한다. 이 상 속에는 환희와 공
포, 남자와 여자, 가장 성스러운 것과 가장 추악한 것,
깊은 범죄와 순진한 무죄가 함께 섞여있었다. 이 모성적
애인에 대한 꿈은 싱클레어를 무한히 괴롭히는 동시에
또 무한한 행복을 준다. 이 모습은 그를 강력히 끌어당
기며 전율적인 사랑의 포옹으로 감싼다. 이 포옹은 〈신
에 대한 제사〉인 동시에 하나의 〈범죄〉다. 그 때문에 싱
클레어는 사랑의 꿈에서 때로는 깊은 행복감에 젖고, 때
로는 무시무시한 공포와 괴로운 양심의 가책을 느끼며

깨어난다. 이 꿈의 상을 그는 어머니와 애인, 정부와 창
녀, 그리고 아브락사스라고 부르며 그에게 지도한다. 싱
클레어가 동경과 공포를 동시에 느끼는 이 사랑의 영상
은 아브락사스와 같이 양극적 이중성이 극복된 하나의
〈신〉으로 그의 내면과·외면에 언제나 존재한다.

　그 후 싱클레어는 데미안의 어머니 에봐 부인에게서
바로 이 아브락사스적인 꿈의 애인의 모상을 발견한다.
이 육체적 모상은 〈천사의 모습과 사탄(악마), 남자와
여자를 한 몸에 지니고, 인간인 동시에 동물이며, 최고
의 선인 동시에 최고의 악이다.〉 에봐 부인은 모성·애
인의 형태로 된 새로운 신이며, 남·여성적인 인간 모습
으로 된 아브락사스다. 모성과 남성, 강인과 정열을 지
닌 에봐의 형체는 아름답고 유혹적이며, 선하고 악하며,
신성한 동시에 죄스럽다. 〈마성과 어머니, 운명과 애인〉
으로서의 에봐 부인을 싱클레어는 사랑하고 그녀에게
기도한다. 동시에 그는 〈영원히 모성적인 것〉을 발견함
으로써 에봐의 인사는 오랫동안 동경했던 귀향을 의미
하며, 그녀의 눈초리는 고향적인 단일성에 대한 불안했
던 내적 동경의 실현을 의미한다. 에봐 부인에게서는 모
든 것이 긍정되고, 모든 것이 하나가 됨으로써, 그녀는
결국 인생의 대립적 다양성이 합일화하는 또 하나의 시
적 표현이라 할 수 있다.

　싱클레어를 끊임없이 가르치고 인도하고 각성시키는
데미안 역시 헤세가 시도한 전일적(全一的) 상징 인물

로 관찰해야 할 것이다. 데미안에게서도 세계의 모든 대립성이 단일성 속에 나타나므로, 그의 모습은 남자 같지도 여자 같지도 않고, 젊지도 늙지도 않은 것 같으며, 완전히 시간을 초월한 것처럼 보인다. 그는 동물과도 같고 영(靈)과도 같으며, 하나의 그림, 나무, 돌과도 같다. 하나의 별처럼 이상한 빛과 독자적 대기에 에워싸여 운행하며, 독자적 법칙 속에 살아가고 있다. 싱클레어는 데미안을 태고의 우상에 비유하고 '인생 자체와 같이 영원하고 시간을 초월하였으며, 가까우면서도 소원하고, 선과 악의 저편에 있으며, 마치 창조신과 피조물의 단일성'인 것 같다고 한다. 그리고 데미안이 명상을 할 때 완전히 자신 속에 침잠하여 전일적인 원상(源像)과 하나가 된다는 것을 느끼기 때문에, 싱클레어는 그를 사신의 내적 외적 〈신〉으로 찾고 있으며 평생 동안 그의 영향을 받고 있다. 그러므로 전쟁터에 나가 보초를 서고 있는 싱클레어 위에 온 세계가 진동하며 무너질 때에도, 그는 순간적으로 에봐 부인과 데미안을 생각한다. 결국 데미안이 전해 주는 에봐 부인의 키스 속에서 그의 영원하고 대립적·단일적인 〈신〉과 하나가 됨을 느끼는 것이다.

끝으로 이 번역의 원서로는 Demian. Die Geschichte von Emil Sinclairs Jugend. In: Hermann Hesse: Gesammelte Dichtungen. Bd. Ⅲ, Berlin 1952, S. 99~257을 이용했음을 밝혀 둔다.

데 미 안

— 에밀 싱클레어의 젊은 시절 이야기

나는 정말 나 자신에게서 저절로 우러나온 인생을 살려고
원했을 뿐이다. 그런데 그것이 왜 그다지도 어려웠던가?

내 이야기를 하려면 훨씬 이전의 시절에서 시작해야
만 한다. 가능하다면 훨씬 더 거슬러 올라가서 나의 소
년 시절 초기는 물론, 그것도 지나서 내 조상이 살던
아득한 옛날까지 되돌아가야만 할 것이다.

작가들은 소설을 쓸 때면 마치 자기가 신(神)이리도
된 양으로 어느 한 인간의 역사를 송두리째 내려다보고
이해할 수 있으며, 또 신이 자기 자신에게 말해준 듯 조
금도 덮어두는 일이 없이 어디서나 사실 그대로 서술하
는 척한다. 그러나 작가들이 그렇게 할 수 없는 것과 마
찬가지로 나 역시 그런 일은 할 수가 없다. 그렇지만 나
의 이야기는 작가에게 그의 이야기가 중요한 것보다 더
욱더 소중하다. 왜냐 하면 그것은 바로 나 자신의 이야
기이기 때문이며, 또 한 인간의 이야기―즉 가상으로
고안해 낸 가능성이 있는 이야기거나 아니면 이상으로
서만 존재하거나 그렇지 않은 경우엔 전연 존재할 수도
없는 그런 인간의 이야기가 아니라, 실제로 존재하며
한 번뿐인 삶을 생생하게 살아가는 인간의 이야기이기
때문이다. 그런데 실제로 살아있는 인간이란 무엇이냐

하는 것에 대해 오늘날 우리는 옛날보다도 더 모르고 있다. 그리고 개개인이 자연의 고귀한 일회적 시도(試圖)인데도 우리는 인간들을 대량으로 사살하고 있다. 만약 우리가 일회적인 인간 이상의 것이 아니라면, 그리고 우리들 각자를 사실상 한 발의 총탄으로 이 세상에서 완전히 제거해 버릴 수가 있다면, 이 이야기를 한다는 것은 정말 무의미한 일일 것이다. 그러나 모든 인간은 누구나 그 인간 자신일 뿐만 아니라 일회적이고 완전히 특수하며, 어떠한 경우에도 중요하고도 기묘한 지점으로, 여기서 세상의 여러 가지 현상이 서로 교차한다. 이는 단 한 번일 뿐이지 결코 되풀이되지는 않는다. 그러므로 개개 인간의 이야기는 중요하고 영원하며 신성한 것이다. 그 때문에 모든 인간이 어떻게든 살아서 자연의 의지를 실현시켜 주는 한, 누구나 경이로운 존재이며 주목을 받을 만한 가치가 있는 것이다. 개개 인간의 마음 속에서 정신은 형상을 이루게 되고, 각자의 내면에서 피조물은 괴로워하게 되며, 각자의 마음 속에서 한 사람의 구세주가 십자가에 못 박히는 것이다.

오늘날 인간이 무엇인지를 아는 사람은 거의 없다. 많은 사람들은 그것을 느끼고 있으므로 더 가볍게 죽어 간다. 마치 내가 이 이야기를 끝까지 다 쓰고 나면 좀 더 가벼운 마음으로 죽어 갈 것과도 같이.

나는 나 자신을 식자(識者)라고 말하지는 못한다. 나는 구도자(求道者)였고 지금도 여전히 그렇다. 그러나 나는 더 이상 별들이나 책들 속에서 찾고 있지 않으며, 나의 내면에서 피가 속삭여 주는 교훈에 귀를 기울이기 시작했다. 내 이야기는 즐거운 것도 아니며, 생각해 낸 이야기처럼 달콤하거나 조화롭지도 못하다. 그것은 자신을 더 이상 속이려 하지 않는 모든 인간의 생활처럼 불합리와 혼란, 광증과 몽환의 맛이 날 것이다.

모든 인간의 인생이란 자기 자신으로 향하는 길이며, 하나의 길을 가는 시도로 하나의 좁은 소롯길에 대한 암시인 것이다. 일찍이 어느 누구도 완전히 자기 자신이었던 사람은 없다. 그럼에도 개개인은 자기 자신이 되어 보려고 어떤 사람은 둔하게 또 어떤 사람은 명료하게 할 수 있는 모든 노력을 하는 것이다. 개개 인간은 자기 탄생의 잔재(殘滓)와 태고 세계의 점액(粘液)과 껍질을 죽을 때까지 지니고 다닌다. 많은 사람은 한 번도 인간이 되어 보질 못하고 개구리인 채로, 도마뱀이나 개미인 채로 머무르고 있다. 상체는 인간인데 하체는 물고기인 사람도 많다. 그러나 각자는 모두 인간으로 향하는 자연의 자식들이다. 우리 모두의 유래, 즉 어머니는 공통적이다. 우리는 모두가 동일한 심연에서 유래하는 것이다. 그러나 그 심연에서의 시도이며 한 배 자식인 개개 인간은 자기의 독자적 목표를 향해 나름대로 노력을 한다. 우리는 서로서로 이해할 수는 있다. 그러나 각자는 오로지 자기 자신만을 해명할 수 있을 뿐이다.

제1장 **두 개의 세계**

내 나이 열 살 때, 우리의 조그마한 도시에 있던 라틴어 학교에 다니던 시절의 체험에서 나는 내 이야기를 시작하고자 한다.

그러자니 많은 것들이 내게 향기를 풍겨오고 내면의 슬픔과 쾌적한 전율이 내 마음을 뒤흔들어 놓는다. 어두운 골목길이며 밝은 집들과 탑, 시계 치는 소리와 사람들의 얼굴, 아늑하고 따스한 위안이 가득 찼던 방들, 비밀과 유령에 대한 깊은 공포로 가득 찼던 방들이 그러하다. 따스한 구석의 냄새가 나고 집토끼와 하녀, 가정상비약과 말린 과일 냄새도 난다. 여기에는 두 세계가 서로 엇갈리고 있었으며, 두 극(極)에서부터 낮과 밤이 찾아왔다.

그 하나의 세계는 아버지의 집이었다. 그러나 그 세계는 더욱 좁은 것으로 본래는 나의 양친만을 포함하고 있을 뿐이었다. 이 세계는 대부분 내게 너무나도 잘 알려진 것이었고 어머니와 아버지, 사랑과 엄격, 모범과 훈육이라고 하는 세계였다. 부드러운 광명과 명확함과 깨끗함이 바로 이 세계에 속하는 것이었다. 여기에는 온화하고 다정스러운 말과 깨끗한 손이며 정결한 옷가지와 훌륭한 예절이 깃들어 있었다. 여기서는 아침 합창이 불리어지고 크리스마스도 경축되었다. 또 미래로 향하는 똑바른 선과 길이 존재하였다. 의무와 죄와 양심의 가책과 참회, 용서와 선의(善意), 사랑과 존경심, 성서의 말씀과 예지가 존재하고 있었다. 우리가 인생을 분명하고 정결하게, 아름답고 정연하게 하기 위해서는 이 세계를 꼭 지켜야만 했다.

그러나 또 하나의 다른 세계가 우리 집 한가운데에서 이미 시작되고 있었다. 그것은 완전히 다른 세계로, 다른 냄새를 풍기고 다른 말투를 사용하며 다른 약속을 하고 다른 요구를 하였다. 이 두 번째의 세계에는 하녀들과 직공들, 도깨비 이야기와 추문들이 있었다. 거기에는 마치 도살장이나 감옥, 주정뱅이들과 욕지거리를 퍼붓는 계집들, 새끼를 낳는 암소와 거꾸러진 말들, 그리고 강도와 살인과 자살에 대한 이야기들과 같은, 몸서리나면서도 유혹적이며, 무시무시하고도 수수께끼와 같은 가지각색의 수많은 일들이 흘러넘치고 있었다. 이러한 모든 아름답고도 몸서리가 쳐지는 야만적이면서도 잔인한 일들이 내 주위에, 바로 이웃 골목이나 이웃집에 존재하고 있었던 것이다. 경찰들과 불량배들이 쫓고 쫓기며 내달리고, 주정뱅이들은 마누라를 두들겨 패고, 저녁이면 젊은 처녀들의 무리가 공장에서 쏟아져 나오고, 노파들은 사람을 홀려 병들게 할 수도 있고, 도둑

떼는 숲 속에 기틀을 잡고, 방화자는 경찰한테 체포되기도 하였다. —어디에서나 이 두 번째의 과격한 세계가 용솟음치고 냄새를 풍겼다. 도처에서 그러했으나 어머니와 아버지가 계시던 우리 집의 방 안만은 그렇지 않았다. 참으로 그것은 다행한 일이었다. 우리 집에만 평화와 질서와 안정이, 의무와 착한 양심과 용서와 애정이 깃들어 있다는 것은 경이로운 일이었다. —그러나 그 외에도 모든 것이, 모든 소란스러운 것과 눈부신 것, 음산한 것과 폭력적인 것이 존재한다는 것은 희한한 일이었다. 그래도 한 번 훌쩍 뛰기만 하면 어머니의 품 안으로 도망쳐 갈 수 있었다.

그런데 가장 이상한 일은 이 두 세계가 서로 맞닿아 있고 아주 가깝게 공존하고 있다는 사실이었다! 예를 들면 우리 집 하녀인 리나가 저녁 기도 시간에 거실문 옆에 앉아서 깨끗하게 씻은 손을 말끔하게 다림질한 앞치마에 올려놓고 맑은 목소리로 함께 노래를 부를 때면 완전히 아버지와 어머니에게, 즉 우리들 세계인 밝고 올바른 세계에 속하고 있었다. 그러나 곧 부엌이나 헛간에서 내게 대가리 없는 사내에 대한 이야기를 해 준다거나 조그마한 푸줏간에서 이웃 여인들과 말다툼을 할 때의 리나는 다른 사람이 되고, 다른 세계에 속하였으며, 비밀로 감싸이곤 하였다. 모든 일이 그러했으며 나 자신은 더욱 그러하였다. 확실히 나는 밝고 올바른 세계에 속하고 있었으며, 나는 양친의 자식이었다. 그러나 내가 눈과 귀를 돌리면 그곳에는 어디에나 다른 것들이 존재하고 있었다. 때때로 그런 것들은 낯설고 불안했으며, 반드시 양심의 가책과 공포심이 뒤따랐지만 나는 이 다른 세계에서도 살곤 하였다. 심지어 나는 종종, 아주 즐거운 기분으로 이 금지된 세계에서 살기까지 하였다.

그리고 때로는 밝은 세계로의 귀환이—아무리 그것이 어쩔 수 없고 선(善)한 일이라 할지라도—별로 아름답지도 않고, 지루하고도 황량한 세계로 되돌아가는 것처럼 느껴졌다. 내 인생의 목표는 아버지나 어머니처럼 그렇게 밝고 순수하게, 그렇게 탁월하고 질서 있게 사는 데 있다는 것을 자주 의식하였다. 그러나 그곳까지의 길은 멀었으며, 그곳에 이르려면 학교도 다니고 연구도 하고 여러 가지 시련과 시험을 치르지 않으면 안 되었다. 그리고 그 길은 언제나 더 어두운 다른 세계의 곁이나 그 속을 뚫고 지나가므로, 걸음을 멈춘다거나 그 속에 가라앉아 버리는 것도 전혀 불가능한 일이 아니라는 것을 알고 있었다. 그러한 운명이 되어 버린 타락한 아들에 대한 이야기가 있었으며 나는 그것을 열심히 읽었다. 그 이야기에서는 언제나 아버지와 선한 것으로의 귀환은 구원이었고 위대한 것이었다. 나는 이것만이 올바르고 선하고 바람직한 것이라고 전적으로 느끼기도 했다. 그러면서도 악한들과 타락한 아들 사이에 전개되는 이야기가 훨씬 더 마음을 유혹하였다. 솔직히

고백한다면 타락한 아들이 참회하고 다시 올바른 길을
찾게 된다는 것에 때로는 정말 유감스러운 생각이 들었
다. 그러나 그런 생각을 말하지는 않았으며 아예 그런
생각을 하지도 않았다. 그러한 것은 다만 하나의 예감
과 가능성으로서 아주 깊이 감정 속에서나 겨우 존재하
고 있을 뿐이었다. 내가 악마를 상상할 때에는, 그놈이
변장을 했건 공공연히 나타났건 간에 저 아래 거리나
시장 바닥 혹은 주막집에나 있다고 생각했지, 결코 우
리 집 안에 있다고는 상상할 수가 없었다.
　내 누이들도 마찬가지로 밝은 세계에 속해 있었다.
나는 종종 누이들이 근본적으로 나보다도 아버지나 어
머니와 훨씬 더 가깝고 착하고 얌전하며 결점도 적다고
생각하였다. 누이들도 결점은 있었고 나쁜 버릇도 있었
지만 그것은 그리 심각한 것은 아니라고 생각하였다.
어쨌든 악한 것과의 접촉이 때로는 너무나도 곤란하고
고통스러우며, 어두운 세계에 훨씬 더 가까이 서 있던
나의 경우와는 달랐다. 누이들은 부모들과 똑같이 사랑
받고 존경받을 수 있었다. 내가 누이들과 싸움이라도
하였다면, 그 후 양심에 비추어 보면 언제나 내가 나쁘
고 용서를 빌어야만 하는 장본인이었다. 왜냐하면 누이
들을 모욕하는 것은 곧 내 양친의 선한 것과 계율과 같
은 것을 모욕하는 것이기 때문이었다. 그러나 내게는
누이들보다는 차라리 더없이 방종한 골목대장들과 나눌
수 있는 비밀이 있었다. 마음이 밝고 양심이 올바른 날

에는 누이들과 함께 놀면서 선하고 얌전하게 지내며, 착하고 고상한 빛 속의 자신을 바라보는 것이 때로는 흐뭇한 일이었다. 천사였을 경우엔 당연히 그랬어야만 했다. 그것이 우리가 알고 있는 최고의 것이며, 밝은 음향과 향기, 크리스마스와 행복에 감싸인 천사가 된다는 것을 달콤하고 경이롭게 생각하였다. 아, 그러나 그러한 시간과 날이 온다는 것은 얼마나 드물었던가! 때때로 착하고 허물없고 허용된 장난을 하다가 열정과 격한 태도에 사로잡혀 누이들에게 과격하게 되고 싸움과 불행을 야기하곤 하였다. 그리고 내가 분노에 사로잡히면 진저리 날 정도로 거칠게 행동하고 떠들어대곤 하였는데, 그러는 중에도 그것이 부당하다는 것을 마음 속 깊이 타는 듯 느끼곤 하였다. 그러고 나면 후회와 회한의 초라하고도 침울한 시간이 닥쳐오고, 다음에는 용서를 비는 괴로운 순간이 왔다. 그 다음에는 다시 밝은 세계의 빛이, 갈등이 없는 고요하고 고마운 행복이 몇 시간이고 혹은 몇 순간이고 찾아오는 것이었다.

　나는 라틴 어 학교에 다니고 있었다. 시장(市長)과 산림 감독의 아들이 나와 한 반에 있었는데 가끔 나를 찾아왔다. 거칠은 소년들이었지만 그래도 착하고 허락된 세계에 속한 아이들이었다. 그리고 나는 우리가 늘 멸시했던 국민학교 학생인 이웃 소년들과도 가까운 관계를 맺고 있었다. 그들 중의 한 아이에 대하여 이야기를 시작해야겠다.

수업이 없던 어느 날 오후—내 나이 열 살을 갓 넘었을 때였는데—나는 이웃에 사는 두 아이와 어울려 빈둥거리고 있었다. 그 때 좀더 큰 아이가 하나 우리들에게로 다가왔다. 열세 살쯤 된 억세고 거칠은 아이로, 국민학교 학생이었고 양복장이의 아들이었다. 그의 아버지는 주정뱅이였고, 그의 가족들도 좋지 않은 평을 듣고 있었다. 이 프란츠 크로머를 나는 잘 알고 있었고 두려워하기도 했다. 그래서 그애가 우리들에게 끼어드는 것이 마음에 들지 않았다. 그는 벌써 어른 같은 태도를 지녔고, 젊은 직공들의 걸음걸이와 말투를 흉내내고 있었다. 그의 지휘하에 우리는 다리 곁을 지나 강변으로 내려가서는 궁형을 이룬 다리의 첫 번째 칸에 몸을 숨겼다. 궁형의 교각과 천천히 흐르고 있는 물 사이의 좁다란 강변에는 온통 쓰레기와 파편들과 잡동사니, 녹슬은 철사줄이 엉킨 뭉치와 그 밖의 허접쓰레기가 널려 있었다. 거기에서는 가끔 쓸 만한 물건도 발견되었다. 우리는 프란츠 크로머의 지시에 따라 그 지대를 샅샅이 뒤졌고, 우리가 찾아낸 것을 그에게 보여 주어야만 했다. 그러면 그는 그것을 호주머니에 집어넣거나 물 속에다 내던져 버리거나 하였다. 그는 납이나 놋쇠나 주석으로 된 물건이 혹시 그 속에 있는지를 주의해 보라고 우리에게 명령했다. 그런 것은 모두 제 주머니 속에 들어갔다. 뿔로 만든 낡은 빗까지도 집어넣었다. 나는 그런 아이와 한 동아리가 되어 있는 것이 몹시 마음에 걸렸다. 만일 아버지가 아시면 이 따위 교제를 엄금하리라는 것 때문이 아니라 바로 프란츠에 대한 두려움 때문이었다. 그러나 한편으론 그가 나를 받아들이고 다른 아이들과 똑같이 취급해 주는 것이 기쁘기도 하였다. 그는 명령하고 우리는 복종했다. 그와 함께 지내는 것은 이번이 처음이었지만 그것은 마치 옛날부터의 관습과도 같았다.

마침내 우리는 땅바닥에 앉았다. 프란츠는 물에다 침을 뱉었고 마치 어른처럼 보였다. 그는 이빨 사이로 침을 내뱉아서 원하는 곳에 명중시켰다. 이야가가 벌어졌다. 아이들은 여러 가지 영웅적 행위와 나쁜 짓을 한 데 대해 자랑하고 위대한 일처럼 뽐냈다. 나는 잠자코 있었지만 바로 이런 침묵이 눈에 띄게 되고 크로머의 분노가 내게로 향해질까 두려워했다. 내 두 동료는 처음부터 내게서 멀어져 그에게 달라붙어 버렸다. 그들 사이에서 나는 이방인이었으며 내 옷차림과 태도가 그 아이들에게는 반감을 야기하고 있다는 것을 느꼈다. 라틴어 학교의 학생이며 상류층의 자식인 나를 프란츠가 좋아한다는 것은 불가능한 일이었다. 그리고 다른 두 아이들도 그것이 문제가 될 경우엔 곧 나를 배반하고 곤경에 내버려 두리라는 것도 충분히 느끼고 있었다.

마침내 나는 극도로 불안스러운 나머지 이야기를 시작했다. 나는 위대한 도적떼 이야기를 꾸며내고 나 자신을 그 주인공으로 삼았다. 즉 모퉁이 물방앗간 옆에 있는 과수원에서 나는 한 친구와 함께 어느 날 밤에 사과를 한 자루 가득 훔쳤다고 했다. 그런데 그것도 흔한 종류의 사과가 아니라 모두 라이네트와 금빛 파르메네 같은 가장 좋은 품종이었다고 말했다. 순간적 위험을 모면하려고 나는 이러한 이야기로 도피하게 되었으며, 꾸며대며 하는 이야기가 거리낌없이 흘러나왔다. 이야기가 곧 끝나 버리고 더욱 난처한 입장에 휘말려들지나 않을까 해서 온갖 재주를 다 부렸다. 한 명이 나무에 올라가 사과를 따 내리는 동안에 나머지 한 명은 계속 망을 보아야만 했으며, 자루가 너무 무거워서 결국은 절반을 내놓지 않을 수 없었지만 반 시간 후에 다시 와서 그것도 마저 가져갔다고 이야기했다.

이야기를 끝내자 나는 박수 갈채가 나올 것을 기대했다. 마지막에는 몸이 뜨겁게 달아올랐고 이야기하는 데 도취해 버렸다. 다른 두 아이들은 방관적인 태도로 침묵을 지키고 있었다. 그러나 프란츠 크로머는 반쯤 눈을 내려감고 나를 뚫어져라 쳐다보고는 위협적인 목소리로 물었다.

"그게 정말이냐?"

"물론이야." 하고 나는 말했다.

"그래 사실이고 진정이란 말이지?"

"그래, 사실이고 진짜야." 하고 완강하게 단언했지만 마음속에서는 걱정이 되어 질식할 지경이었다.

"너 맹세할 수 있니?"

나는 몹시 놀랐다. 하지만 곧 그렇다고 말했다.

"그럼, 천지신명께 맹세한다고 말해 봐라!"

"천지신명께 맹세한다!" 라고 나는 말했다.

"그럼 됐다." 이렇게 말하고 그는 고개를 돌렸다.

나는 이젠 살았구나 하고 생각했다. 그리고 그가 곧 일어나서 귀로에 오르자 기뻤다. 우리가 다리 위에 올라왔을 때 나는 이젠 집으로 가야 한다고 주저하며 말하였다.

"그렇게 서두를 필요는 없다." 하고 그는 웃었다. "우린 같은 길을 갈 테니까 말야."

천천히 빈들거리며 그는 앞으로 걸어갔다. 나는 감히 빠져나갈 수가 없었다. 그런데 그는 정말 우리 집 쪽을 향해 걸어가고 있었다. 우리가 집까지 이르러, 우리 집 대문과 두툼한 놋쇠 손잡이와 창문에 비친 태양과 어머니 방의 커튼을 보았을 때 나는 깊은 안도의 숨을 내어 쉬었다. 오오, 귀가로구나! 오, 집으로, 밝은 곳으로, 평화 속으로 돌아온다는 것은 얼마나 즐겁고 복된 일인가!

내가 재빨리 문을 열고 안으로 뛰어들어가 뒤로 문을 닫으려고 하였을 때, 프란츠 크로머도 함께 떼밀고 들어왔다. 안마당 쪽에서만 빛을 받는 차갑고 음산한 자갈길에서 그는 내 곁에 서서 내 팔을 잡고 낮은 소리로 말하는 것이었다.

"이봐! 그렇게 서둘 건 없다!"

깜짝 놀라서 나는 그를 쳐다보았다. 그의 손은 무쇠

처럼 내 팔을 꽉 움켜잡고 있었다. 나는 그가 무슨 생각을 하고 있는지, 혹 나를 괴롭히려고 하는 것인지를 잘 생각해 보았다. 만약 지금 소리를 지르면, 큰 소리로 격렬하게 소리를 치면, 나를 구원해 주려고 누군가가 위에서 급히 달려 내려올 것인지 아닌지를 생각해 보았다. 그러나 나는 그 짓을 단념하였다. "왜 그러니?" 하고 물었다. "어쩌자는 거지?"

"별일은 아냐. 그저 네게 몇 가지만 더 물어봐야겠다. 다른 놈들은 들을 필요가 없는 일이야!"

"그래? 좋아. 무슨 이야길 더 하라는 거지? 난 올라가야 해, 알겠니?"

"넌 알고 있을 테지?" 하고 프란츠가 낮은 소리로 말했다.

"모퉁이 물방앗간 옆의 과수원이 누구네 것인지 말야?"

"아니, 나는 몰라. 방앗간 주인의 것이겠지."

프란츠가 팔로 나를 휘감아 바짝 끌어당겼기 때문에 나는 그의 얼굴을 바로 코 앞에서 들여다볼 수밖에 없었다. 그의 눈은 악의로 가득 차 있었고, 사악한 미소를 지었다. 그리고 얼굴은 잔인성과 힘으로 가득 차 있었다.

"그래, 이놈아, 그 과수원이 누구네 것인지 가르쳐 주마. 난 사과를 도둑맞고 있다는 것을 오래 전부터 알고 있었다. 그리고 그 주인은 과일을 훔친 놈을 알려 주는 사람에겐 2마르크를 주겠다고 한 것도 알고 있다."

"맙소사!" 하고 나는 소리쳤다. "그렇지만 넌 아무 말도 하지 않겠지?"

그의 염치에 호소해도 아무런 소용이 없다는 것을 느꼈다. 그는 다른 세계의 인간이며, 배반이란 그에게는 아무런 죄악이 아니었다. 그것을 나는 정확히 느꼈다. 이런 일에서는 〈다른〉 세계에서 온 사람들이란 우리들과 같지가 않은 것이다.

"아무 말도 하지 말라고?" 크로머는 소리내어 웃었다. "이 친구야, 넌 내가 2마르크쯤은 스스로 만들어 낼 수 있는 화폐 위조자라고 생각하느냐? 난 가난뱅이란 말이다. 너같이 돈 많은 아버지도 없으며, 2마르크를 벌 수만 있다면 벌어야 한단 말이다. 그 사람은 더 많이 줄지도 모르지."

그는 갑자기 나를 다시 놓아 주었다. 우리 집 현관은 더 이상 평화와 안전의 냄새를 풍기지 않았으며, 세상은 내 주위 사방에서 허물어졌다. 그는 나를 고발할 것이다. 나는 죄를 지은 놈이다. 사람들은 아버지에게도 이야기할 것이며, 모든 추악하고 위험한 일들이 나를 향해 닥쳐 올 것이다. 맙소사, 맙소사!

눈물이 솟아 올랐다. 나는 그 대가를 치르고서 빠져 나가야 한다는 것을 느꼈다. 그래서 절망적으로 호주머니를 모조리 뒤져 보았다. 사과도 주머니칼도 없었으며, 정말 가진 것이라고는 아무 것도 없었다. 그때 내 시계 생각이 떠올랐다. 그건 낡은 은제 시계였다. 차진 않았지만 나는 그것을 〈그저〉 가지고 다녔다. 그것은 할머니 때부터 전해 내려온 것이었다. 재빨리 나는 그 것을 꺼냈다.

"크로머" 하고 나는 말했다. "이봐, 나를 고발해서는 안 돼. 그건 좋은 일이 아니지 않니? 내 시계를 줄게. 자, 받아. 안 됐지만 이것밖에는 가진 게 아무 것도 없 어. 이걸 가져라. 은(銀)으로 된 것이고 고급 시계야. 약간 흠이 있긴 하지만 수선하면 돼."

그는 미소를 짓더니 시계를 그 커다란 손에 받아 들 었다. 나는 그 손을 쳐다보았다. 그리고 그 손이 내게 얼마나 거칠고 깊은 적개심을 갖고 있으며, 얼마나 내 생활과 평화를 휘어잡으려고 하는지를 느끼게 되었다.

"그건 은으로 된 거야." 나는 수줍어하며 말했다.

"이 따위 은이나 이 따위 낡아빠진 시계가 다 무슨 소 용이야!" 하고 그는 아주 멸시하는 태도로 말했다. "너 나 가서 고쳐 가지려무나."

"하지만 프란츠야." 나는 그가 달아나 버리지나 않을 까 하는 불안감에 떨면서 외쳤다.

"잠깐만 기다려 줘! 이 시계를 받아줘! 이건 진짜 은 으로 된 거야. 정말로 진짜야. 다른 것은 가진 게 없어."

그는 냉정하게 멸시하듯 나를 쳐다보았다.

"그럼 내가 누구한테 갈지를 너도 알고 있구나. 그걸 경찰에다 말할 수도 있다. 나는 순경을 잘 알고 있거든."

그는 가려고 돌아섰다. 나는 옷소매를 잡고 그를 못 가게 했다. 그래서는 안 되었다. 그가 그냥 가 버린 뒤

에 닥쳐올 모든 일들을 참아내느니보다는 차라리 죽어
버리는 것이 좋을 것만 같았다.

"프란츠!" 흥분한 나머지 목쉰 소리로 애원했다. "어
리석은 짓은 그만 둬 다오. 그건 농담이지, 그렇지?"

"물론, 농담이다. 하지만 너는 비싼 대가를 지불해야
할 것이다."

"프란츠, 내가 어떻게 하면 될지 말을 해 다오! 무슨
일이든지 하겠다!"

그는 눈을 내리뜨고서 나를 훑어 보고는 다시 웃었다.

"바보 같은 소리 말아라!" 하고 그는 착한 마음인 듯
가장하며 말했다.

"너도 잘 알고 있겠지만 난 2마르크를 벌 수 있다.
난 그것을 내버릴 수 있을 만큼 부자가 아니라는 걸 너
도 알고 있다. 그러나 너는 부자이며 시계도 갖고 있다.
넌 2마르크만 내게 주면 되는 거다. 그럼 만사가 잘 되
는 것이다."

나는 그 논리를 잘 이해했다. 그러나 2마르크가 어디
있나! 내겐 그게 십 마르크, 백 마르크, 천 마르크와도
같이 많은 돈으로 도저히 마련할 수 없는 것이었다. 나
는 한 푼도 가진 게 없었다. 어머니에게 저금통이 하나
있기는 했다. 그 속에는 아저씨가 오셨을 때라든지 그
와 비슷한 기회에 모인 10페니짜리와 5페니짜리 동전
이 몇 개 들어 있었다. 그 외에는 하나도 없었다. 그때
나는 아직 용돈을 받지 않는 나이였던 것이다.

"난 한 푼도 없어." 나는 슬프게 말했다. "돈이라곤 하나도 없다. 그러나 다른 것이라면 뭐든지 줄께. 나는 인디언에 관한 책과 병정들과 콤파스가 있어. 그걸 갖다 줄께."

크로머는 고약하고 심술궂은 입을 씰룩거리고는 땅바닥에다 침을 뱉았다.

"허튼 소리 말아라!" 하고 명령조로 말했다. "그런 허접쓰레기는 너나 가져라. 콤파스라고! 이제 나를 더 화나게 하지 말아라. 돈을 내라, 알겠니?"

"하지만 돈은 하나도 없어. 한 번도 돈을 얻어 보지 못했어. 그건 어쩔 수가 없는 일이야!"

"그렇다면 내일 2마르크를 내게 가져와라. 방과 후에 아래 시장에서 기다리고 있겠다 그것이면 된다. 만일 돈을 안 가져 오면 어떻게 되나 두고 보아라."

"알겠어, 그런데 돈을 어디서 구하지? 맙소사, 내가 가진 돈은 한 푼도 없는데—"

"네 집에는 돈이 얼마든지 있다. 그건 네가 할 일이야. 자, 그럼 내일 학교가 끝난 후다. 다시 한 번 말하지만 만일 안 가져왔다간……." 그는 내 눈에다 무시무시한 눈초리를 쏘아붙이고, 다시 한 번 침을 뱉고는 그림자처럼 사라져 버렸다.

나는 집으로 올라갈 수가 없었다. 내 생활은 산산이 파괴된 것이다. 달아나서 다시는 돌아오지 말까 아니면 물에 빠져 죽어 버릴까 생각해 보았다. 그러나 이런 생각은 분명한 형상을 지닌 것은 아니었다. 나는 어둠 속에서 계단 맨아래 주저앉아서 몸을 웅크리고 불행한 생각에 몰두해 있었다. 리나가 장작을 가지러 바구니를 들고 내려오다가 내가 그곳에서 울고 있는 것을 발견했다.

나는 그녀에게 안에 가서 아무 말 하지 말라고 간청하고 방으로 들어갔다. 유리문 곁에 있는 옷걸이에는 아버지의 모자와 어머니의 양산이 걸려있었다. 고향의 감정과 애정이 그 물건들에서 밀려왔다. 마치 타락한 자식이 옛 고향의 방 광경과 냄새를 대하듯 내 마음은 하소연하고, 감사하면서 이 물건들에게 인사를 했다. 그러나 이 모든 것은 내 소유가 아니었다. 이 모든 것은 아버지와 어머니의 밝은 세계였다. 이제 나는 죄를 잔뜩 지은 채 낯설은 물결 속에 깊이 빠져서 모험과 죄 속에 얽혀들었고, 적의 위협을 받으며 위험과 불안과 치욕에 대해 무방비 상태였다. 모자와 양산, 훌륭하고 오래 된 자갈 바닥, 현관 의장 위에 있는 커다란 초상화, 집안의 거실에서 흘러나오는 누이의 목소리, 그 모든 것이 이전보다도 훨씬 사랑스럽고 정겹고 귀중하였다. 그러나 그것은 더 이상 위안이 되지 못했고, 안전한 내 소유물도 아니었으며 오로지 비난의 소리일 뿐이었다. 이 모든 것은 이제 내 것이 아니었으며 명랑하고 고요한 기운을 함께 나눌 수가 없었다. 내 발엔 오물이 묻어 있었는데 거적에다 암만 닦아도 떨어지질 않았다.

우리 집의 세계로 낯선 그림자를 이끌고 들어온 것이
다. 여태까지 나는 얼마나 많은 비밀과 근심 걱정을 가
졌던가. 그러나 그것들은 모두, 오늘 내가 집으로 가지
고 온 것에 비하면 장난이며 웃음거리밖에 되지 않는
것이었다. 운명이 나를 뒤쫓으며 두 손을 뻗쳤던 것이
다. 그런 것에 대해서 어머니는 나를 보호해 줄 수가 없
었고, 그것이 무엇인지를 알아서도 안 되었다. 이제 와
서는 내 죄가 도둑질이었든 거짓말이었든간에(나는 천
지신명을 걸고 거짓 맹세를 하지 않았던가?)—그것은
마찬가지였다. 내 죄는 이것도 저것도 아닌 내가 악마
한테 손을 내밀었다는 바로 그것이다. 무엇 때문에 나
는 함께 갔던 것일까? 왜 나는 이제까지 아버지에게 한
것보다도 크로머에게 더 잘 복종했던가? 왜 나는 그런
도둑질에 대한 이야기를 꾸며냈던가? 어째서 범죄를 가
지고 영웅적 행위인 것처럼 자랑했을까? 이젠 악마가
내 손을 잡고 있으며 적이 내 뒤를 따르고 있는 것이다.
　한순간 나는 내일에 대한 공포심보다도 나의 길이 점
점 더 아래로 암흑 세계로 통하고 있다는 무시무시한
확신을 느끼게 되었다. 내가 저지른 잘못에는 새로운
잘못이 뒤따르게 될 것이 틀림없고, 누이들 곁에 가는
것이나 양친에게 하는 인사와 키스도 모두가 거짓이며,
나의 마음속에는 숨겨진 운명과 비밀이 있다는 것을 뚜
렷하게 느꼈다.
　아버지의 모자를 보았을 때 마음속에 신뢰와 희망이

순간적으로 일어났다. 아버지한테 모든 것을 고백하고 내게 내려질 판결과 벌을 받으리라. 그리고 그를 내 일에 대해 모두 알고 있는 구원자로 삼으리라. 그것은 내가 가끔 그러했던 것과 같이 참회에 불과할 것이다. 괴롭고 쓰라린 시간, 용서를 비는 어렵고도 후회에 가득 찬 탄원만 하면 될 것이다.

이것은 얼마나 달콤하게 울려왔던가! 얼마나 아름답게 마음을 유혹했던가! 그러나 그것은 아무런 소용이 없었다. 내가 그렇게 하지 않으리라는 것을 나는 알고 있었다. 나는 비밀을 지니고 있으며, 나 홀로 그리고 스스로 씹어 삼켜야만 하는 죄를 지니고 있음을 알고 있었다. 아마도 바로 지금 나는 갈림길 위에 있는지도 모른다. 그리고 이 시간부터는 영원히 악의 세계에 속하게 되고, 악인들과 비밀을 나누며 그들에게 존속되어 복종하고, 그들과 똑같은 것이 되어야만 할지도 모른다. 나는 어른처럼 영웅처럼 행세를 했다. 이제 나는 그로 인해 생긴 결과를 견뎌내야만 한다.

안으로 들어서자마자 아버지는 내 구두가 젖은 것을 꾸중하셨는데, 그것은 차라리 다행이었다. 그것이 주의를 다른 데로 돌려 주어서 나쁜 일에 대해선 눈치를 채지 못하셨다. 나는 아버지의 꾸중을 남몰래 다른 일에 결부시키며 잘 참아낼 수 있었다. 그때 괴상한 새로운 감정이 내 마음속에 번쩍 하고 솟아올랐다. 그것은 반항 의식이 넘치는 고약하고도 날카로운 감정이었다.

즉, 내가 아버지보다도 우월하다고 느꼈던 것이다. 잠시 동안 나는 그가 아무 것도 눈치채지 못하는 데 대해 일종의 멸시감과 함께 젖은 장화에 대한 비난은 하찮은 것으로 느꼈다. '만일 아버지가 그걸 아신다면!' 하고 생각했다. 그리고 마치 살인을 고백해야만 하는데도 빵을 훔친 것 때문에 심문을 받는 범인 같다는생각이 들었다. 그것은 추악하고 적대적인 감정이었다. 그렇지만 그것은 강력했고 깊은 매력이 있었으며, 다른 어떤 생각보다도 더욱 단단히 나를 나의 비밀과 죄에다 결박시켜 주었다. 아마 크로머가 벌써 경찰에 가서 나를 고발했을지도 모른다. 그런데 여기서는 나를 어린 아이로 간주하고 있다. 폭풍우가 이미 내 머리 위에 몰려오고 있는지도 모르는데.

여기까지 이야기한 모든 체험 중에서 바로 이 순간이 가장 중요하고 오래 남아있는 것이다. 그것은 아버지의 신성함에 대한 최초의 균열이었다. 그것은 내 유년 생활이 그 위에 쉬고 있는, 모든 인간이 자기 자신이 되기 위해 먼저 파괴해 버려야만 하는 기둥에 새겨진 최초의 칼자국이었다. 누구도 보지 못하는 이러한 체험으로 우리들 운명의 내면적이고 본질적인 선을 구성하는 것이다. 이러한 칼자국과 균열은 다시 아물기도 하고 치유도 되고 잊혀지기도 하지만, 깊은 밀실 속에서는 살아서 계속 피를 흘리고 있는 것이다.

나 자신, 이러한 새로운 감정에 곧 두려움을 느꼈다.

나는 곧 그것을 사죄하기 위하여 아버지의 발에다 키스라도 하고 싶었다. 그러나 본질적인 것은 사과할 수가 없는 것이며, 그것은 어린애라도 모든 현인들과 마찬가지로 잘 그리고 깊이 느끼는 법이다.

나는 내 문제를 생각해 보고 내일의 대책을 강구해야할 필요성을 느꼈다. 그러나 거기까지 이르지는 못하였다. 나는 저녁 내내 오로지 우리 집 거실의 변화된 분위기에 익숙하도록 노력해야만 했다. 벽시계와 책상, 성경과 거울, 책꽂이와 벽에 걸린 그림은 동시에 내게이별을 고하였다. 나는 얼어붙는 듯한 마음으로 나의세계가, 나의 착하고 행복한 생활이 과거지사가 되어버리고 내게서 멀어지는 것을 바라보지 않을 수 없었다. 그리고 새롭고 흡수력이 강한 뿌리를 가지고 어둡고도 낯선 바깥 세계에 닻을 내린 채 꼭 붙잡혀 있다는것을 느껴야만 했다. 처음으로 나는 죽음이란 것을 맛보았다. 그것은 쓰디쓴 맛이었다. 왜냐 하면 죽음이란탄생이며, 무시무시한 변혁에 대한 불안이며 공포이기때문이다.

마침내 침대에 눕게 되자 나는 기뻤다. 그 전에 마지막 정죄화(淨罪火)로서 저녁 기도가 나를 휩쓸고 지나갔다. 게다가 우리는 내가 가장 좋아하는 찬송가도 불렀다. 아아, 그러나 나는 함께 노래하지 않았다. 곡조마다 쓰디쓴 독약이었다. 아버지가 축복을 하실 때에도함께 기도를 올리지 않았다. 그리고 '우리들 모두와 함께 하옵시기를!ʼ 하고 기도를 끝내셨을 때, 경련이 나를 이 가족권에서 멀어지게 했다. 신의 은총은 그들 모두와 함께 있었지만 내게는 더 이상 없었다. 냉정과 깊은 시달림으로 나는 자리를 떴다. 한동안 침대에 드러누워 있었다. 따스한 기운과 안도감이 나를 다정하게 감싸주고 있는 동안 내 마음은 다시 한번 불안 속에 방황하고 두려워하면서 지난 일 주변을 맴돌고 있었다. 어머니는 언제나처럼 잘 자라고 하셨으며 그녀의 발걸음 소리는 아직도 방안에 울리고 있었다. 어머니가 든 촛불 빛이 아직도 문틈으로 새어들고 있었다. ʻ이제ʼ 하고 나는 생각했다. 이제 어머니가 다시 한 번 되돌아오실 게다. 어머니는 무언가 느꼈을 것이다. 내게 키스를 하고 다정하게 그리고 약속을 하면서 묻고 또 물으실 것이다. 그러면 나는 울 수가 있을 것이며, 목구멍에 걸려있는 돌덩이가 녹아내릴 것이다. 그리고 나는 어머니한테 매달려서 그 이야기를 하게 될 것이며 그러고 나면 만사가 해결되고 구원이 오게 될 것이다! 문틈이 아주 깜깜해진 다음에도 나는 한동안 더 귀를 기울였으며, 그래야만 된다, 그래야만 된다고 생각했다.

그 다음에 나는 다시 그 일로 되돌아와서 내 적의 눈을 들여다보았다. 나는 그놈을 똑똑히 보았는데, 그는 한쪽 눈을 반쯤 감고 입은 거칠게 웃고 있었다. 내가 그를 쳐다보면서 빠져나갈 수 없음을 되씹고 있는 동안에 그는 더욱 커지고 추악하게 되었으며, 그의 악의에 찬 눈은 악마처럼 번들거렸다. 내가 잠들 때까지 그는 바로 내 곁에 있었다. 그러나 나는 그에 대한 꿈이나 오늘 일에 대한 꿈을 꾸지는 않았다. 양친과 누이들과 내가 보트를 타고 가는데 휴일의 평화와 광명이 우리들을 감싸고 있는 꿈을 꾸었다. 한밤중에 나는 잠을 깨었고, 아직도 그 행복감의 뒷맛을 느끼며 햇빛 속에 반짝이는 누이들의 하얀 여름 옷을 생각했다. 그러나 나는 낙원에서 다시 현실로 떨어졌으며 사악한 눈을 가진 적과 마주하게 되었다.

아침에 어머니가 급히 오셔서 늦었는데 왜 아직도 누워있느냐고 소리쳤을 때 내 안색은 좋지 않았다. 그리고 어디가 아프냐고 물었을 때 구역질을 했다.

그것으로 얼마간 덕을 보았다. 약간 병이 나서 아침 내내 카밀렌 차를 마시면서 누워있을 수 있었다. 옆방에서 어머니가 방을 치우는 소리와 밖에서 리나가 고기 장수와 홍정하는 소리를 듣는다는 것은 매우 즐거운 일이었다. 학교에 가지 않는 오전이란 얼마나 황홀하고 동화적인가. 햇빛은 방안으로 스며들었는데, 그것은 학교에서 초록색 커튼을 쳐서 가리고 있는 태양과 같은 것은 아니었다. 그러나 오늘은 그것까지도 맛이 없었으며 거짓된 음향을 지니고 있었다.

그래, 내가 죽어 버린다면! 그러나 나는 가끔 그랬듯이 약간 몸이 불편했을 뿐으로 그것만으로는 아무 것도 해결되지 않았다. 그것은 학교에 가는 것을 막아는 주

었지만, 열한 시에 장터에서 나를 기다릴 크로머에게서
는 결코 나를 보호해 주지 못했다. 어머니의 친절하심
도 이번에는 위안이 되지를 않고 오히려 귀찮고 고통스
럽기만 했다. 나는 다시 잠이 들은 체하고 여러 가지
궁리를 하였다. 모든 것이 아무런 도움도 되지 않았고,
열한 시에 나는 장터로 나가야만 했던 것이다. 그래서
나는 열 시에 살며시 일어나서 건강이 다시 좋아졌다고
말했다. 그런 경우에는 으례 그러하듯이 다시 침대에
눕거나 아니면 오후에는 학교에 나가라고 하는 것이다.
나는 학교에 가겠다고 했다. 나는 하나의 계획을 세웠
던 것이다.

돈이 없이는 크로머에게 갈 수가 없었다. 나는 원래
내 것인 조그마한 저금통을 손에 넣어야만 했다. 그 속
에는 결코 충분한 돈이 들어있지 않다는 것을 알고 있
었다. 그러나 어느 정도는 될 것이며, 약간이라도 있는
것이 한 푼도 없는 것보다는 나을 것이고, 최소한 크로
머를 달래놓고 봐야 한다고 본능적으로 깨달았다.

양말 신은 발로 어머니의 방에 살금살금 들어가 책상
에서 내 저금통을 들고 나왔을 때 나는 기분이 좋지 않
았다. 그러나 어제의 기분처럼 그렇게 나쁘지는 않았
다. 가슴이 뛰어 숨이 막힐 것 같았으며, 계단 아래에서
처음으로 저금통을 살펴보고 그것이 잠겨져 있다는 것
을 알았을 때에도 기분은 좋아지지 않았다. 그것을 열
기는 아주 쉬웠다. 가느다란 생철로 된 살만 부수면 되

었다. 그러나 그것을 부순다는 것이 마음 아팠으며, 그 것으로 나는 도둑질을 한 것이 되었다. 그때까지는 다 만 설탕 조각이나 과일을 몰래 꺼내먹었을 뿐이었으나, 이제는 비록 그것이 내 돈이라 할지라도 나는 도둑질을 한 것이다. 다시금 크로머와 그의 세계로 한 걸음 다가 서고 일보일보 타락의 길을 잘도 가고 있다고 느꼈으 며, 그에 대해 반항도 해 보았다. 악마가 나를 잡아간다 할지라도 이제 길을 되돌아 갈 수는 없었다. 나는 불안 한 마음으로 돈을 세어보았다. 통 속에서는 제법 가득 찬 것처럼 소리가 났었는데 손에 꺼내 놓고 보니 형편 없이 적었다. 그건 65페니였다. 나는 그 저금통을 아래 층 현관에다 감추고, 돈을 손에 움켜쥐고는 집을 나왔 다. 이전에 이 문을 지나갔을 때와는 아주 다른 기분이 었다. 위층에서 누군가가 나를 부르는 것 같아서 빨리 도망을 쳤다.

아직도 시간이 많았다. 나는 길을 돌아서 변해 버린 도시의 골목을 통해 한 번도 본 일이 없는 구름 아래로 나를 쳐다보는 듯한 집들과 내게 의심을 품고 있는 듯 한 사람들 곁을 지나갔다. 언젠가 학교 친구 하나가 가 축 시장에서 1탈러(옛날의 은화 이름으로 약 3마르크 에 상당함)를 주웠다던 생각이 도중에서 갑자기 머리에 떠올랐다. 신이 기적을 베풀어 나도 그러한 발견을 할 수 있도록 기도하고 싶었다. 그러나 나는 더 이상 기도 할 권리조차도 없었다. 그런다 할지라도 저금통이 다시 온전하게 되지는 않을 것이다.

프란츠 크로머는 멀리서 나를 보고 있었지만 아주 천천히 내게로 다가왔고, 내게 주의를 하지도 않는 것 같았다. 그는 내게 가까이 왔을 때 자기를 따라오라고 명령하는 듯한 눈짓을 하고는, 돌아보지도 않고 슈트로 골목으로 내려가서 돌다리를 건너 마지막 집들 곁에 있는 신축 건물 앞에서 걸음을 멈추었다. 그곳은 공사를 하지 않고 있었으며, 벽들은 문도 창문도 없이 살벌하게 서 있었다. 크로머는 주위를 둘러보고 문을 통해 안으로 들어갔고 나는 그의 뒤를 따랐다. 그는 벽 뒤로 가더니 나를 가까이 오라고 손짓하고 손을 내밀었다.

"갖고 왔지?"

그는 차갑게 물었다.

나는 움켜쥐고 있던 손을 주머니에서 꺼내서 그의 벌린 손에다 쏟아놓았다. 그는 마지막 5페니짜리의 소리가 사라지기도 전에 그것을 다 셈하였다.

"65페니구나." 하고 말하고는 나를 쳐다보았다.

"응" 나는 겁을 먹고 대답했다. "그게 내가 가진 전부야. 너무 적다는 걸 나도 잘 알고 있어. 그러나 그게 전부야. 더는 가진 게 없어."

"네가 좀더 영리하다고 생각했었는데." 그는 부드러운 비난조로 나를 꾸짖었다. "신사들 사이에는 신의가 있어야 하는 법이야. 난 네게서 조금이라도 부당한 것을 뺏으려는 것은 아니다. 그건 너도 알겠지. 여기 네 동전

을 도로 받아라! 그 사람은—너도 누군지 알겠지만—돈
을 깎으려 하지는 않을 것이다. 그는 그대로 지불해 줄
것이다."

"하지만 나는 더는 가진 게 없어! 이건 내가 저금했
던 거야."

"그건 네 문제다. 하지만 난 너를 불행하게 만들고 싶
지는 않다. 너는 아직 내게 1마르크 35페니의 빚이 있
다. 언제 그걸 받을 수 있지?"

"오, 크로머, 틀림없이 갖다줄께. 지금은 모르지만—
아마도 내일이나 모래쯤이면 더 생기게 될 거야. 아버
지한테는 말할 수가 없다는 것을 너도 알겠지."

"그건 나와 아무런 상관없는 일이다. 너를 해치고자
하는 것은 아니다. 내 돈을 정오 전까지 받을 수 있으
면 된다. 너도 알지만 나는 가난뱅이다. 넌 좋은 옷을
입고 점심에는 나보다도 훨씬 맛있는 것을 먹는다. 그
러나 난 아무 말도 하지 않겠다. 어쨌든 좀더 기다리겠
다. 모래 오후에 휘파람을 불겠으니 그때 그걸 청산해
야 한다. 내 휘파람을 알고 있지?"

내 앞에서 그는 휘파람을 불었으며, 나는 그것을 종
종 들은 적이 있었다.

"그래, " 나는 말했다. "알고 있어." 그는 나와 아무런
관계도 없었다는 듯 가 버렸다. 우리들 사이엔 거래가
있었으며 그 이상은 아무 것도 없었다.

오늘날까지도 나는, 갑자기 크로머의 휘파람 소리를 다시 듣게 된다면 깜짝 놀라리라고 생각한다. 그때부터 나는 그 소리를 자주 듣게 되었으며 계속해서 그 소리가 들리는 것 같았다. 어떤 장소에 있든, 어떤 놀이를 하고 어떤 일, 어떤 생각을 하든, 나를 구속하고 내 운명이 되어 버린 그 휘파람 소리가 떠나는 일은 없었다. 온화한 가을 날 오후에 종종 나는 내가 몹시 좋아하는 우리 집의 조그마한 꽃밭에 나와 있었으며, 그럴 때면 나는 지나간 시절의 어린이 놀이를 다시 하고 싶은 이상한 충동을 느꼈다. 나는 어느 정도 나보다도 어리고 착하고 자유스럽고 순신하고 잘 보호된 아이노릇을 했다. 그러나 늘 예기했던 대로 언제나 방해하고 놀라게 하면서 크로머의 휘파람 소리가 울려 왔으며, 모든 공상의 줄을 끊어 버리고 파괴하곤 하였다. 그러면 나는 나가야 했고, 그 괴롭히는 자를 따라서 더럽고 추악한 장소에 따라가야만 했으며, 그에게 변명하고 돈에 대해 재촉받지 않으면 안 되었다. 그런 일은 아마도 2,3주일간 계속되었을 것이다. 그러나 내게는 그것이 수년, 아니 영원인 듯한 생각이 들었다. 가끔 나는 5페니나 10페니짜리 돈을 가져갔는데, 그것은 리나가 시장 바구니를 조리대 위에다 두었을 때 훔쳐 낸 것이었다. 그때마다 나는 크로머한테 욕을 먹었고 잔뜩 멸시를 받았다. 그를 속이고 그의 정당한 권리를 침해한 것도 나였고, 그에게서 도둑질을 한 것도 나였으며, 그를 불행하게 만든 것도 바로 나였던 것이다! 내 일생에 그렇게 마음을 조이는 수난을 겪어 본 적은 아주 드물었다. 결코 나는 그보다 더 큰 절망과 예속을 느껴 본 일이 없었다.

나는 저금통에 장난감 돈을 채워서 제자리에 갖다 놓았다. 아무도 그것에 대해 묻지 않았지만 어느 날이고 발각될 수도 있는 것이었다. 어머니가 조용히 내게로 다가올 때면, 나는 크로머의 거친 휘파람보다 더욱 두려워하곤 했다. 어머니는 저금통에 대한 것을 물어보려고 오시는 게 아닐까?

수십 번이나 나는 돈을 안 가지고 악마에게로 갔기 때문에 그는 다른 방법으로 나를 괴롭히고 이용하기 시작했다. 나는 그를 위해서 일을 해야만 했다. 그는 자기 아버지 심부름을 해야 했는데 나는 그를 대신해서 그 심부름을 해야만 했다. 아니면 내게 다른 어려운 일을 시키거나, 10분 동안 한쪽 다리만으로 뜀박질을 하게 하거나, 지나가는 사람의 외투에 쪽지를 매달거나 하는 장난을 시켰다. 수많은 밤의 꿈 속에서도 나는 괴롭힘을 당했으며 가위에 눌려 땀을 흘린 채 누워있었다.

한동안 나는 병이 났다. 자주 구토를 하고 가벼운 오한이 일었으며, 밤이 되면 땀을 흘리고 열이 나서 누워있었다. 어머니는 무언가 잘못되었다고 느꼈으며 내게 많은 관심을 쏟아 주었다. 그러나 나는 그것에 대해 신뢰로써 보답할 수가 없었으므로 고통스러웠다.

어느 날 저녁 어머니는 내가 이미 침대에 들었을 때

초콜릿을 갖다 주었다. 그것은, 옛날에 내가 착하게 굴 때면 밤에 잠이 들도록 그런 입맛다실 것을 주곤 하던 일을 생각나게 하였다. 그때도 어머니는 거기 서서 내게 초콜릿 조각을 내밀었다. 나는 너무나도 슬퍼서 싫다고 머리만 가로저었다. 어머니는 어디가 아프냐고 묻고 머리를 쓰다듬었다. 나는 다만 "아냐, 아냐! 아무 것도 먹기 싫어." 라고만 외쳤다. 어머니는 초콜릿을 내 머리맡 책상에다 놓고 나갔다. 이튿날 어머니가 그 일에 대해 물었을 때 나는 아무 것도 모르는 체하였다. 어느 날 어머니는 의사를 불러왔는데 그는 나를 진찰하고 아침에 냉수마찰을 하도록 처방했다.

그 시절의 내 상태는 일종의 정신 착란이었을 것이다. 우리 집의 징돈된 평화 속에서 나는 유령처럼 겁을 먹고 괴로워하면서 살았다. 다른 사람들의 생활에 참여하지도 못했고, 한 시간이나마 나 자신을 잊은 일이 없었다. 때때로 역정을 내며 내게 말을 시키는 아버지에게도 나는 내 마음을 닫아 버리고 냉담했다.

제2장 **카 인**

　나의 고통에서의 구원은 전혀 예기치 않았던 곳에서
왔으며, 그와 더불어 오늘날까지도 작용하고 있는 어떤
새로운 것이 내 생활 속에 들어왔다.

　최근에 우리 라틴 어 학교에 새로 한 학생이 들어왔
다. 그는 이 도시로 이사해 온 어느 유복한 미망인의
아들로 소매에 상장(喪章)을 달고 있었다. 그는 나보다
상급반에 들어왔으며 나이도 여러 살 위였다. 곧 그는
모든 학생들의 눈에 띄었고 또 내 주목도 끌었다. 이
괴상한 학생은 겉보기에도 나이가 아주 들어보였고 누
구에게도 소년이라는 인상을 주지는 않았다. 우리 어린
애 같은 소년들 사이에서 그는 어른같이, 오히려 신사
와도 같이 낯설고 점잖게 행동하였다. 그는 호감을 사
지는 못했으며, 유희나 싸움질 같은 데는 더욱이나 관
여하지 않았다. 다만 선생에 대한 그의 자신 있고 단호
한 태도만이 다른 학생들의 마음에 들었다. 그는 막스
데미안이라 하였다.

　우리 학교에서는 때때로 있는 일이지만, 어느 날 무
슨 이유에서인지, 우리 커다란 교실에 다른 한 반이 들

어오게 되었다. 그것은 데미안의 반이었다. 우리 어린 학생들은 성서 이야기 시간이었는데 큰 학생들은 작문을 하고 있었다. 카인과 아벨에 대한 이야기를 억지로 듣고 있는 동안, 나는 자주 데미안을 바라다보았는데 그의 얼굴은 이상하게도 나를 매혹하였다. 나는 이 총명하고 밝으며 비범하고도 침착한 얼굴이 주의 깊게 온 정신을 다하여 자기 일에만 열중하고 있는 것을 보았다. 그는 과제를 하고 있는 학생 같지 않고 마치 자신의 문제를 추구하고 있는 연구가처럼 보였다. 사실 나는 그에게 호감이 가지 않았고 오히려 어떤 반감을 갖고 있었다. 그는 나보다도 너무 우월하고 냉정하였으며, 그의 존재는 분노가 날 정도로 확실하였다. 그리고 그의 눈은 성인다운 빛을 띠었으며—이런 것을 아이들은 결코 좋아하지 않는데—그 가운데는 어느 정도 서글픈 조소의 빛이 깃들어 있었다. 그렇지만 그가 좋든 밉든간에 계속적으로 나는 그를 바라보지 않을 수 없었다. 그러나 그가 나를 슬쩍 쳐다보기라도 하면 나는 놀라서 눈길을 돌렸다. 그 당시 그가 학생으로서 어떻게 보였는가를 오늘날 생각해 볼 때 나는 다음과 같이 말할 수 있다. 즉 그는 여러 가지 관점에서 다른 애들과는 달랐으며, 완전히 독자적이고 개성적인 특징을 가지고 있었고 그럼으로써 남의 눈에 띄었다. 동시에 그는 남의 눈에 띄지 않으려고 온갖 노력을 하였으며, 마치 변장한 왕자가 농부의 아이들 속에 들어가서 그들과 똑

같이 보이려고 모든 노력을 하는 것처럼 옷차림을 하고 행동했다.

학교에서 돌아오는 길에 그는 내 뒤를 따라왔다. 다른 학생들이 흩어져 갔을 때 그는 나를 따라와서 인사를 했다. 이 인사도 어린 학생들의 말투를 흉내내려 했지만 아주 어른스러웠고 정중하였다.

"같이 갈까?" 그는 다정하게 물었다. 나는 즐거운 기분으로 고개를 끄덕였다. 그리고 나서 내가 어디 사는지를 설명해 주었다.

"아! 거기 살아?" 하고 그는 미소를 지으며 말했다. "그 집이면 난 벌써부터 알고 있어. 너의 집 대문 위에는 아주 묘한 것이 붙어있지, 나는 그것에 흥미를 느꼈어."

나는 그가 무슨 말을 하는지 즉시 알아듣지 못했으며, 그가 나보다도 우리 집을 더 잘 알고 있는 것 같아서 놀랐다. 아취 모양의 대문 위에 종석(宗石)으로 일종의 문장(紋章)이 붙어있었는데, 그것은 세월의 흐름에 따라 평평해지고 몇 번이나 채색을 하였으며 내가 알고 있는 한 그것은 우리 가족과는 아무런 관계도 없는 것이었다.

"나는 그런 걸 전혀 몰라." 나는 부끄럽게 말했다.

"그것은 새거나 아니면 그와 비슷한 것으로 아주 오래 되었을 거야. 그 집은 옛날에 수도원(修道院)에 속했다고들 하던데."

"그럴 수도 있지." 그는 머리를 끄덕였다.

"언제고 한 번 살펴봐라! 그런 것은 때론 아주 재미있는 게 많아. 나는 그게 매라고 생각하지."

우리들은 계속 걸었으며 나는 몹시 당황하였다. 무슨 재미나는 생각이라도 떠올랐는지 데미안은 갑자기 웃었다.

"참! 그때 내가 너희들의 수업 시간에 함께 있었지."

하고 활발하게 말했다.

"이마에 표적을 달고 다니는 카인의 이야기였지, 그렇지? 그 이야기가 마음에 들던?"

아니다. 배워야만 했던 모든 것 중에서 내 마음에 드는 것은 별로 없었다. 그렇지만 감히 그대로 말할 수가 없었으며, 나는 마치 어른과 이야기하고 있는 듯한 기분이었다. 그래서 그 이야기가 아주 마음에 들었다고 대답하였다.

데미안은 내 어깨를 툭 쳤다.

"친구야! 너는 내게 조금도 거짓말을 할 필요가 없어. 그러나 그 이야기는 사실상 아주 주의할 가치가 있는 거야. 그 이야기는 수업중에 나오는 다른 이야기보다도 더욱 주의할 가치가 있다고 생각해. 선생님은 그 이야기에 대해서 별로 여러 가지를 언급하지 않고 그저 신(神)이나 죄(罪) 등에 대한 통속적인 것만 말했을 뿐야. 그러나 나는 생각하기를……." 그는 이야기를 중단하고는 미소를 지으며 물었다. "그런데 이런 이야기에 흥미가 있니?" 하고.

"그래, 나는 이렇게 생각하고 있어." 그는 이야기를

계속하였다. "우리는 이 카인의 이야기를 완전히 다르게 해석할 수 있지. 우리들이 배우고 있는 것들은 대개 사실이고 옳지만 모든 것을 선생님 말씀과는 다르게도 볼 수 있어. 그러면 대개 훨씬 더 좋은 의미를 가지게 된다. 예를 들어 저 카인과 그 이마의 표적만 해도 우리들이 들어온 설명만으로는 도저히 만족할 수 없어. 너는 그렇게 생각지 않니? 어떤 사람이 싸움을 하다가 자기 형제를 죽여 버린다는 일은 있을 수 일이야. 또 나중에 그가 불안해지고 소심하게 돼 버리는 것도 가능하지. 그러나 그가 비겁하기 때문에 자신을 보호함과 동시에 다른 모든 사람에게 불안을 안겨 주는 표적을 지닌다는 것은 정말 이상한 일이다."

"물론 그래." 하고 흥미있게 말했다. 그 이야기는 나를 매혹하기 시작했다.

"그렇지만 그 이야기를 다르게 어떻게 설명해야 하지?"

그는 나의 어깨를 두드렸다.

"아주 간단하지! 애초부터 존재하며 이 이야기의 시초가 된 것은 표적이었다. 남을 불안케 하는 그 무엇이 들어있는 인간이 있었다. 사람들은 그와 감히 접촉하려고 하지를 않았다. 그는, 그의 자식들은 다른 사람들로 하여금 외경(畏敬)의 감정을 일으키게 했다. 아마도 아니 확실히 그의 이마에는 우편물 소인과 같은 표적은 사실상 없었을 것이다. 세상에는 그런 과격한 일이 쉽게 일어나지는 않는다. 오히려 그것은 잘 인식할 수도 없는 불유쾌한 것, 즉 사람들이 흔히 보던 것보다 더 많은 재기와 담력이 그의 시선 속에 들어있었을 것이다. ―이 사람은 힘을 가지고 있었으며 사람들은 그 사나이를 무서워했다. 그래서 그는 〈표적〉을 지니게 된 것이다. 사람들은 그것을 마음대로 설명할 수가 있다. 대체로 사람들이란 언제나 자기에게 쾌적하고 정당한 것만 바라고 있다. 그래서 카인의 후예들에게 공포를 느끼고 그들은 〈표적〉을 가지고 있다고 하게 된 것이다. 이렇게 사람들은 표적을 사실 그대로, 즉 표창이라고 설명하지 않고 그 반대로 설명하였다. 이 표적을 가진 놈들을 불미스럽다고 했으며, 실제로 그들은 그러했다. 용기와 특성을 가진 사람은 언제나 다른 사람들에겐 불미스러운 법이다. 무서움을 모르는 불미스러운 그 일족이 주위에 배회하고 있다는 것은 몹시 불쾌한 일이다. 그래서 그에게 복수를 하고 가해진 공포에 대한 보상으로 하나의 별명과 이야기를 꾸며서 덧붙여 준 것이다. 알겠니?"

"응, 말하자면 카인이란 조금도 악한 사람이 아니었단 말이지? 그럼 성서에 나오는 이야기는 전연 사실이 아니란 말이지?"

"그렇기도 하고 그렇지 않다고도 말할 수 있다. 아주 옛날 옛적의 이야기는 언제나 사실이지만, 언제나 사실 그대로 기록되고 설명된다고는 할 수가 없다. 간단히 말해서 카인이라는 인간은 대단한 놈이었다. 그리고 사람들이 그를 무서워하였기 때문에 그와 같은 이야기를 그에게 붙인 것이다. 이 이야기는 단순한 소문으로 사람들이 함부로 지껄여댄 것에 불과하다. 그러나 카인과 그 후예들이 정말 일종의 〈표적〉을 가지고 있었으며 다른 사람들과 달랐다는 점만은 사실인 것이다."

나는 몹시 놀랐다.

"그럼 너는 사람을 죽였다는 것도 사실이 아니라고 생각하니?" 나는 아주 감동하여 물었다.

"아, 아니야! 물론 그건 사실이야. 강한 사람이 약한 사람을 때려 죽인 것이고 그것이 사실 형제였는지는 의심의 여지가 있어. 그러나 그것은 별로 중요한 일이 아니다. 결국 인간은 모두 형제니까. 그러니까 강한 자가 약한 자를 때려 죽인 것이다. 그것이 영웅적 행위였는지 아니었는지는 모른다. 그러나 어쨌든 다른 약한 사람들은 공포심에 휩싸여 심하게 불평하는 것이다. 그래도 그들에게 '왜 그를 깨끗이 죽여버리지 않는가?' 하고 물으면 '우리들은 겁쟁이이기 때문에'라고 말하는 것이 아니라 '그럴 수는 없다. 그는 표적을 달고 있다. 신이 그놈에게 표적을 붙여주었다' 하고 대답하였다. 대개 이렇게 해서 저 거짓 이야기가 생겨났음에 틀림없다. 이런, 너를 너무 오래 잡고 있었구나 그럼 안녕!"

그는 알트 골목으로 굽어들었고, 나는 어느 때보다도 멍청하게 홀로 서 있었다. 그가 사라지자마자, 그가 말한 것은 한 마디도 믿을 수 없다고 생각하였다. 카인은 훌륭한 사람이고 아벨은 비겁쟁이라니! 카인의 표적이 표창이라고! 그런 것은 불합리하며 신을 비방하고 모독하는 일이다. 그렇게 되면 대체 신이란 어디 있다는 것인가? 신은 아벨의 제사를 받지 않았던가? 아벨을 사랑하지 않았던가? 아니다. 바보 같은 이야기다! 데미안이 나를 놀리고 궁지에 빠뜨리려는 것이라고 생각하였다. 그는 무서울 정도로 영리한 놈이고 말도 잘하였다. 그러나 그럴 수는 없어.

어쨌든 나는 한 번도 성경이나 그 외 다른 이야기에 대해서 그렇게 심각히 생각해 본 적은 없었다. 그리고 오랫동안 그처럼 몇 시간 아니 하룻밤을 두고 프란츠 크로머를 완전히 잊어 본 적도 없었다. 나는 집에서 그 이야기를 성서 속에 있는 대로 다시 한 번 읽었다. 그것은 짤막하고 명료했다. 거기서 특별히 감추어진 의미를 찾는다는 것은 미친 짓이었다. 그렇게 된다면 사람을 죽인 자마다 자기가 신의 총아라고 공언할 수 있을 것이다! 아니다. 그건 넌센스다. 다만 데미안이 그 모든 일이 자명한 것처럼 아주 가볍고도 훌륭하게, 게다가 그러한 눈초리를 하고 이야기하던 모습은 마음에 들었다.

물론 나 자신도 정돈되지 못한 아니 매우 부정돈 상태에 있었다. 나는 밝고 깨끗한 세계에 살았으며 나 자신이 일종의 아벨이었다. 그런데 지금은 〈다른 세계〉 속에 깊이 발을 들여 놓고 그 속에 침잠해 있었다. 그

러나 근본적으로는 그것에 찬동할 수가 없었다. 그럼
어떻게 되었는가? 그렇다, 갑자기 내 마음에 일순 숨이
막힐 지경이던 어떤 기억이 떠올랐다. 내 지금의 불행
이 시작되던 그 괴로운 밤에 아버지와 관련한 생각이었
다. 그때 나는 순간적이나마 아버지와 그의 밝은 세계
와 지혜를 단번에 꿰뚫어 보고 경멸하였던 것이다! 그
렇다! 그때 나 자신은 카인이었으며 표적을 붙이고 있
었는데 그 표적은 하등의 수치가 아니라 하나의 표창이
었다. 그때 나는 악의와 불행에 의해서 아버지보다도
그리고 선량하고 경건한 사람들보다도 우월한 지위에
있다고 상상하였던 것이다.

그 일을 그 당시에 이러한 명확한 사고의 형태로 경
험한 것은 아니지만 이 모든 것이 그 속에 내포되어 있
었다. 그 경험은 다만 감정과 괴상한 흥분의 불꽃으로
서 내 마음을 아프게 하면서도 한편으론 오만으로 나를
가득 채웠던 것이다.

지금 생각해 볼 때, 데미안은 대담 무쌍한 자와 비겁
한 자에 대해서 어떻게 그런 이상한 이야기를 하였을
까! 카인의 이마에 있는 표적에 대해서 어떻게 그런 이
상한 해석을 하였을까! 그때의 그의 눈, 어른과 같은
독특한 눈은 어떻게 그렇게 이상하게 빛났을까! 그리고
다음 일이 어렴풋이 내 머리를 스쳤다—그 자신이야말
로, 그 데미안이야말로 일종의 카인이 아니었을까? 만
약 그가 자기 자신을 카인과 비슷하다고 느끼지 않았다

면 왜 그를 변호했던 것일까? 어떻게 그 시선 속에 그 런 힘을 지니고 있었을까? 무엇 때문에 그는 겁쟁이와 같은 〈다른 사람들〉에 대해서, 실상은 그들이 경건한 자며 신의(神意)에 부합하는 자들인데, 그렇게 비웃는 말을 했을까? 나는 이런 생각을 끝없이 하고 있었다. 하나의 돌멩이가 샘물 속으로 떨어졌는데, 그 샘은 바 로 내 젊은 영혼이었다. 오랫동안, 정말 오랜 세월 동안 인식과 의혹과 비평 같은 시도를 하게 될 때는 이 카인 의 살인과 그 표적이 언제나 출발점이 되었다.

나는 다른 학생들도 역시 데미안의 일에 관심을 기울 이고 있다는 것을 느꼈다. 나는 카인에 대한 이야기를 아무에게도 하지 않았지만 데미안은 다른 학생들의 흥 미도 끌고 있는 모양이었다. 어쨌든 〈신입생〉에 대한 여러 가지 소문이 떠돌았다. 만일 내가 이 소문을 전부 알았다면 그 모든 것이 그를 아는 데 빛을 던져 주고 여러 가지를 해결할 수 있었을 것이다. 나는 다만 처음 에 데미안의 어머니가 대단히 부자라는 소문이 퍼진 것 만 알고 있었다. 또 그분은 결코 교회에 나가지 않으며 아들도 마찬가지라는 소문이었다. 그들이 유태인이라는 것을 알고 있다고 하는 자도 있었고, 숨겨진 회교도(回 敎徒)일지도 모른다고도 했다. 그뿐만 아니라 막스 데 미안의 체력에 대해서도 엉뚱한 이야기를 하게 되었다. 반에서 가장 힘센 학생이 그에게 도전했으나 거절당

하자, 그를 비겁한 놈이라고 했다가 몹시 혼났다는 것
은 확실했다. 그 자리에 있던 아이들이 말하기를, 데미
안이 단 한손으로 그의 목덜미를 잡고 꽉 눌러 버리자
그 아이는 창백해지더니 슬금슬금 도망쳤으며, 그 후
며칠 동안 팔을 쓸 수가 없었다고 한다. 어느 날 밤엔
그가 죽었다는 소문까지 났다. 한동안 여러 가지 일들
을 주장하며 믿었고, 모든 것이 흥분과 경탄을 일으키
고 있었다. 그래서 우리들은 만족했다. 그러나 얼마 후
우리 학생들 사이에 새로운 소문이 퍼졌는데, 데미안은
소녀와 은밀한 교제를 하고 있고 〈모든 것을 다 안다〉
고들 이야기하였다.

그 동안에도 나와 프란츠 크로머의 관계는 어쩔 수
없이 계속되고 있었다. 나는 그에게서 헤어날 수가 없
었다. 왜냐 하면 그가 때때로 나를 며칠 동안 내버려
둘 지라도 나는 역시 그에게 얽매어있었기 때문이다.
그는 꿈 속에서도 내 그림자처럼 나와 함께 살고 있었
다. 그가 실제로 내게 가하지 않는 일이라도 나의 환상
이 꿈 속에서 그렇게 하도록 시켰으며, 나는 완전히 그
의 노예가 되었다. 나는 현실 속에서보다 꿈 속에서 더
많이 살고 있었으며, ─나는 언제나 심한 꿈을 꾸는 인
간이었다─ 나는 이 그림자로 인해 정력과 생기를 잃고
있었다. 다른 꿈과 더불어 크로머가 나를 학대하고 내
게 침을 뱉고 내 위에 타고 앉아있는 꿈을 꾸었다. 더
욱 나쁜 것은 나를 중한 범죄로 유혹하는, 아니 유혹한

다기 보단 그의 강력한 위력으로 강요하는 것이었다. 그 중에 가장 무서웠던 꿈은 나의 아버지를 살해하려는 것이었는데, 이 꿈에서 깨어났을 때 나는 거의 미칠 것 같았다. 크로머가 칼을 갈아 내 손에 쥐어 주었으며, 우리는 어떤 가로수 길 나무 뒤에서 누군가를 기다리고 있었다. 누군가가 다가왔고, 크로머가 나의 팔을 누르며 내가 죽여야 할 사람이 저 사람이라고 하기에 보니 그는 나의 아버지였다. 그 순간 나는 잠에서 깨어났다.

이런 일과 관련하여 나는 카인과 아벨에 대해서도 생각했으나, 데미안에 대해선 거의 생각해 보지 않았다. 데미안이 다시 내게 다가왔을 때는 이상하게도 꿈 속에서였다. 말하자면 나는 다시 박해와 폭압을 당하는 꿈을 꾸었는데, 이번에 나를 타고 앉아있는 사람은 크로머가 아니고 데미안이었다.

그리고—이것은 아주 새롭고도 깊은 인상을 주었는데—나는 크로머에게는 고통과 반항으로 괴로워했지만, 데미안에게는 기꺼이 그리고 환희와 공포가 똑같이 깃들인 감정을 가지고 견뎌내었다. 이 꿈을 나는 두 번 꾸었다. 그 다음에는 다시 크로머가 제위치에 나타났다.

나는 오래 전부터 꿈 속에서 경험한 일과 현실에서 경험한 일을 더 이상 분명하게 구별할 수 없게 되었다. 어쨌든 크로머와 사악한 관계를 여전히 계속하고 있었다. 그 관계는 내가 그에게 지불해야 할 금액을 순전히 조금씩 훔쳐낸 돈으로 전부 갚았을 때에도 끝나지 않았다. 아니 이제 그는 이 도둑질에 대해서도 알아 버렸다. 그는 언제나, 어디서 그 돈이 났느냐고 물었기 때문이다. 그래서 나는 전보다 더욱 그의 손아귀에 들어가 있었다. 번번이 그는 아버지에게 모든 것을 이야기하겠다고 나를 위협하였다. 그럴 때면 나는 두려움보다도 애당초 아버지에게 스스로 말하지 않은 데 대해 깊이 한탄하였다. 그러는 동안 나는 아주 비참한 가운데서도 후회는 않았으며, 적어도 항상 후회하지는 않았다. 그리고 가끔, 만사는 그럴 수밖에 없다고 느끼기도 하였다. 하나의 운명이 나를 지배하고 있었으며 그것을 타개하려 한다는 것은 소용 없는 일이었다.

아마도 나의 양친도 이러한 상황에 적지 않게 괴로워했을 것이다. 알 수 없는 영혼이 나를 뒤덮고 있었으며, 그렇게 따스하고 다정한 집안과는 더 이상 어울리지 못했다. 더구나 실락원과 같은것에 대한 미칠 듯한 향수가 엄습해 왔다. 나는 어머니한테서 악당으로서가 아니라 환자처럼 취급당했다. 그러나 사실상 어떤 상태에 있었던가는 두 누이들의 태도에서 아주 잘 알 수 있었다. 잘 위로해 주면서도 나를 끝없이 비참하게 하였던 그들의 태도는, 내가 그 무엇인가에 신들린 인간으로 그 상태를 꾸짖기보다는 불쌍히 여겨야 하지만 악이 내 마음속에 자리잡고 있다는 것을 분명히 알게 해 주었다. 나는 모두가 예전과는 달리 나를 위해 기도하고 있는 것을 알았고, 그 기도도 헛된 일이라고 느꼈다. 고통

이 가벼워졌으면 하는 동경, 옳은 참회를 하고픈 욕구
가 종종 타오르는 것도 느꼈다. 그러면서도 아버지에게
도 어머니에게도 모든 사실을 올바로 이야기하고 설명
할 수 없다는 것도 느끼고 있었다. 모두가 그 이야기를
친절하게 받아들이고, 잘 어루만져 주고, 슬퍼해 주기
까지도 하겠지만 완전히 이해해 주지는 못할 것이다.
그것이 운명인데도 모든 것을 일종의 탈선으로 간주하
리라는 것도 알고 있었다.

　많은 사람이 아직 열한 살도 되지 못한 아이가 이런
것을 느낄 수 있다고 생각하지 않으리라는 것도 알고
있다. 이런 사람들에게 내 사정을 이야기하는 것은 아
니다. 인간이라는 것을 좀더 잘 아는 사람들에게 말하
고 있는 것이다. 자기 감정의 일부를 사상으로 변화시
킬 줄을 아는 어른들은, 어린 아이에게는 이런 생각이
없으며 경험도 없다고들 이야기한다. 그러나 나는 내
일생 동안 그때처럼 심각하게 체험하고 괴로워한 적이
별로 없다.

　어느 비 오는 날, 나는 나의 박해자에게서 부르크
광장으로 나오라는 명령을 받았다. 거기 서서 기다리며
나는 검고 물방울이 떨어지는 나무에서 계속하여 떨어
지는 젖은 밤나무 잎을 발로 휘젓고 있었다. 돈을 가지
고 있지는 않았지만 크로머에게 최소한 뭐라도 줄 수
있도록 과자를 두 개 가지고 갔다. 나는 이렇게 구석진

곳에 서서 가끔은 아주 오랫동안 그를 기다리는 데 오래 전부터 익숙해 있었다. 그리고 인간이 어쩔 수 없는 운명을 감수하듯 그것을 감수하고 있었다.

드디어 크로머가 왔다. 오늘은 오래 머물지 않았다. 그는 주먹으로 내 갈빗대를 서너 번 쥐어박고는 웃었다. 과자를 받고는 축축한 담배 한 대를 내게 권했지만 물론 받지 않았다. 그는 여느 때보다 훨씬 친절하였다.

"참!" 하고 헤어질 무렵에 그는 말했다. "잊어버리기 전에 말해 두지만, 다음에는 네 누이를 데리고 나오너라. 큰 누이말야. 이름이 뭐라 했지?"

나는 전연 이해하지 못했으며 대답도 하지 않았다. 다만 놀라서 그의 얼굴을 볼 뿐이었다.

"못 알아 듣겠니? 네 누이를 데리고 오라 말야."

"알았어, 크로머! 그렇지만 그건 안돼. 그런 짓은 할 수도 없고 누나도 절대로 같이 오지 않을 거야."

나는 이것도 역시 하나의 술책이며 구실이라고 생각했다. 그는 가끔 이런 짓을 했다. 어떤 불가능한 일을 요구하여 내게 겁을 주고 항복시키고 나서는 서서히 흥정하기 시작하는 것이었다. 그럴 때면 나는 얼마간의 돈이나 다른 것을 주고서 빠져나가야만 했다.

그런데 이번에는 전혀 달랐다. 내가 거절한 데 대해 별로 화를 내지 않았다.

"그러면 말야" 하고 그는 말했다. "잘 생각해 봐, 네 누나와 사귀고 싶단 말야. 언젠가는 그렇게 될 것이다.

네가 그냥 누나와 같이 산보를 나올 때 내가 가면 되는 거야. 내일 휘파람으로 너를 부를 테니까 그때 다시 한 번 이야기하자."

그가 가 버리자 갑자기 그의 요구의 의미를 어느 정도 짐작할 수 있었다. 나는 아직도 어린애였지만 소문으로 소년과 소녀들이 좀더 나이를 먹으면 그 어떤 비밀에 가득 차고도 추잡하며 금지된 장난을 한다는 것을 알고 있었다. 그러나 나는 이제—갑자기 아주 분명하게 그것이 얼마나 해괴망측한 일인지 알았다. 즉시 그런 짓은 결코 하지 않겠다는 결심이 섰다. 그러나 그 다음에 무슨 일이 일어날 것이며 크로머가 내게 어떤 보복을 할 것인가에 대해서는 감히 생각해 볼 수도 없었다. 내게 새로운 고문이 시작된 것이다. 아직도 충분치가 않았던 것이다.

나는 암담한 기분으로 호주머니에 손을 찌르고 텅빈 광장을 지나갔다. 새로운 고민, 새로운 굴종이구나!

그때 생기 있고 나지막한 목소리가 나를 불렀다. 나는 깜짝 놀라서 달아나기 시작했다. 누군가가 따라와 한쪽 손으로 뒤에서 살짝 나를 잡았다. 그것은 막스 데미안이었다.

나는 붙잡도록 내버려 두었다.

"너구나?" 나는 동요하며 말했다. "나를 그렇게 놀라게 하다니!"

그는 나를 쳐다보았다. 그때만큼 그의 눈초리가 어른

스럽고 우월하고 마음을 꿰뚫어 본다고 느낀 때는 결코 없었다. 오래 전부터 우리는 서로 이야기를 나누지 못했다.

"미안하군." 그는 공손하고도 매우 분명한 투로 말했다. "그러나 이봐, 그렇게 놀랄 필요는 없지 않아."

"그건 그래, 그렇지만 그럴 수도 있는 거지."

"그렇기도 하지. 하지만 이봐, 네게 아무 짓도 하지 않은 사람에게 그렇게 놀란다면, 그 사람은 생각해 보지 않을 수 없는 거지. 그는 이상하게 생각하고 호기심을 갖게 될 거야. 그 사람은 네가 이상할 만큼 잘 놀란다고 생각할 것이고, 나아가서는 겁이 날 때만 그럴 텐데 하고 생각할 거야. 겁쟁이들은 늘 불안해 하고 있지. 그러나 네가 그런 겁쟁이라고는 정말 생각하지 않아. 그렇잖니? 아, 물론 너는 영웅도 아니지. 네가 두려워하고 있는 것이 있거나 무서워하고 있는 사람이 있는 거야. 그런데 그런 따위는 절대 있어서는 안 되는 거야. 아니 사람을 결코 두려워해서는 안 되지. 나를 무서워하는 것은 아니지? 아니면?"

"아, 아니야, 정말 아냐."

"맞았어, 그것 봐, 하지만 네가 무서워하고 있는 사람이 있지?"

"난 몰라……제발 그만 둬, 뭣 때문에 그러니?"

그는 나와 보조를 맞췄다―나는 도망칠 생각으로 빨리 걷고 있었다―그리고 나는 옆에서 쳐다보는 그의 시선을 느꼈다.

"가령 말야." 그는 다시 말을 시작했다. "내가 너한테 호감을 갖고 있다고 하자. 그럼 너는 여하튼 나를 두려워할 필요가 없단 말야. 나는 네게 한 가지 실험을 하고 싶어! 그것은 재미도 있고, 너도 매우 필요한 것을 거기서 배울 수 있을 거야. 잘 들어봐! 나는 가끔 독심술이라고 하는 술법을 시험해 보고 있지. 그게 무슨 요술은 아니지만 그것이 어떤 것인지를 모르면 아주 이상하게 보이지. 그것으로 사람도 깜짝 놀라게 할 수가 있어. 자, 우리 한번 시험을 해보자. 내가 너를 좋아하거나 네게 흥미를 갖고 있으며, 이제 네 마음속이 어떤 상태인지 끄집어내고자 한다. 그러기 위해서 이미 나는 첫발을 내디뎠지. 나는 너를 깜짝 놀라게 했지. 그러니까 너는 잘 놀란단 말이다. 그러므로 너는 두려워하는 물건이나 사람이 있다는 거지. 어떻게 해서 그렇게 될 수 있을까? 사람이란 어느 누구도 두려워할 필요가 없지. 그런데 만일 우리가 누군가를 두려워한다면 그건 자기를 지배할 수 있는 힘을 그 누구에게 내어 준 데에 기인하는 거지. 예를 들어서 누가 무슨 나쁜 짓을 했는데 다른 사람이 그것을 알고 있다. 그러면 그는 너를 지배하는 힘을 갖게 된다. 이해하겠니? 이건 분명한 거야. 그렇잖니? "

나는 어찌할 바를 모르고 그의 얼굴을 쳐다보았다. 그의 얼굴은 언제나처럼 진지하고 영리했으며 또 호의

가 넘치고 있었다. 그러나 부드러운 점은 조금도 없이 오히려 엄격하였고, 정의(正義)나 그와 유사한 것이 그 속에 깃들어있었다. 나는 내게 무슨 일이 있는지 알지 못했다. 그는 마치 마술사처럼 내 앞에 서 있었다.

"알아 들었니?" 그는 다시 한 번 물었다.

나는 머리를 끄덕였다. 무슨 말도 할 수가 없었다.

"독심술을 이상하게 생각할 수도 있다고 말했지만, 그건 아주 자연스럽게 행해지는 것이지. 예를 들어서, 언젠가 내가 네게 카인과 아벨 이야기를 했을 때 네가 나를 어떻게 생각했는지 아주 정확하게 말할 수가 있어. 하지만 그건 이것과는 아무런 관계가 없는 거야. 네가 언젠가 내 꿈을 꾼 적이 있을 수도 있다고 생각하고 있어. 그러나 그런 얘기는 그만두자. 너는 영리한 소년이야! 대개 너무나도 둔한데 말야! 나는 가끔 호감이 가는 영리한 소년과 얘기하는 것이 좋거든. 한데 너도 같은 생각이겠지?"

"그건 그래, 단지 나는 하나도 이해하지 못하지만……."

"그럼 한번 그 재미나는 실험을 계속해 보자! 우리가 알아 낸 것은 S라는 소년이 잘 놀란다는 것과 그는 누군가를 두려워하고 있다는 거야. 아마도 그는 바로 그 누군가와 매우 불쾌한 비밀을 갖고 있는 거야. 대강 들어맞지?"

꿈 속에서처럼 나는 그의 음성과 위력에 눌리고 있었다. 나는 그저 머리를 끄덕였다. 그것은 오로지 내 자신에게서만 나올 수 있는 이야기가 아닌가? 그는 모든 것을 알고 있지 않은가? 나 자신보다도 더욱 잘, 더욱 분명하게 알고 있는 목소리가 아닌가?

힘차게 데미안은 내 어깨를 두드렸다.

"그럼 맞았지. 그런 줄 알았어. 이제 단 한 가지 질문이 있는데 조금 전에 가 버린 소년의 이름이 뭔지 알고 있니?"

나는 몹시 놀랐다. 건드려진 내 비밀이 마음속에서 고통스럽게 몸부림쳤으며 그것은 밝은 빛을 보기를 싫어했다.

"누구말야? 소년이라곤 나밖에 없었어."

그는 웃었다.

"말하라니깐!" 그는 웃었다. "그 애 이름이 뭐지?"

"프란츠 크로머말야?" 나는 속삭이듯 말했다.

만족한 듯 그는 내게 고개를 끄덕였다.

"잘했다. 넌 영리한 놈이야. 우린 친구가 될 것이다. 하지만 네게 말할 게 있는데, 그 크로머인지 뭔지 하는 녀석은 나쁜 놈이다. 그놈의 얼굴이 벌써 악당이란 것을 말해 주고 있어. 너는 어떻게 생각하니?"

"정말 그래." 나는 한숨을 지었다. "그는 나빠, 악마야. 하지만 그가 아무 것도 알아서는 안돼! 맙소사, 그놈이 알아서는 정말 안돼! 그놈을 알고 있니? 그놈도 너를 아니?"

"걱정하지 말아! 그놈은 갔어, 그리고 그는 나를 몰

라. 아직은 모르지. 하지만 그놈을 꼭 알고 싶다. 그놈은 국민학교에 다니지?"

"그래."

"몇 학년이지?"

"5학년이야. 하지만 아무 말도 말아 줘! 제발, 제발 아무 말도 하지 말아 줘!"

"안심해! 네겐 아무 일 없을 거야. 그런데 크로머에 대한 이야기를 좀더 해 줄 생각은 없는 모양이지?"

"할 수 없어, 안돼, 나를 내버려 둬!"

그는 잠시 말이 없었다.

"유감인데." 그는 천천히 말했다. "우리는 실험을 좀더 계속할 수가 있을 텐데 말야. 그러나 너를 괴롭히고 싶지는 않다. 그렇지만 네가 그를 두려워하는 것이 조금도 정당하지 않다는 것쯤은 너도 알겠지, 그렇지? 그러한 두려움은 우리를 아주 망쳐놓는단 말이야, 그런 것에서 벗어나야 돼. 만일 네가 올바른 녀석이 되려거든 그런 것은 벗어나야 돼. 알아 듣겠니?"

"물론 네 말이 옳아……하지만 그렇게 되질 않아. 넌 아무 것도 몰라……."

"네가 생각하고 있는 것보다도 내가 더 많이 알고 있다는 것을 보았지? 그에게 빚진 게 있니?"

"응, 그것도 있고, 그러나 그게 중요한 문제는 아냐. 난 그걸 말할 수가 없어. 정말 할 수가 없어."

"만일 그에게 빚진 만큼 내가 네게 돈을 준대도 소용

이 없겠니? 난 그것을 충분히 줄 수 있는데."

"아냐, 그런 게 아냐, 제발 부탁이니 아무에게도 그런 말은 말아 줘! 한 마디도 말야! 넌 나를 불행하게 만들 거야?"

"나를 믿어, 싱클레어. 언젠가는 너희들의 비밀을 내게 얘기하게 될 걸……."

"결코, 결코 안할 거야!" 하고 나는 격렬하게 외쳤다.

"네 마음대로 해! 다만 나는 언젠가는 네가 좀더 여러 가지 이야기를 할 것이라고 생각할 뿐이야. 물론 자발적으로 말야. 알겠니? 내가 크로머와 같은 그런 짓을 하리라고는 생각하지 않겠지?"

"물론 그래. 하지만 넌 그 일에 대해서는 아무 것도 몰라!"

"아무 것도 모르지만 그것을 좀 생각해 봤을 뿐이야. 그리고 난 절대 크로머가 한 것과 같은 그런 짓은 하지 않을 거라는 것을 믿어다오. 물론 너는 내게 아무 것도 빚진 게 없고 말야."

우리는 한참 동안 말이 없었다. 나는 차차 침착해졌다. 그러나 데미안이 알고 있는 것이란 내게는 점점 수수께끼가 되었다.

"난 이제 집에 가야겠어." 하고 말하고서 그는 빗속에서 거친 모직외투를 단단히 여몄다.

"이왕 여기까지 얘기를 했으니, 한 마디만 더 하겠다. 너는 그놈한테서 벗어나야만 한다! 다른 방법이 전혀 없거든 그놈을 때려 죽여라! 네가 그렇게 할 수 있다면 나는 경탄하고 좋아할 것이다. 나도 너를 도와줄 것이다."

나는 새로운 불안에 싸였다. 카인의 이야기가 갑자기 다시 떠올랐다. 나는 무시무시해져서 나직이 울기 시작했다. 너무나도 무서운 일들이 나를 둘러싸고 있었던 것이다.

"이제 됐다!" 막스 데미안은 미소를 지었다. "집으로 가자! 어쨌든 그것은 해치우자, 때려 죽이는 것이 가장 간단하지. 그런 문제는 가장 간단한 것이 최선의 방법이야. 넌 너의 친구 크로머와 결코 좋은 일은 없을 거야."

나는 집으로 돌아왔으며, 마치 1년 동안이나 떠나있었던 것처럼 생각했다. 모든 것이 달라져 보였다. 나와 데미안 사이에는 미래악도 같은, 희망과도 같은 그 무엇이 서 있었다. 나는 더 이상 혼자가 아니었다! 그제서야 나는 수주일 동안이나 비밀을 안고 얼마나 혼자서 두려워했나를 알았다. 그리고 몇 번이고 생각했던 일이 다시 머리에 떠올랐다. 즉 양친에게 참회하는 것이 내 괴로움을 가볍게 해 주기는 하겠지만 완전히 나를 구원해 주지는 않을 것이라는 생각이었다. 이제 나는 다른 사람에게, 낯선 사람에게 거의 참회를 하였고, 구원의 예감이 짙은 향기처럼 다가왔다.

그러나 나는 그 후에도 오랫동안 불안을 극복하지 못했다. 나는 여전히 적과 길고도 무서운 충돌을 각오하고 있었다. 만사가 그렇게 평온하고 완전히 비밀로 무사히 흘러간 것이 내게는 더욱 신기했다.

크로머의 휘파람 소리는 우리 집 앞에서 하루, 이틀, 사흘, 1주일 동안 나지 않았다. 나는 그 사실을 감히 믿을 수가 없었다. 그 녀석이 전혀 예기치 않은 순간에 갑자기 나타나지나 않을까 내심으로 경계하고 있었다. 그러나 그는 있지도 않았고 나타나지도 않았다! 새로운 자유에 대해서 기뻐하면서도 여전히 그것을 사실로 믿지 않았다. 그러다 한번 프란츠 크로머를 만나게 되었다. 그는 사일러 골목에서 곧장 나를 향하여 내려오고 있었다. 나를 보자 흠칫 놀라서 거칠게 얼굴을 찡그리고는 만나지 않으려는 듯 그대로 돌아서 버렸다.

그것은 생각지도 못한 순간이었다! 내 적이 내 앞에서 달아나다니! 나의 악마가 내 앞에서 겁을 내다니! 기쁨과 놀라움이 내 몸을 뚫고 지나갔다.

그 무렵 데미안이 다시 나타났다. 그는 학교 앞에서 나를 기다리고 있었다.

"잘 있었니?" 하고 나는 말했다.

"잘 있었니, 싱클레어. 어떻게 지내는지 한번 물어 보고 싶었다. 크로머란 놈이 이젠 너를 고이 내버려 두겠지, 그렇잖니?"

"네가 그렇게 했니? 하지만 어떻게 했지? 도대체 어떻게? 난 알 수가 없어. 그놈은 전혀 나타나질 않아!"

"그거 잘 됐구나. 만일 그가 언제고 다시 나타나거들랑―그러지 않을 거라 생각하지만 그는 아주 뻔뻔스러운 놈이니 말야—그놈을 보고 데미안을 생각하라고만 말하면 될 거야."

"그게 무슨 관계가 있는 거지? 그놈하고 싸워서 때려 주었니?"

"아니, 난 그런 짓은 좋아하지 않아. 그저 너하고 얘기하는 것처럼 그와도 얘기를 했을 뿐이야. 그리고 그가 너를 곱게 내버려 두는 것이 자신에게도 이익이 될 거라는 것을 분명히 해주었을 뿐이야."

"아아, 그렇지만 그에게 설마 돈을 주지는 않았겠지?"

"아니, 이봐. 그런 방법은 이미 네가 시험해 보았을 텐데."

나는 그에게 좀더 물어보려고 했지만 그는 가 버렸다. 나는 감사와 수치감, 경탄과 두려움, 호의와 반항심이 이상하게 뒤섞인 이전의 가슴 답답하던 감정을 지닌 채 그대로 서 있었다.

나는 곧 그를 다시 만나기로 결심했다. 그때 그와 더불어 모든 일에 대해서, 또한 카인의 문제에 대해서도 더 많은 이야기를 하고자 생각했다.

그런데 그렇게 되지를 않았다.

감사란, 아무튼 내가 믿는 덕성은 아니며 그런 것을 아이들에게 요구한다는 것이 잘못된 일이다. 나는 막스 데미안에게 취했던 나 자신의 완전한 배은망덕을 이상하게 여기지 않았다. 만일 그가 크로머의 발톱에서 나를 해방시켜 주지 않았다면, 나는 일생 동안 병들고 타락해 버렸을 것이라고 확신한다. 나는 이러한 해방을 그 당시에도 내 소년 생활의 최대의 체험이라고 느끼고 있었다. 그러나 그 해방자가 기적을 이룩하자마자 나는 그에 대해서 신경을 쓰지 않았다.

이미 말한 바와 같이 내게는 배은망덕이 이상스러운 것이 아니다. 이상한 것은 오로지 내가 보여 주었던 호기심의 결여뿐이다. 데미안이 유발시킨 비밀에 더 가까이 가지 않고 어떻게 단 하루라도 편안히 살아갈 수가 있었던 것일까? 카인에 관해서, 크로머에 대해서, 그리고 독심술에 관해서, 더욱 많은 것을 듣고 싶은 욕망을 어떻게 억제할 수가 있었을까?

이것은 거의 이해가 되지 않지만 실은 그러하였다. 나는 갑자기 악마의 그물에서 해방이 된 것을 알았고 세계는 다시 밝고 즐겁게 내 앞에 놓여있음을 보았다. 이젠 불안의 발작이나 숨막힐 듯한 가슴의 고동도 없었다. 속박은 떠나가고 나는 다시 예전과 같은 학생이 되었다. 내 천성은 가능한 한 빨리 균형과 고요 속으로 되돌아가려고 했다. 그래서 우선 온갖 추악한 것과 위협적인 것을 던져 버리고 잊어 버리는 데에 온갖 노력을 하였다. 내가 지은 죄와 공포감에 대한 긴 이야기는 눈에 띄는 상처나 인상을 남기지도 않고 놀라울 정도로 빨리 기억에서 사라져 버렸다.

그뿐 아니라 내 협력자며 구원자까지도 그렇게 빨리 잊어버리려 했다는 사실도 오늘날에 와서야 이해되는 것이다. 내 저주받은 비탄의 계곡에서, 크로머에 대한 무시무시한 노예 관계에서, 상처입은 영혼은 모든 노력과 힘을 다해서 일찍이 행복하고 만족스러웠던 곳으로 도망을 쳤던 것이다. 즉 다시 열려진 실락원으로, 밝은 아버지와 어머니의 세계로, 누이들에게로, 순수한 향기 속으로, 아벨에 대한 신의 총애 속으로 되돌아갔던 것이다.

데미안과 짤막한 대화를 주고받은 바로 그날, 드디어 내가 되찾은 자유에 대해 완전한 확신을 갖게 되어 그런 일이 재발하리라는 염려는 않게 되었을 때, 나는 그렇게도 자주 얼렁히 길망하던 일을 하였다―즉 나는 참회를 했던 것이다. 나는 어머니께로 가서 자물쇠가 부서지고 돈 대신에 상난깜 돈이 들어있는 저금통을 보여 주었다. 그리고 내가 얼마나 오랫동안 자신의 죄로 인하여 사악한 가해자에게 얽매여 있었던가를 이야기했다. 어머니는 전부 이해하지는 못하였지만 그 저금통과 나의 달라진 눈초리를 보고, 달라진 목소리를 듣고, 내가 회복이 되었고 다시 어머니께로 돌아왔음을 느끼셨다.

그리고 나는 고조된 감정으로 나의 복귀에 대한 축제이자 타락한 아들의 귀향식을 올렸다. 어머니는 나를 아버지한테 데려갔고, 이야기가 되풀이되었고, 질문과 놀라는 소리가 터져나왔다. 양친은 나의 머리를 쓰다듬어 주었고, 나는 오랫동안의 압박감에서 벗어나 한숨을 내쉬었다. 모든 것이 훌륭했고, 모든 것이 소설 속에나

있는 것 같았으며, 모든 것이 희한한 조화 속에서 해결
되었다.

나는 이 조화 속으로 진정한 정열을 가지고 도망쳤
다. 다시 내 양친의 신뢰를 되찾은 데서 만족하지 않고
가정의 모범적인 아들이 되었다. 옛날보다 누이들과 더
잘 놀았고, 기도를 드릴 때에는 구원받고 개심한 인간
의 감정으로 좋아하는 옛날의 노래를 함께 불렀다. 그
것은 진심에서 우러난 것이었다.

그렇지만 완전히 안정된 것은 아니었다! 내가 데미안
을 망각한 것을 진실하게 설명할 수 있는 점이 바로 여
기에 있다. 나는 그에게 참회를 했어야 했다! 그 참회
는 과장과 감동이 없더라도 내게 더욱 풍성한 결과를
안겨주었을 것이다. 나는 고향으로 돌아왔으며, 모든
뿌리를 가지고 옛날의 천국에 매달렸으며, 자비롭게 받
아 들여졌다. 그러나 데미안은 결코 이 세계에 속하지
않았으며 거기에 어울리지도 않았다. 물론 그는 크로머
와는 달랐으나, 그래도 그도 역시 유혹자였고 나를 두
번째의 사악하고 나쁜 세계와 결부시켜 주었던 것이다.
그런데 나는 그 세계에 대해서는 영원히 아무 것도 알
고 싶지 않았다. 나 자신이 다시금 아벨과 같이 된 지
금 아벨을 포기하고 카인을 찬미하는 데 협조할 수 없
었고 또 그럴 마음도 없었다.

이것이 외적인 관계였으나 내적 관계는 이러했다.
즉, 나는 크로머와 악마의 손에서 해방되긴 했지만 그

것은 나 자신의 힘과 능력에 의한 것은 아니었다. 나는 이 세상의 소롯길을 걸어가려고 했는데 그 길은 너무나도 미끄러웠다. 친절한 손길이 나를 잡아 구원해 준 지금, 나는 더 이상 곁눈질하지 않고 어머니의 품으로 감싸이고 경건했던 어린 시절의 보금자리로 달려 돌아왔다. 나는 실제보다도 더 어리고 더 의존하고 더 아이같이 행동했다. 나는 크로머에 대한 예속 관계를 새로운 관계로 대치해야만 했다. 나는 혼자서 걸어갈 수가 없었기 때문이다. 그래서 맹목적으로 아버지와 어머니의 세계, 옛날의 사랑스러웠던 〈밝은 세계〉에 대한 예속을 선택했다. 그렇지만 나는 이것이 유일한 세계가 아니라는 것을 이미 알고 있었다. 만일 그렇게 하지 않았더라면 나는 데미안에게 의지하고 내 마음을 털어 놓아야만 했을 것이다. 내가 그렇게 하지 않은 것은 그 당시 그의 이상한 사상에 대한 정당한 불신 때문인 것 같다. 그러나 사실은 불안감 때문이었다. 데미안은 내게 양친보다도 훨씬 더 많은 것을 요구했을 것이며, 자극과 경고로써, 조종과 풍자로써 나를 더 자립하게 만들려고 시도했을 것이기 때문이다. 아아, 오늘에야 나는 그것을 알게 되었다. 인간에겐 이 세상의 어떠한 것도 자기 자신에게로 통하는 길을 가는 것보다 더 어려운 일은 없다는 것을!

약 반 년 후 어느 날, 그 유혹을 이겨낼 수가 없어 산보길에서 아버지에게, 많은 사람들이 아벨보다 카인을 더 좋은 사람이라고 설명하는 데 대해 어떻게 하는가를 물어 보았다.

아버지는 몹시 놀랐으며, 그것은 조금도 새로울 것이 없는 견해라고 설명하였다. 그러한 견해는 이미 원시 기독교 시대에 대두했으며, 여러 종파에서 교훈하였는데 그 중의 하나는 〈카인 교파〉라는 이름이었다. 그러나 이 미친 듯한 교훈은 우리의 신앙을 파괴하려는 악마의 시도 이외는 아무 것도 아니다. 만일 사람들이 카인이 정당하고 아벨이 정당하지 않다고 믿는다면 신이 잘못을 저지른 게 되고, 성서의 신은 올바르고 유일한 것이 아니라 거짓된 신이라는 결론이 나오기 때문이다. 실제로 카인 교파들은 그와 유사한 것을 가르치고 설교했을 것이다. 그런 이교(異敎)는 먼 옛날에 인간 세계에서 사라져 버렸는데 단지 학교 동무가 그것을 약간이나마 알고 있다는 것은 놀라운 일이다. 아버지는 어쨌든 그런 생각은 버려야 한다는 것을 진지하게 경고해 둔다고 말씀하셨다.

제3장 **도 둑**

　나의 어린 시절에 대해서, 부모 슬하에 있던 안전한 생활에 대해서, 자식에 대한 사랑과 온화하고 애정어린 밝은 환경 속에 충만한 유희적인 생활에 대해서는 아름다운 것이나 부드러운 것, 사랑스러운 것을 이야기할 수 있다. 그러나 내게는 내 생애에서 나 자신에 도달하기 위해 걸어 온 발자취만이 흥미로울 뿐이다. 아름다운 휴식처, 행복의 섬들, 낙원 등의 매력을 모르는 것은 아니지만, 나는 이 모든 것을 저 멀리 광채 속에 내버려 두련다. 다시 발을 들여놓고 싶지는 않다.

　그러므로 나는 소년 시절의 일을 이야기할 때 내게 새로왔던 일, 나를 앞으로 내몰던 일만 이야기하는 것이다.

　이러한 충동은 언제나 저 〈다른 세계〉에서 몰려와 늘 불안과 강박과 악한 마음을 초래하며 언제나 혁명적이었고, 내가 기꺼이 머물러 살고자 하는 곳의 평화를 위협했다.

　그 중 하나가 허용된 밝은 세계에서는 기어들어가 숨어 버려야만 하는 원시적 본능이, 나 자신 속에 살고 있다는 것을 새로이 발견하지 않으면 안 되는 나이가 되었다. 모든 사람들처럼 내게도 서서히 눈뜨는 성(性)의 감정이 적으로서, 파괴자로서, 금지된 것으로서, 유혹과 죄악으로서 달려들었다. 내 호기심이 추구한 것, 내게 꿈과 쾌락과 공포를 안겨 준 것, 즉 사춘기의 큰 비밀은 소년 시절의 평화와 함께하는 어린 아이의 이중 (二重) 생활이었다. 나의 의식은 가정과 허용된 것 속에 살았고 아련히 떠오르는 새로운 세계를 부정하였다. 그와 동시에 나는 지하에 숨어있는 여러 종류의 꿈이나 본능, 소망 속에서도 살았다. 그러한 의식 생활은 그 위에 점점 더 위태로운 다리를 세우고 있었으니, 이는 어린 아이로서의 세계가 붕괴되고 있었기 때문이다. 모든 양친이 그러하듯이 나의 양친도 입 밖에 낼 수 없는 것에 눈떠가는 생명의 충동을 도와주지는 않았다. 그들은 다만 점점 더 비현실적이며 허위적으로 되어 가는 어린 아이의 세계에 계속해서 살려는 나의 희망 없는 노력만을 지칠 줄 모르는 심려로써 한결같이 도와줄 뿐이었다. 나는 이 점에서 양친이 얼마나 많은 일을 해낼 수 있었는지 모르지만 나의 양친을 원망하지는 않는다. 나를 완성하고 나의 길을 발견하는 것은 나 자신이 문제였다. 그런데 잘 교육받은 아이들이 대개 그러하듯 나는 나의 일을 잘 해내지를 못했다.

사람은 누구나 이러한 난관을 겪는다. 보통 인간에게 이것은 자기 생명의 욕구가 주위 세계와 치열한 투쟁을 통해 괴롭게 싸워 획득해야만 하는 인생의 시점(時點)인 것이다. 많은 사람들은 일생 동안에 단 한번, 즉 소년 시절이 부패하고 서서히 붕괴될 때에 우리의 운명인 죽음과 탄생을 경험하게 된다. 그때엔 사랑해야 할 모든 것이 우리들을 떠나 버리고 우리는 갑자기 우주의 고독과 죽음과 같은 차가움을 느낀다. 많은 사람들은 영원히 이 벼랑에 달라붙어 일생동안 돌이킬 수 없는 과거에, 즉 모든 꿈 중에 가장 사악하고 살인적인 실락원의 꿈에 집착해 있는 것이다.

우리의 이야기로 되돌아 가자. 나의 소년 시절이 종말을 고하게 한 감정과 몽상이란 이야기할 만큼 중요한 것이 아니다. 중요한 것은 〈어두운 세계〉, 〈다른 세계〉가 다시 나타났다는 것이다. 옛날에는 프란츠 크로머였던 것이 지금은 나 자신 속에 박혀있었다. 그럼으로써 〈다른 세계〉가 다시금 나를 지배하게 된 것이다.

크로머와의 사건 이래 여러 해가 지났다. 그 당시에는 내 인생의 저 극적이고 죄악에 찬 시절은 아주 멀어졌고 순간의 악몽처럼 소멸해 버린 듯하였다. 프란츠 크로머는 오래 전에 내 생활에서 사라졌으며, 언제든 그와 만나게 되더라도 전연 상관 없을 정도였다. 그러나 내 비극의 다른 주요 인물인 막스 데미안은 내 주위에서 완전히 사라지지 않았다. 그러나 그는 오랫동안 멀리 서 있었기 때문에 보이기는 했지만 아무런 작용도 하지 않았다. 그런데 점차로 그는 가까이 왔고 다시금 힘과 영향을 발휘하기 시작했다.

나는 그 시절에 데미안에 관해서 알고 있던 것을 생각해 본다. 나는 1년 동안 아니면 그 이상 그와 이야기하지 않았는지도 모른다. 나는 그를 피했으며 그도 결코 달려들지 않았다. 우연히 우리가 서로 만나게 되면 그는 내게 머리를 끄덕였다. 그리고 가끔 그의 친절 속에는 조소와 빈정과 풍자적 비난의 가벼운 음향이 깃들어 있다는 생각이 들었지만 그것은 공상이었는지도 모른다. 내가 그와 함께 체험한 사건, 또 그가 내게 미친 이상한 영향을 그도 나처럼 잊어버린 것 같았다.

나는 그의 모습을 더듬어 본다. 그러면 그는 거기에 있다. 학교에 가는 모습이 보인다. 그는 낯선 태도로 고독하고 조용하게 별과도 같이 자기 자신의 공기에 휩싸인 채, 자기 법칙에 따라 살면서 다른 사람들 사이를 걸어가는 모습이 보인다. 아무도 그를 사랑하지 않았고, 그의 어머니를 제외하곤 아무도 그와 친숙하지 않았다. 어머니에게도 그는 자식이 아니라 어른과 같이 대접받았다. 선생님들은 가능한 한 그를 그대로 내버려 두었다. 그는 좋은 학생이었지만 누구의 마음에도 들려고 하지는 않았다. 때때로 우리는 소문으로, 그가 선생님에게 혹독한 도전(挑戰) 혹은 풍자라고밖에는 여길 수 없는 말이나 비평, 항변을 했다고 들었다.

나는 눈을 감고 생각해 본다. 그러면 그의 모습이 선연하게 떠오른다. 그곳이었던가? 그래, 그곳도 다시 생각난다. 우리 집 앞 골목길에서였다. 나는 어느 날 거기서 그가 노트를 손에 들고 서서 스케치하고 있는 것을 보았다. 그는 우리 집 대문 위에 있는 새가 새겨진 문장(紋章)을 그리고 있었다. 나는 창가 커튼 뒤에 숨어서 그를 바라보고 있었다. 깊이 놀라면서 그의 주의 깊고 냉정하고 밝은 얼굴이 문장을 향해 있는 것을 보았다. 이상하게 밝고 냉정하고 총명한 눈을 갖고 있었다.

또다시 그의 모습이 떠오른다. 며칠이 지난 후 어느 거리에서였다. 학교에서 돌아오는 길에 우리들은 모두 쓰러진 말의 주위에 서 있었다. 말은 채를 맨 채 농부와 마차 앞에 쓰러져 있었고, 무엇을 구하는 듯 애원하는 듯 콧구멍을 벌리고 허공을 향해 헐떡거리고 있었다. 보이지 않는 상처에서 피가 흘러나와 그 옆 길가의 허연 먼지는 점점 검게 젖어갔다. 나는 기분이 좋지 않아 그 광경에서 눈을 돌리다가 데미안의 얼굴을 보았다. 그는 앞으로 헤치고 나오지 않고 제일 뒤에서 그답게 안일하고 점잖게 서 있었다. 그의 시선은 말 대가리로 향해 있는 것 같았으며, 이때에도 깊고 고요하며 열광적이면서도 냉담한 주의성을 지니고 있었다. 나는 그를 오랫동안 눈여겨보지 않을 수 없었으며, 바로 그때 무엇인가 아주 독특한 것을 느꼈다. 나는 데미안의 얼굴을 보았다. 그것은 어린 아이의 얼굴이 아니라 어른의 얼굴로 보였다. 나는 더 많은 것을 보았다. 나는 그것이 어른의 얼굴도 아니고 그 어떤 다른 것이라는 것을 느낀 것 같다. 어떤 여인의 얼굴과 같은 점이 있는 듯하였다. 말하자면 이 얼굴은 어른답다든가 어린 아이 같다든가 나이 먹었다든가 어리다든가 하는 것이 아니고, 어쩌면 천 살이나 먹은 듯 초시간적이며, 우리들이 살고 있는 것과는 다른 시대의 낙인이 찍혀져 있는 것 같이 보였다. 동물이나 나무들, 별들은 그렇게 보일 수 있다. ―내가 지금 성인으로서 말할 수 있는 것을 그때는 알지도 못했고 정확히 느끼지도 못했지만 무엇인가 이와 비슷한 것을 느끼고 있었다. 아마도 그는 아름다웠을 것이며 내 마음에 들었을 것이지만 또한 싫었는지도 모른다. 어느 편이라고 결정할 수가 없었다. 다만 내가 알 수 있었던 것은 그는 우리들과는 달랐으며, 그는 동물과 같거나 아니면 영혼 내지 환상과 같았다. 그가 어떠하였는지는 모르겠지만 그는 달랐으며, 우리들 모두와는 비교할 수도 없이 상이하였다.

기억으로는 더 이상 말할 것이 없다. 그리고 위에 말한 것도 부분적으로는 훗날의 인상에서 만들어진 것이다.

비로소 몇 살을 더 먹고 나서 나는 다시 그와 좀더 친한 사이가 되었다. 데미안은 관습대로 동급생들과 함께 교회에서 받는 견신례(堅信禮)를 받지 않았다. 그것에 대해서도 한바탕 소문이 퍼졌다. 대부분 그가 원래는 유태인 아니면 이교도라고 하였으며, 한편에서는 그는 어머니와 함께 아무런 종교도 없으며 그렇지 않으면 이상야릇한 사교(邪敎)에 속한다고 생각하는 자도 있었다. 또 그가 어머니하고 연인과 같은 관계로 살고 있다고 의심하는 이야기도 들은 것 같다. 추측컨대 그는 그때까지 신앙이 없이 양육되었을 것이며, 그것은   어떤 불리를 초래하게 될 수도 있었다. 하여간 그의 어머니는 그가 자기 또래보다 2년 늦게나마 견신례를 받도록 했다. 그래서 그는 수개월 동안 견신례 수업 시간에 내 동무가 되었던 것이다.

한동안 나는 그에게서 완전히 물러나 있었다. 그와 어떤 관계도 갖고 싶지 않았다. 그는 너무나 지나친 소문과 비밀에 감싸여 있었다. 특히 크로머 사건 이래로 내 심중에 남아있던 부채감이 더욱 나를 방해하였다. 그리고 그 당시 나는 나 자신의 비밀로 가득 차 있었다. 내게서 견신례 준비 수업은 성적(性的)인 일에 대해 결정적으로 눈뜨기 시작한 시기와 때를 같이 하였다. 그래서 좋은 의지에도 불구하고, 경건한 가르침에 대한 나의 관심은 그로 인해 매우 방해를 받았다. 목사가 얘기한 것은 나와는 멀리 떨어진 조용하고 신성한 비현실적인 세계에서만 존재하였다. 그것은 아주 훌륭하고 가치 있는 것이지만, 결코 현실적이거나 자극적인 것은 아니었다.

이러한 상태가 수업에 대해 무관심하게 하면 할수록 나의 관심은 다시 막스 데미안에게로 접근하였다. 그 무엇인가가 우리 둘을 서로 결합시키려 하는 것 같았다. 나는 이 실마리를 가능한 한 정확하게 더듬어 가지 않으면 안 된다. 내가 생각해 낼 수 있는 한 그것은 교실에 불이 켜져있던 이른 아침 시간에 시작되었다. 우리 목사 선생님은 마침 카인과 아벨 이야기를 하게 되었다. 나는 그 이야기에 별로 주의를 기울이지 않았고, 졸음이 와서 거의 듣고 있지도 않았다. 그때 목사는 소리를 높여 열심히 카인의 표적에 대해서 말하기 시작하였다. 순간 나는 일종의 영감과 경고 같은 것을 느꼈다. 나는 눈을 들어 앞 줄에 앉아있는 데미안의 얼굴이 내 쪽을 돌아보고 있는 것을 보았다. 그의 밝고 말하는 듯한 눈은 조소와 진지함이 똑같이 깃들어있는 표정이었다. 단지 잠시 동안 그는 나를 쳐다보았으며, 나는 갑자기 긴장하여 목사님의 말에 귀를 기울였다. 그가 카인과 그의 표적에 대해서 이야기하는 것을 들으며, 그것은 그가 가르치는 대로만이 아니라 다르게도 볼 수 있으며 비판의 여지도 있다는 생각이 확연히 들었다.

이 순간에 데미안과 나는 다시금 결합하게 되었다. 그리고 이상한 일은—이러한 영적인 결합의 감정이 일어나자마자, 마술과도 같이 공간적인 것으로까지 확대하는 것을 보았다. 그가 자기 스스로 그렇게 할 수 있었는지 아니면 순전히 우연이었는지는 모르겠는데—그 당시 나는 확실히 우연이라고 믿고 있었지만—며칠 후에 데미안은 갑자기 종교 시간에 자리를 바꿔 바로 내 앞에 앉았다. (나는 가득 찬 교실의 불쌍한 구제원과 같은 공기 가운데서, 아침마다 그의 목에서 풍겨오는 부드럽고 신선한 비누 향기를 얼마나 즐겁게 들이켰는지를 아직도 기억하고 있다!) 그리고 며칠 후, 그는 다시 자리를 옮겨 이번에는 내 옆에 앉았다. 그리고 온 겨울과 봄이 다 가도록 그는 거기 앉아있었다.

아침 시간은 완전히 달라졌다. 이젠 졸리지도 지루하지도 않았다. 나는 그 시간이 즐거웠다. 때때로 우리들은 주의하여 목사님의 말에 귀를 기울였다. 내 옆에 앉은 그의 눈짓 하나면 주목해야 할 이야기에 내 주의를 환기시키는 데 충분하였다. 그리고 전혀 다른 확고한 눈짓을 하면, 그것은 나를 경고하고 비판과 의혹을 자극하는 데 충분하였다.

그러나 우리들은 불량한 학생으로, 전혀 수업을 듣지 않는 일도 자주 있었다. 데미안은 선생님과 동급생들에 대해서는 언제나 점잖았다. 그가 학생다운 어리석은 짓을 하는 것을 나는 본 적이 없으며 큰 소리로 웃거나 지껄이는 소리도 듣지 못했다. 선생님의 꾸중도 결코 듣지 않았다. 그러나 그는 아주 조용히, 속삭임이라기보다 표시나 눈짓으로 나를 그 자신이 하고 있는 일에 관여시키는 법을 알고 있었다. 이것은 아주 기묘한 방법으로 행해졌다.

예를 들어 그는 어느 학생이 그의 흥미를 끌고 있는지, 그리고 어떻게 그 학생들을 연구하고 있는지를 내게 말하였다. 많은 학생들을 그는 아주 정확하게 알고 있었다. 수업이 시작되기 전에 그는 〈만일 내가 엄지손

가락으로 손짓하면 누구 누구가 우리들 쪽을 돌아보거
나 목을 긁을 것이다〉 등의 말을 하였다. 그리고 그런
일을 거의 잊고 있는데 수업 시간중에 막스는 갑자기
눈에 띄는 몸짓으로 내게 엄지손가락을 보였다. 나는
재빨리 지적된 학생 쪽을 쳐다보았는데 그때마다 그는
마치 철사에라도 매여 끌리고 있는 듯이 요구된 몸짓을
하는 것이었다. 나는 그 일을 한번 선생님에게 시험해
보라고 하여 막스를 괴롭혔지만 그는 그렇게 하려고 하
지 않았다. 그러나 한번은 숙제를 해 오지 않았으니 목
사님이 내게 아무 것도 질문하지 않았으면 좋겠다고 말
했을 때 그는 나를 도와 주었다. 목사님은 교리문답서
를 암송시킬 학생을 찾고 있었으며, 두리번거리던 시선
이 조마조마해 하고 있는 내 얼굴에 와서 멈추었다. 그
는 천천히 다가와서 나를 손가락으로 가리켰으며 내 이
름이 벌써 그의 입술까지 나왔다. 그 순간 그는 갑자기
마음이 산란해졌는지 아니면 불안해졌는지 옷깃을 만지
작거리다가, 자기를 응시하고 있는 데미안 쪽으로 걸어
가서 무엇인지 물어보려고 하는 것 같았지만 잠시 기침
을 하고 나서 다른 학생을 지적하였던 것이다.

　내가 이 장난을 재미있어 하는 동안에, 내 친구는 나
를 갖고도 가끔 그와 같은 유희를 하고 있다는 것을 비
로소 알아차리게 되었다. 학교 가는 길에서 갑자기 나
는 데미안이 어느 정도의 간격을 두고 내 뒤를 따라오
는 듯한 느낌이 들어서 뒤를 돌아보면 데미안은 정말

거기에 있었다.

"너는 네가 원하는 대로 다른 사람이 생각하도록 할 수 있니?" 하고 그에게 물어보았다.

그는 어른 같은 태도로, 침착하고 요령있게 기꺼이 설명을 하였다

"아니." 그는 말했다. "그런 일은 할 수가 없지. 목사님은 그렇게 말하지만, 말하자면 인간이란 자유 의지를 가지고 있지 않다. 그래서 다른 사람은 그가 원하는 대로의 생각을 할 수도 없으며, 내가 원하는 대로 다른 사람이 생각하게 할 수도 없다. 그러나 어느 한 사람을 주의 깊게 관찰할 수는 있으며, 그렇게 하면 그 사람이 도대체 무엇을 생각하고 느끼고 있는 지를 상당히 정확하게 말할 수 있고, 다음 순간에는 무엇을 하리라 하는 것도 대개 예견할 수 있는 것이다. 아주 간단한 일인데 사람들이 그것을 모를 뿐이다. 물론 연습이 필요하다. 예를 들어 나비들 중에는 암컷이 수컷보다 훨씬 드문 어떤 종류의 밤나방이 있다. 이 나방도 모든 동물과 같이 번식하므로 수컷이 암컷에게 수정하고 암컷이 알을 낳는다. 네가 지금 암컷 밤나방을 하나 가지고 있다면—자연 과학자에 의하여 자주 시험된 일이지만—밤이 되면 수시간이나 걸리는 먼 데서까지도 수컷 나방들이 이 암컷에게로 날아온다! 몇 시간이 걸리는 먼 데서 날아온다고 생각해 보아라! 수킬로나 떨어진 곳에서도 모든 수컷은 그 지방에 있는 단 한 마리 암컷의 냄새를 맡아

내는 것이다! 여러 가지로 그 현상을 설명하려고 하지만 어려운 일이다. 일종의 후각이나 아니면 그와 같은 것이 있음에 틀림없다. 훌륭한 사냥개가 보이지 않는 발자국을 찾아서 그 뒤를 쫓아갈 수 있는 것과 같이 말야, 알겠니? 그것도 이런 일과 같은 것이지만, 자연계에는 이런 일이 얼마든지 있다. 그러나 아무도 그것을 설명할 수는 없다. 나는 이렇게 말하고 싶다. 이 나비들의 암컷이 수컷과 같이 그렇게 많다면 수컷은 결코 그런 예민한 코를 가지고 있지는 않을 것이라고! 그 일에 훈련이 되었기 때문에 예민한 코를 가지게 된 것이지. 동물뿐만 아니라 인간도 어떤 특정한 것에 자기의 모든 주의력과 의지를 집중하면 역시 거기에 도달할 수가 있다. 그것이 전부다. 내가 말하고 있는 것도 바로 그런 것이다. 한 인간을 아주 정확하게 관찰해 보면 그 자신보다도 그에 대하여 더 잘 알게 될 것이다."

나는 〈독심술(讀心術)〉이라는 말을 입 밖에 내어 그렇게도 오랫동안 잊고 있던 크로머와의 장면을 상기시켜 줄까도 생각했다. 그러나 이 사실은 우리 두 사람 사이에는 미묘한 것이 되었고, 그가 몇 년 전에 한 번 진지하게 내 생활에 관여한 일에 대해 그도 나도 조금도 입 밖에 내지 않았다. 우리 사이에는 전혀 아무 일도 없었고 또 각자가 다 상대방이 그 일을 잊어버렸다고 굳게 믿고 있는 것 같았다. 한두 번 우리는 함께 길을 걷다가 프란츠 크로머와 마주친 일도 있었지만, 서로 시선을 교환하지도 않았고 그것에 대해 한 마디도 하지 않았다.

"그런데 의지란 어떻게 되는 거지?" 하고 나는 물었다. "너는 인간이란 자유 의지를 갖고 있지 않다고 했지. 그런데 너는 또 의지를 무엇에 집중만 시키면 목적에 도달할 수 있다고 말했다. 그렇다면 모순이 아닌가! 내가 만약에 내 의지를 지배할 수 없다면 의지를 마음대로 여기저기에 집중시킬 수도 없지 않을까."

그는 나의 어깨를 두드렸다. 내가 그를 기쁘게 해 주었을 때는 언제나 그렇게 했다.

"잘 물었다!" 하고 그는 웃으며 말했다.

"인간은 언제나 질문하고 의문을 가져야 한다. 그러나 문제는 아주 간단하다. 예를 들어 밤나방이 그의 의지를 별이나 그 밖의 다른 것에 집중시키려 한다 해도 그것은 될 수 없을 것이다. 나방은 그런 일을 하지 않는다. 그는 다만 자기에게 의의와 가치를 가지는 것만을, 그가 필요로 하고 가져야 하는 것만을 찾아 헤맨다. 바로 그런 때에 그는 믿을 수 없는 일까지 달성하게 된다. 그들 외에 어떤 다른 동물도 가지고 있지 않은 마술적인 제 육감을 발달시키는 것이다! 우리는 확실히 동물보다 더 큰 활동의 범위를, 많은 흥미를 지니고 있다. 그렇지만 우리도 비교적 아주 좁은 영역 내에 제약을 받고 있으며 이것을 초월할 수는 없다. 나는 이것저것 상상할 수도 있고 가령 북극에 가고 싶다든지 하는 등등의 공상을 할 수는 있다. 그러나 정말로 실행할 수 있고 강하게 소원할 수 있는 것은, 그 소원이 완전히 내 자신 속에 깃들어 내 존재가 완전히 그것으로 채워졌을 때에만 가능하다. 네가 내부에서 명령하는 것을 시험하려고 하면 그것은 그렇게 될 것이며, 너는 네 의지를 마치 좋은 말처럼 부릴 수 있다. 예를 들어서 만일 내가 우리의 목사님이 장차 안경을 쓰지 않도록 하려고 계획한다면 그것은 그렇게 되지 않을 것이다. 그것은 단순한 장난일 뿐이다. 그러나 그때 가을에 내가 앞쪽 자리로 옮기려는 확고한 의지를 품었을 때에는 그대로 되었다. 갑자기 그때까지 병으로 쉬고 있던 학생이 나타나 알파벳 순으로 내 앞에 앉아야했다. 그래서 누가 그에게 자리를 내주어야만 했는데 물론 내가 그렇게 했지. 마침 나의 의지가 그 기회를 잡을 준비가 되어있었기 때문이다.”

“그래.” 하고 나는 말했다. “그 당시 나는 정말 이상한 생각이 들었다. 우리가 서로 흥미를 가졌던 그 순간부터 너는 내게로 점점 더 가까이 왔다. 도대체 그것은 어찌된 일일까? 처음부터 너는 내 바로 옆에 앉지는 않았고 두세 번 내 앞의 의자에 앉았었지, 안 그래? 그건 왜 그랬니?”

“그건 내 자신도 처음에 자리에서 떠나려고 했을 때는 정말 어디로 가고 싶은지 알지 못했기 때문이다. 나는 다만 훨씬 뒤에 가 앉고 싶었을 뿐이었다. 네 옆에 가고 싶다는 것이 내 의지였지만 아직 의식하는 상태는 아니었다. 동시에 네 자신의 의지도 나를 이끌고 도와주었다. 네 앞에 앉았을 때에야 비로소 나의 소원이 반쯤 성취되었다는 생각이 들었다. 그때서야 나는 본래 바로 네 옆에 앉기를 갈망했다는 것을 알아차렸다."

"그러나 그때는 새로 들어온 학생이 없었는데."

"그야 없었지, 그렇지만 그때는 내가 바라는 대로 했고 간단히 네 옆으로 가 앉았던 것이다. 나와 자리를 바꾼 아이는 단지 이상하게 생각하였을 뿐, 내가 하는 대로 내버려 두었다. 그리고 목사님은 무슨 변화가 일어났다는 것을 눈치는 챘었다. 요컨대 그는 나와 관련이 있을 때마다 은연중 무엇인지 마음에 걸렸을 것이다. 즉 그는 내 이름이 데미안이고, 이름 첫자를 D로 시작하는 내가, 훨씬 뒤편에서 S자 사이에 앉아있는 것은 타당치 않다는 것을 알고 있었다. 그러나 그 일은 그의 의식에까지는 떠오르지 않았다. 왜냐 하면 나의 의지가 그것에 반항하고 그렇게 되지 않도록 계속적으로 방해하였기 때문이다. 그 좋은 양반은 이따금 무언가 이상하다는 것을 느끼고 내 얼굴을 보며 생각하기 시작했다. 그러나 나는 간단한 방법을 알고 있었다. 그때마다 그의 눈을 뚫어져라 쳐다보는 것이다. 사람들은 대부분 그런 것을 견뎌내지 못하거든. 모두 다 불안해지는 거야. 너도 누구에게 어떤 일을 이루고자 생각할 때, 갑자기 그의 눈을 똑바로 쳐다보아도 그가 불안해

하지 않거들랑 그 일은 단념하도록 해라! 그때는 그에게서는 결코 아무 것도 달성할 수 없을거야! 그러나 그런 일은 아주 드물다. 이런 수법이 통하지 않는 인간을 나는 단 한 사람 알고 있다."

"그건 누구니?" 나는 빨리 물었다. 그는 약간 눈을 가늘게 뜨고 나를 바라보았다. 그가 무엇을 생각할 때는 그렇게 했다. 그러고 나서 시선을 다른 데로 돌리고 아무 대답도 안 했다. 나는 강렬한 호기심에도 불구하고 질문을 되풀이할 수가 없었다.

그러나 나는 그때 그가 자기 어머니에 대해 이야기하고 있었다고 생각한다. 그는 어머니와 아주 친밀하게 살고 있는 것 같았지만 어머니에 대해서는 아무 말도 하지 않았으며, 나를 자기 집으로 데리고 간 적도 없었다. 나는 그의 어머니가 어떻게 생겼는지 전혀 알지 못했다.

그 당시 나는 여러 번 나의 의지를 어떤 일에 집중시켜 어떻게 해서든지 그것을 달성하려는 시도를 했다. 내게는 아주 긴박하게 여겨지는 소망이 있었던 것이다. 그러나 아무 소용도 없었고 되지도 않았다. 그 일에 대해 데미안과 이야기할 만한 용기도 없었다. 내가 마음속으로 소망하는 것을 그에게 고백할 수가 없었다. 그리고 그도 역시 묻지 않았다.

종교적인 면에서 나의 신앙심은 그 동안 여러 가지

헛점을 지니게 되었다. 그러나 나는 순전히 데미안에게서 영향을 받은 나의 사고 방식이 완전히 무신앙적으로 보이는 동급생들과는 아주 그 유(類)가 다르다고 스스로 구별하고 있었다. 무신앙적인 사람도 몇 사람 있었다. 그들은 한 신(神)을 믿는다는 것은 가소롭고도 인간답지 않은 일이며, 삼위일체(三位一體)나 동정녀에서 탄생한 예수 같은 이야기들이란 그냥 웃어넘길 수밖에 없는 일이며, 오늘날까지도 이런 고물 같은 이야기를 팔고 다닌다는 것이 수치스런 일이라는 것을 기회 있을 때마다 들려주었다. 나는 결코 그렇게는 생각하지 않았다. 내가 의혹을 품고 있는 경우에도, 나는 내 어린 시절의 체험에서 나의 양친들이 영위하던 것과 같은 삶이 존재한다는 것과 그러한 것이 결코 무가치하거나 위선이 아니라는 것을 알고 있었다. 오히려 나는 종교적인 것에 대해서는 여전히 경건한 마음을 가지고 있었다. 데미안은 다만 나로 하여금 이야기나 교의를 더 자유롭고, 개인적으로 더 유희하며 환상적으로 바라보고 해석하는 데 익숙하도록 하였다. 적어도 그가 내게 보여 준 해석을 나는 언제나 기꺼이 그리고 즐겨 추종하였다. 물론 많은 것이 내겐 너무 과격하였는데 카인에 대한 것도 그러했다. 그리고 한 번은 견신례 수업중에 그는 더욱 대담한 해석으로 나를 놀라게 하였다. 선생님은 골고다에 대한 이야기를 하고 있었다. 구세주의 수난과 죽음에 대한 성서 기록은 내게 훨씬 어릴 때부터 깊은 인상을 남겨주었다. 내가 조그마한 아이였을 적에, 나는 그리스도 수난의 날에 아버지가 수난의 이야기를 읽어주신 다음부터, 종종 이 고난에 찬 아름답고, 창백하고, 불가사의하며 무시무시하게 생동하는 세계인 겟세마네 동산에, 그리고 골고다의 언덕에 깊이 마음이 사로잡혀서 살았다. 또 바흐의 마태수난곡을 들을 때면 이 비밀에 가득 찬 세계의 음산하게 거대한 고난의 광채가 모두 신비적인 전율로써 내 마음에 넘쳐흘렀다. 나는 오늘날에도 이 음악 속에서 그리고 〈비극의 행위〉 속에서 모든 시(詩)와 모든 예술적 표현의 정수를 본다.

그런데 이 시간의 마지막에 데미안은 생각에 잠긴 채 나를 향해 말했다. "싱클레어야, 이 이야기에는 내 마음에 들지 않는 것이 있다. 자, 그 이야기를 다시 읽어보고 음미해 봐라. 거긴 김 빠진 맛이 나는 데가 있다. 두 도둑놈에 대한 이야기 말이다. 세 개의 십자가가 언덕 위에 가지런히 서 있다는 것은 실로 장엄한 일이다! 그러나 그 우매한 도둑놈에 대한 감상적인 설교 이야기를 보아라! 첫째, 무슨 짓을 저질렀는지는 모르겠으나 그놈은 무서운 죄를 범한 죄인이다. 그런데 마음이 녹아내리고 개심과 후회의 눈물을 흘리는 그런 의식을 올리다니! 묻건대, 두 발자국 무덤 앞에서 하는 이런 회개란 어떤 의미를 가지고 있겠니? 그것은 감동적인 감상과 극도로 교화적인 배경을 가진 달콤하고도 불성실한 순전한 목사 얘기 따위에 지나지 않는다. 만약 네가 지금 두 도둑놈 중에 한 사람을 친구로 선택해야 한다든지, 두 사람 중 어느 쪽을 더 신뢰할 수 있는가를 생각해 내야만 한다면 확실히 그것은 이 울음을 터뜨린 개심자(改心者) 쪽은 아닐 것이다. 아니, 다른 놈일 것이다. 그 녀석은 사나이답고 줏대가 있는 놈이다. 그는 자기 처지에서는 단지 하나의 달콤한 허튼 소리에 지나지 않는 개종(改宗)이란 것을 무시해 버릴 것이며 최후까지 자기의 길을 갈 것이다. 그리고 그때까지 그를 도와 온 악마와 최후의 순간에 비겁하게 손을 끊지는 않을 것이다. 그는 줏대가 있는 놈이다. 그런데 줏대가 있는 인간들은 성경 이야기에서는 늘상 손해를 본다. 아마도 카인의 후예일지 모른다. 그렇게 생각지 않니?"

나는 몹시 당황했다. 나는 이 십자가에 못박히는 이야기에 아주 정통해 있다고 생각했는데 그제서야 비로소 자신이 얼마나 개성 없고 상상력도 공상력도 없이 그 이야기를 듣고 또 읽었던가를 알아차렸다. 데미안이 말한 이 새로운 사실은 내게 숙명적으로 울려왔고, 그 존속을 고수하지 않으면 안 된다고 믿어왔던 내 마음속의 개념들을 뒤집어 버리려 위협했다. 안 된다. 그렇게 모든 것을, 가장 신성한 것까지도 그렇게 농락할 수는 없는 것이다.

그는 언제나처럼 내가 어떤 말도 채 하기 전에 속으로 반대하고 있는 것을 알아 차렸다.

"벌써 알고 있다." 하고 그는 단념한 채 말했다. "그런 것은 옛날 이야기다. 심각해질 필요는 없다. 그렇지만 네게 말해 둘 것이 있는데, 바로 여기에 종교의 결점을 분명히 나타내는 것이 있다. 구약이나 신약에 나타나는 전능하신 신은 아주 훌륭한 모습을 하고 있으나, 그것은 원래 신이 나타내야 할 모습이 아니라는 데에 문제가 있다. 신이란 선하시고 귀하시며, 아버지시고 아름다우시며, 높으시고 다감하시다. 그것은 옳다! 그런데 세계는 또 다른 것으로 구성되어 있다. 이것은 현재 모조리 악마에게 귀속해 버렸으며 세상의 절반은 은폐되고 묵살되어 있다. 바로 그들이 신을 모든 생명의 아버지로 찬미하면서도 모든 생명의 근본이 되는 성생활(性生活)의 전부를 간단히 묵살하고, 자칫하면 그것을 악마의 소행으로 몰아 죄악이라고 말한다! 나는 사람들이 이 여호와 신을 숭배하는 데에 티끌만큼도 반대하는 것은 아니다. 그러나 나는 우리들이 모든 것을 숭배하고 신성시해야 한다고 생각한다. 인위적으로 구분한 절반만이 아니라 전체 세계를 그대로 말야! 그러므로 우리는 신에 대한 제사와 동시에 악마에 대한 제사도 지내야 하는 것이다. 이것이야말로 정당한 일이다. 그보다도 우리들은 내부에 악마까지 포함하는 하나의 신을, 세상에서 가장 자연스러운 일이 일어날 때 그 앞에서 눈을 감을 필요가 없는 그런 신을 창조하지 않으면 안될 것이다."

그는 그답지 않게 꽤 흥분하였으나 곧 다시 미소를

짓고 더 이상 내게 강요하지 않았다.

그러나 그 말은 내가 전 소년 시절을 통해서 언제나 가슴에 안고 다니면서도 누구에게도 말해 보지 못한 수수께끼를 맞추어 낸 것이다. 데미안이 그때 신과 악마에 대해서, 또 신적으로 공인된 세계와 묵살된 악마의 세계에 대해서 말한 것은 확실히 나 자신의 생각이며 신화(神話)였다. 두 세계, 세계를 구성하는 두 개의 반쪽, 즉 밝은 세계와 어두운 세계에 대한 생각 그대로였다. 내 문제가 만인의 문제이며, 모든 생명과 사색의 문제라는 인식이 갑자기 성스러운 그림자처럼 내 마음을 스쳐갔다. 그리고 나 자신의 고유한 개인적 생활과 의견이 위대한 이념의 영원한 흐름에 얼마나 깊이 관여하고 있는가를 느꼈을 때는 불안과 경건함이 엄습했다. 그 인식은 그 무엇을 실증해 주고 행복하게 해 주는 것 같기는 하였으나 결코 즐거운 일은 아니었다. 그것은 거칠고 황량한 맛이었다. 그 인식 속에는 이젠 더 이상 어린 아이일 수 없으며 홀로 살아나가야 한다는 음향이 깃들어 있었기 때문이다.

나는 생전 처음으로 이토록 깊은 비밀을 털어놓고, 〈두 세계〉에 대해 아주 어린 아이 때부터 지녀 온 생각을 내 친구에게 이야기했다. 그는, 내 깊은 비밀의 감정이 그에게 공감하고 정당성을 부여하고 있다는 것을 곧 알아 차렸다. 그러나 그런 것을 이용하려 드는 것이 그의 기질은 아니었다. 그는 이전에 보인 적이 없는 깊은 주의를 갖고 귀를 기울이고 있었으며, 똑바로 내 눈을 들여다보고 있었기 때문에 나는 내 눈을 다른 데로 돌리지 않을 수 없었다. 왜냐 하면 나는 그의 시선 속에서 또 묘한 동물적인 초시간성과 상상도 할 수 없는 연령을 보았기 때문이다.

"그 일에 대해서는 다음 번에 또 이야기하기로 하자." 그는 아껴주는 듯 말했다.

"네가 남에게 말할 수 있는 이상의 것을 생각하고 있다는 것을 알고 있다. 만약 그것이 사실이라면 너는 네가 생각하는 것을 전부 생활하지 않았다는 것도 알 것이다. 그것은 좋은 것이 아니다. 우리가 실제 생활할 수 있는 생각만이 가치 있는 것이다. 너의 〈허락된 세계〉란 단지 세계의 절반에 지나지 않는다는 것을 너는 알았다. 그리고 제2의 절반을 너는 목사님이나 선생님이 하듯 은폐해 버리려고 시도해 보았다. 그러나 그것은 안 될 일이다! 한 번 사색을 시작한 사람이면 어느 누구도 성공할 수 없는 일이다."

이 말은 내 마음을 깊이 두드렸다.

"그렇지만……" 나는 거의 외칠 듯 말했다. "사실상 금지된 추악한 일이 실제로 존재한다. 너도 그것을 부정할 수는 없을 것이다! 그런 일이 적어도 금지되고 있고 우리들은 단념하여야 한다. 나는 살인이나 그 외 여러 가지 악덕이 존재하고 있다는 것을 알고 있다. 그러나 그런 것이 존재한다는 이유만으로, 나도 말려 들어

가서 범죄자가 되어야 할 것인가?"

"오늘 그것을 종결지을 수는 없다." 하고 막스가 위로
했다.

"너는 확실히 살인을 하거나 처녀를 강간·살인해서
는 안 된다. 절대로 안 된다. 그러나 너는 〈허락된 것〉
이 도대체 무엇인지를 깨닫는 데는 아직 이르지 못했
다. 너는 겨우 진리의 한 조각을 느껴본 데에 불과하다.
다른 한 조각도 곧 알게 될 것이니 그것을 믿어라! 예
를 들어 네가 약 1년 전부터 네 마음 속에 어떤 충동을
가지고 있는데 그것은 다른 무엇보다 강하고 또 〈금지
된 것〉이라고 생각하고 있다. 그런데 그리스 인(人)들
과 그 밖의 많은 민족들은 반대로 이 충동을 신성하게
여기는 큰 축제를 열며 숭배했다. 〈금지된 것〉이라고
하는 것은 그러니까 영원한 것이 아니며 변할 수도 있
다. 오늘날 우리는 여자와 함께 목사 앞에 가서 결혼만
하면 누구든지 여자하고 같이 자는 것이 묵인된다. 어
떤 민족은 사정이 다르며 현재도 역시 그렇다. 그 때문
에 우리들 각자는 허용되어 있는 것과 금지되어 있는
것, 즉 자신에게 금지된 것을 스스로 찾아내야만 하는
것이다. 한 번도 금지된 것을 하지 않고서도 큰 악당이
되는 수가 있다. 또 그 반대의 경우도 있다. 본래 그것
은 안일의 문제에 불과할 뿐이다! 자신을 생각하고 자
신을 심판하는 데 너무나도 안일한 사람은 이때까지 있
어 온 금제(禁制)에 순응한다. 그에게는 그것이 쉬운

것이다. 어떤 사람은 자기 자신 속에서 스스로의 계명을 느낀다. 그런 사람들에게는 신사들이 매일같이 하는 일이 금지되기도 하며, 엄금된 일이 허락되기도 한다. 각자는 자기 자신에 대해 책임을 져야만 하는 것이다."

그는 너무 많이 지껄인 것을 갑자기 후회하는 듯 보였으며 말을 중단했다. 그 당시 나는 그가 그때 느끼고 있던 것을 어느 정도 이해할 수가 있었다. 아주 쾌적하게 그리고 겉으로 보기에는 자기의 착상을 그저 지껄이곤 하는 것 같았지만, 언젠가 그가 말한 바와 같이, 〈단순히 지껄여대기 위한〉 대화란 그에겐 죽어도 견딜 수 없는 것이었다. 그러나 그는 내게서 진정한 관심 이외에 과도한 유희성과 재치있는 잡담에 대한 즐거움 혹은 간단히 말해서 완전한 진지성에 대한 결여 같은 것을 느꼈던 것이다.

내가 쓴 〈완전한 진지성〉이란 마지막 말을 다시 읽어 볼 때, 내가 아직 어린 아이였던 시절에 막스 데미안과 경험한 가장 감동적인 다른 한 장면이 갑자기 떠올랐다.

우리의 견신례가 가까워졌다. 종교 수업의 마지막 시간에는 〈최후의 만찬〉이 취급되었다. 목사님에게 그것은 중요한 것이므로 그는 애써 설명했으며, 그 어떤 신성함과 감동을 그 시간에 분명히 느낄 수 있었다. 그러나 바로 이 최후의 두세 시간의 수업중에 나의 생각은 다른 데에 있었으며, 그것은 내 친구 한 개인에게 쏠려 있었다. 교회라는 공동체로의 엄숙한 입문이라는 견신례를 기다리고 있는 동안에, 약 반 년간의 종교 수업이 내게 주는 의미는 여기서 배운 것에 있는 것이 아니라 데미안과 가까이하여 얻은 영향 속에 있다는 생각이 엄습했다. 나는 이제 교회가 아니라 그 어떤 전혀 다른 것, 즉 사상과 개성의 종단(宗團)과 같은 것에 가입할 준비가 되어있었다. 어쨌든 그 종단은 이 지상에 존재하고 있음에 틀림없고, 나는 내 친구를 그 대표자나 혹은 사도(使徒)로서 느꼈던 것이다.

나는 이 생각을 몰아내려고 노력했다. 다른 것은 어찌되었든 견신례 의식만은 엄숙하게 체험하려고 노력했다. 이것은 나의 새로운 사상과는 조화하기 어려운 것으로 여거졌지만 나는 내가 원하는 것을 하고 싶었다. 그 사상은 엄존하고 있었으며 그것은 다가오는 교회 의식에 대한 생각과 점차로 결부되었다. 그래서 나는 그 의식을 다른 사람들과는 다르게 지내기로 생각했다. 즉, 그 의식이 내게는 데미안을 통해 알게 된 새로운 사상 세계로의 입문을 의미해야 했다.

내가 다시 한번 그와 열심히 토론을 한 것은 그 당시의 일이었다. 그것은 바로 교리문답 시간 직전이었다. 나의 친구는 말이 적었으며 아마도 조숙하고 거드름 피우는 듯한 나의 이야기를 기꺼워하지 않았다.

"우리는 말이 너무 많다." 그는 전에 없던 진지한 태도로 말했다.

"약삭빠른 말이란 가치가 없다. 전연 가치가 없다. 우리는 자기 자신에게서 다만 멀어져 갈 뿐이다. 그리고 자기 자신에게서 멀어져 간다는 것은 죄악이다. 우리는 거북과 같이, 자기 자신 속으로 완전히 숨어들어가지 않으면 안 되는 것이다."

그 후 곧 우리는 교실로 들어갔다. 수업은 시작되었으며 나는 주의를 기울이려고 노력했고 데미안도 나를 방해하지 않았다. 잠시 후에 나는 그가 앉아있는 옆 자리에서 무슨 독특한 것, 즉 공허(空虛)라든가 차가움 같은 것을 감지하기 시작했는데, 마치 그 자리가 불시에 비어 버린 듯한 느낌이었다. 그런 느낌이 가슴을 조이기 시작했을 때 나는 돌아보았다.

그곳에서 나는 친구가 여느 때와 같이 단정한 자세로 똑바로 앉아있는 것을 보았다. 그렇지만 그는 이전과는 완전히 달라보였다. 내가 알지 못하는 것이 그에게서 흘러나와 그를 에워싸고 있었다. 그가 눈을 감고 있다고 생각했는데 눈을 뜨는 것이 보였다. 그러나 그 눈은 아무 것도 보고 있지 않았으며 시력을 가지고 있지도 않았다. 그 눈은 꼼짝도 하지 않고 내면으로, 아득한 세계로 향하고 있었다. 그는 전혀 움직이지 않고 앉아서 호흡조차 하지 않는 듯이 보였다. 그의 입술은 나무나 돌로 깎아 만든 것 같았다. 그의 얼굴은 돌처럼 창백하였다. 갈색 머리털은 그 가운데서 가장 생기를 띠고 있었다. 그의 두 손은 책상 위에 얹혀져 있었는데, 돌이나 과일처럼 생기가 없고 조용하며, 창백하고 움직임이 없으나 축 늘어지지는 않았고, 감추어진 강력한 생명력을 감싸고 있는 견고하고 훌륭한 케이스와 같았다.

나는 이 광경을 보고 몸을 부르르 떨었다. 그는 죽었다!고 생각하였으며 거의 크게 소리칠 뻔하였다. 그러나 그가 죽지 않았다는 것을 나는 알고 있었다. 나는 홀린 듯한 눈초리로 얼굴을, 그 창백하고 돌같이 굳은 가면을 응시했다. 저것이 바로 데미안이다! 라고 느꼈다. 나와 함께 걷고 이야기하던 이전의 그는 다만 반쪽의 데미안이었다. 가끔 어떤 역할을 하고, 적당한 처리를 하며 호의로 협조해 주곤 하던 반쪽이었던 것이다. 그러나 진짜 데미안은 이와 같이 굳어있고 태고적이며 짐승 같고 돌 같고 아름답고 차가우며 죽어 있으면서도 이제까지 없던 생명력에 충만해 보이는 것이었다. 그리고 그의 주위는 적막한 공허, 천공(天空)과 우주 공간, 고독한 죽음으로 휩싸여 있는 것이다.

나는 이제 그가 완전히 자기 속에 침잠해 버렸다고 몸을 떨면서 느꼈다. 나는 그렇게 고독했던 적이 없었다. 나는 그와 관계가 없었으며, 그는 도달할 수 없는 인간이 되었다. 그는 세상에서 가장 먼 외딴 섬에 가 있는 것보다도 더욱더 멀어져 있었다.

나 이외에는 아무도 그것을 보는 사람이 없다는 것도 나는 깨닫지 못했다! 다른 애들이 이쪽을 보았다면 모두가 몸서리쳐야만 했을 것이다! 그러나 아무도 그에게 주의를 기울이지 않았다. 그는 그림처럼, 마치 그렇게 생각하지 않을 수 없는 우상처럼 꼿꼿하게 앉아있었다. 파리 한 마리가 그의 이마 위에 앉아 천천히 코와 입술 위로 기어다녔다—그러나 그는 이맛살 하나 까딱하지 않았다.

어디에, 대체 그는 지금 어디에 있을까? 무엇을 생각하고, 무엇을 느끼고 있는 것일까? 그는 천국에, 아니면 지옥에 있는 것일까?

나는 그것을 그에게 물어볼 수가 없었다. 수업 시간이 끝나고 그가 다시 살아서 호흡하는 것을 보았을 때, 그리고 그의 시선이 나의 시선과 마주쳤을 때 그는 이전과 같았다. 그는 어디서 왔을까? 그는 어디에 있었던가? 그는 피로한 듯이 보였다. 그의 얼굴엔 다시 화색이 돌았고, 그의 손은 다시 움직였지만, 그의 갈색 머리털은 아직도 윤기가 없고 피로한 것 같았다.

그 후 며칠 동안, 나는 침실에서 여러 번 새로운 연습에 몰두하였다. 즉 의자에 똑바로 앉아 눈을 응고시키고 몸도 움직이지 않고 얼마 동안이나 견뎌낼 것이며 또 그때 무엇을 느끼게 되는지를 기다려 보았던 것이다. 그러나 피로할 뿐이었고 눈꺼풀 속에 심한 가려움만을 느꼈다.

그 후 얼마 안 되어서 견신례가 왔다. 그렇지만 이에 대해서는 별 회상이라곤 남아있지 않다.

그때부터 모든 것이 달라졌다. 소년 시절이 내 주위

에서 무너져 버렸다. 양친은 당황한 채 나를 바라보았
다. 누이들은 내게 완전히 낯선 존재가 되었다. 새로운
각성은 이제까지의 감정이나 기쁨을 왜곡시키고 퇴색하
게 하였다. 정원은 향기를 잃고, 수풀은 더 이상 마음을
끌지 못했으며, 세상은 고물상처럼 아무런 맛도 매력도
없이 내 주위에 있었으며, 책은 종이 조각이 되고, 음악
은 소음이 되었다. 가을이 되면 나무에서 낙엽이 떨어
지지만 나무는 그것을 느끼지 못한다. 나무를 따라 비
가 흘러내리고, 혹은 태양이 혹은 서리가 내린다. 나무
속에서는 서서히 생명이 밀집하여 깊은 내면으로 응집
해 들어간다. 나무는 죽은 것이 아니다. 기다리고 있는
것이다.

방학이 끝나면 나는 다른 학교에 진학하게 되어, 난
생 처음으로 집과 떨어져야 했다. 어머니는 특별히 정
다운 태도로 내게 가까이 와서 미리 이별을 고하면서
사랑과 향수와 잊을 수 없는 생각을 불어넣으려고 애썼
다. 데미안은 여행중이었다. 나는 고독했다.

제4장 **베아트리체**

내 친구와 다시 만나지도 못한 채, 나는 방학이 끝나
자마자 성(聖)××로 출발했다. 내 양친은 함께 오셔서
온갖 염려를 다 하면서, 김나지움(9년제 고등학교로 국
민학교 4년을 마친 후 입학함)의 한 선생이 지도하는
소년 기숙사에 나를 맡겼다. 만일 양친께서 그때 나로
하여금 어떠한 곳을 헤매도록 하였는가를 알았더라면
놀라서 기겁을 하였을 것이다.

세월이 흐름에 따라 내가 좋은 아들, 유능한 시민이
될지, 또는 나의 천성(天性)이 다른 길을 걷게 할지는
여전히 미지수였다. 아버지의 집과 정신의 그늘 속에서
행복해지려는 나의 마지막 노력은 오랫동안 계속되었으
며, 가끔은 성공적이기도 했지만 결국은 완전히 실패로
끝났다.

견신례 후의 방학 동안에 내가 최초로 느꼈던 이상한
공허감과 고독감은 (이 공허감과 희박한 공기를 나는
그 후도 얼마나 맛보게 되었던가!) 빨리 사라지지 않았
다. 고향과의 이별은 이상하리 만큼 쉬웠다. 나는 조금
도 우울해지지 않는다는 것이 부끄러울 정도였다. 누이

들은 한없이 울었지만 나는 그럴 수 없었고, 그러한 나 자신에 대하여 놀랐다. 나는 언제나 감정이 풍부한 아이였으며 본래는 아주 선량했다. 그러나 이제 아주 변해 버렸다. 나는 외부의 세계에 대해서 완전히 무관심한 태도를 취하고, 종일토록 자신의 내면에 귀를 기울이고, 내 마음속 깊이에서 속삭이며 흐르고 있는 금지되고 어두운 물결 소리를 듣는 것에 몰두하게 되었다. 나는 지난 반 년 동안에야 비로소 대단히 빨리 성장하였으며, 홀쭉하고 야위고 불안정한 상태로 세상을 바라보았다. 아이다운 귀염성은 내게서 완전히 사라져 버렸다. 이래서는 남에게서 사랑을 받을 수 없다는 것도 느끼고 있었으며 나 자신도 결코 나를 사랑하지 않았다. 나는 막스 데미안을 몹시 동경하였다. 그러나 그를 증오해 보는 때도 드물지는 않았으며, 추악한 별처럼 내 몸에 붙어 있는 생활의 빈곤성에 대한 책임을 그에게 돌렸다.

나는 학생 기숙사에서 사랑도 존경도 받지 못했다. 처음엔 놀림을 당하고 다음엔 모두 나를 멀리 하였으며 또 나를 음침하고 불유쾌한 괴벽자라고들 생각하였다. 나는 그 역할이 마음에 들어서 그것을 더욱 과장하였다. 나는 남 몰래 우울과 절망에 잠식당하는 듯한 발작에 휩싸이면서도, 겉으로는 사내답게 세상을 멸시하는 듯 고독 속에 휘말려 있었다. 쌓아 두었던 지식을 되씹고 있어야만 했다. 이번 학급은 이전의 학급보다 약간

뒤떨어져 있었으며, 나는 내 나이 또래들을 어린 아이로서 약간 경멸조로 바라보는 습관이 붙었다.

1년 이상의 세월이 이렇게 지나갔다. 첫 방학에 귀향했을 때에도 하등의 새로운 반향을 가져오지 않았으며 나는 기꺼이 다시 떠나왔다.

11월 초순이었다. 나는 어떤 날씨에라도 간단한 사색적인 산보를 하는 습관을 가지고 있었는데, 그때 나는 일종의 기쁨을, 우울과 염세와 자기 혐오로 가득 찬 기쁨을 맛보았다. 그렇게 나는 어느 날 저녁 축축한 안개가 낀 황홀 속에서 교외(郊外)를 거닐고 있었다. 어느 한 공원의 드넓은 가로수 길은 텅 비어 있었으며 나를 이끌어 들였다. 그 길은 낙엽으로 깊이 파묻혀 있었는데, 나는 몽롱한 쾌감을 느끼면서 그 속을 발로 휘젓고 있었다. 축축하고도 씁쓸한 냄새가 났다. 멀리 있는 나무들이 안개 속에서 유령같이 크게 윤곽을 드러내며 나타났다.

가로수 길 끝에서 멈춰 서서 검은 나뭇잎을 바라보며, 붕괴와 사멸의 습기찬 냄새를 탐욕적으로 호흡했다. 내 마음속에서 무엇인가가 그 냄새에 응답하고 인사를 하였다. 아, 인생이란 얼마나 무의미한 것인가!

옆길에서 칼라가 달린 외투를 바람에 날리면서 한 사람이 이쪽으로 왔다. 내가 그만 돌아가려고 했을 때 그 사람은 나를 불렀다.

"어이, 싱클레어!"

그는 다가왔다. 우리 기숙사에서 제일 연장자인 알폰스 베크였다. 나는 언제나 그와 만나는 것이 즐거웠다. 그리고 그가 다른 학생들을 대하는 것과 같이 내게도 언제나 비꼬아대고 아저씨처럼 구는 것을 제쳐 놓으면 아무런 나쁜 감정을 가지지 않았다. 그는 곰처럼 힘이 세다고 알려져 있었고, 기숙사의 사감 선생을 꼼짝 못하게 한다고도 하는, 김나지움 학생들 사이에 퍼진 여러 가지 소문의 주인공이었다.

"넌 여기서 대체 무엇을 하니?" 그는 어른이 가끔 우리 어린 아이 사이에 낄 때의 말투로 상냥스럽게 말을 걸었다. "어디 내기를 해도 좋은데, 너는 시(詩)를 짓고 있었지?"

"어림도 없는 소리야." 하고 나는 무뚝뚝하게 부인했다. 내게는 전연 익숙치 않은 태도로 지껄여댔다.

"싱클레어, 내가 이해하지 못할까봐 걱정할 필요는 없다. 이렇게 저녁 안개 속을 가을의 사색에 잠겨서 걷고 있다면 꼭 무슨 사연이 있게 마련이고, 그런 때는 시라도 짓고 싶어진다는 것쯤은 나도 알고 있다. 물론 사멸해 가는 자연이라든가, 아니면 그와 비슷하게 사라져가는 청춘에 대해서 말이다. 하인리히 하이네를 보아라."

"나는 그렇게 감상적이지는 않아." 하고 항변하였다.

"그래, 아무래도 좋아. 그러나 이런 날씨에는 한 컵의 포도주나 그와 같은 것이 있는 조용한 곳을 찾아가는 것도 멋진 일이라고 생각한다. 잠깐 같이 가지 않겠니?

마침 나도 혼자야. 아니면 싫으니? 만약 네가 모범생이
라도 되고 싶다면 나도 너를 유혹하고 싶지는 않다."

그 후 곧 우리들은 교외의 작은 술집에 앉아 미심쩍
은 술을 마시며 두툼한 술잔을 부딪쳤다. 처음에는 별
로 내키지 않았지만 여하튼 새로운 맛이 있었다. 술에
익숙해 있지 않았기 때문에 나는 곧 말이 많아졌다. 마
치 마음의 창을 확 밀어젖힌 듯하였으며 세상이 비쳐드
는 기분이었다. —너무나 오랫동안, 무서울 만큼 오랫
동안 나는 진심에서 이야기한 적이 없었던 것이다! 나
는 정신없이 이야기를 늘어놓았으며, 그 중에서도 카인
과 아벨의 이야기를 가장 멋있게 하였다!

베크는 만족스럽게 내 이야기를 듣고 있었다. —마침
내 내 이야기를 들어 줄 사람을 얻은 것이다! 그는 나
의 어깨를 두드리고 나를 굉장한 녀석이라고 했다. 내
가슴은 털어놓고 싶은 데 대한 막혔던 욕구를 남김없이
충족시키고 연장자에게서도 제법 가치를 지니고 있다는
인정을 받는 기쁨으로 부풀어 올랐다. 그가 나를 천재
적인 놈이라고 말했을 때 그 말은 달고 강한 술처럼 내
마음속에 스며들었다. 세계는 새로운 색채로 불탔고,
사상은 수백 개의 줄기찬 샘에서 흘러나왔으며, 정신과
불길이 내 마음속에서 활활 타올랐다. 우리들은 선생과
친구들에 대해서도 이야기했다. 우리는 서로 멋지게 이
해하는 듯하였다. 우리들은 그리스 사람과 이교(異敎)
에 대해서도 이야기하였다. 베크는 어떻게 하든지 나의

연애 사건에 대해서도 고백시키려고 했지만 나는 함께 이야기할 수가 없었다. 경험한 적도 없고 이야기할 것도 없었다. 마음속에서 느껴보고 그려보거나 공상하던 것은 내 속에서 확실히 타오르고 있었으나, 술의 힘을 빌어서도 풀려지고 이야기할 수 있게 되지는 않았다. 계집애들에 대해서 베크는 훨씬 더 많이 알고 있었으며 나는 이 이야기를 열심히 듣고 있었다. 믿을 수 없는 일도 그때 알게 되었고, 결코 있을 수 없다고 생각하던 일도 평범한 현실이 되어 당연한 것으로 여겨졌다. 알폰스 베크는 겨우 18세 가량인데 벌써 여러 가지 경험을 쌓고 있었다. 무엇보다도 계집애들이라는 것은 달콤하게 굴고 기분을 맞추어 주는 것 이외는 아무 것도 바라지 않는 것들이며, 그것도 정말 좋긴 하지만 진실은 아니라는 것이다. 그 점에서는 부인들에게서 더 많은 성과를 바랄 수 있다. 부인들이란 훨씬 속이 트여있다. 예를 들어 노트나 연필을 파는 가게의 약겔트 부인과는 이야기가 통하며, 그 가게의 판매대 뒤에서 일어난 모든 일이란 어떤 책에도 씌어져 있지 않다는 것이다.

　나는 깊이 매혹되었으며 멍청하게 앉아있었다. 물론 나는 약겔트 부인을 사랑하지는 못할 것이다. 그러나 아무튼 그것은 들어 본 적이 없는 일이었다. 거기에선, 적어도 내가 꿈에도 보지 못한 생이 흘러내리고 있는 듯하였다. 사실 거기엔 거짓말 같은 어조도 있긴 하였다. 그리고 모든 것은 내가 생각하고 있던 사랑의 맛보다도 보잘것 없고 평범한 맛이 났다. 그러나 어쨌든 그것은 현실이고 생활이고 모험이었다. 그것을 체험하고 당연한 듯 생각하고 있는 사람이 내 옆에 앉아있었다.

우리들의 대화는 약간 수그러지고 무엇인가를 잃어버렸다. 나는 이제 천재적인 조그만 녀석이 아니었으며 어른의 말에 귀를 기울이고 있는 소년일 뿐이었다. 그러나 그것도 괜찮았다. 수개월 이래의 내 생활에 비기면 이것은 값지고 천국과 같은 것이었다. 그 외에도 술집에 앉아있는 것부터 우리들이 이야기한 것에 이르기까지 모든 것이 완전히 금지된 것이라는 것을 점차로 느끼기 시작하였다. 여하튼 나는 그 속에서 정신을 맛보고 혁명을 맛보았다.

나는 그날 밤의 일을 아주 분명하게 기억하고 있다. 우리 두 사람이 희미하게 타고 있는 가스등 옆을 지나서 차고 습기찬 밤에 귀로에 올랐을 때, 나는 난생 처음으로 취하였다. 기분은 좋지 않았고 아주 괴로왔지만 그래도 무슨 매력과 감미로움 같은 것이 있었다. 그것은 반역과 방종이었으며, 생명과 정신이었다. 베크는 내게 피도 안 마른 풋내기라고 지독하게 욕지거리를 하였지만 그래도 과감하게 돌보아주었다. 그는 나를 반은 메다시피하여 집으로 데리고 가서, 열려있는 창문으로 함께 슬그머니 들어가는 데 성공하였다.

아주 짧은 동안 죽은 듯이 잠들었다가 고통스러워 잠에서 깨어나 보니, 취기는 사라지고 미칠 듯한 서글픔

이 엄습해 왔다. 나는 침대에 일어나 앉았다. 아직도 낮에 입고 있던 셔츠를 입은 채였다. 내 의복과 구두는 방바닥에 흩어져있었고 담배와 토한 냄새가 코를 찔렀다. 두통과 구토증과 미칠 듯한 갈증 속에서 내마음 속에는 오랫동안 보지 못했던 영상이 떠올랐다. 나는 고향과 양친의 집, 아버지와 어머니, 누이들과 정원을 보았고, 내 조용하고도 정든 침실을 보았고, 학교와 장터를 보았으며, 데미안과 견신례를 올리던 순간을 보았다. 그런데 그 모든 것은 밝고 광채에 싸여있었으며 경이롭고 거룩하고 순결하였다. 그리고 모든 것이—그렇다는 것을 그때에야 알았지만—어제까지도, 아니 몇 시간 전까지만 해도 내 것이었고 나를 기다리고 있었는데, 지금 이 시간에 와서는 침몰하고 저주를 받았으며 더 이상 내 것이 아니며, 나를 박차고 혐오하면서 노려보고 있는 것이다! 내가 옛날 황금의 어린 시절의 정원으로 되돌아가서 내 양친에게서 받았던 온갖 사랑과 친밀감, 어머니의 키스와 해마다의 크리스마스 이브, 우리 집의 경건하고 명랑했던 일요일마다의 아침, 정원에 피어있던 온갖 꽃, 그 모든 것은 황폐해지고 말았다. 그 모든 것을 내가 발로 짓밟아 버린 것이다! 만일에 지금 당장 형집행인이 와서 나를 포박하고 쓸모없는 인간으로, 신전을 모독한 자로 교수대로 끌고간다고 해도 나는 동의했을 것이다. 기꺼이 따라가며 그것을 정당하고 당연한 일이라고 여겼을 것이다.

　나의 내면은 이런 상태였다! 사방을 헤매고 이 세상을 경멸했던 나! 오만한 정신을 지니고 데미안의 사상에 공명했던 나! 나는 쓸모없는 인간이며 추잡한 놈이고, 술에 취하고 더럽고 구역질나고 비열하고 거칠은 짐승 같고, 추악한 충동의 노예가 되어 버린 꼬락서니를 하고 있었다! 아름다운 모든 순결과 광채와 사랑스러운 마음씨로 된 저 정원에서 태어난 나, 바흐의 음악과 아름다운 시를 사랑했던 나, 그러한 내 모습이 이러하다니! 술에 취해 내 자신의 웃음 소리를 억제하지 못하고, 충동적이며 바보처럼 터져나오는 웃음 소리를 구토증과 격분을 느끼면서 아직도 듣고 있는 것 같았다. 그것이 바로 나였던 것이다!

　그럼에도 불구하고 그런 고통을 견디는 일은 향락에 가까왔다. 너무나 오랫동안 나는 맹목적으로 미련스럽게 기어다니고, 너무나 오랫동안 내 마음은 침묵을 지키고 가련하게 구석에 쭈그리고 앉아 있었으므로, 이런 자책과 전율과 이 모든 추악한 감정까지도 내 영혼은 환영하고 있었던 것이다. 그곳에도 감정은 있었고 불꽃도 타오르고 있었으며 심장은 분명히 고동치고 있었던 것이다! 비참의 한가운데에서도 나는 어수선한 채로 해방과도 같고 봄과도 같은 그 무엇을 느꼈던 것이다.

　그러는 동안에 나는 겉으로 보기에 몹시 타락해 가고 있었다. 처음 있었던 주정은 곧 최초의 주정만으로 그치지는 않았다. 우리 학교에서는 폭음이 성행했고, 난

난폭한 자들의 마음에 드는 주막집의 영웅이었고 독설
가였다. 나는 선생, 학교, 양친, 교회에 대한 내 생각이
나 이야기를 할 때는 재치와 용기를 보여 주었다. 음담
에서도 남에게 뒤지지 않았으며, 한 가지 얘기쯤 나 자
신도 해낼 수 있었다. 그러나 나는 술친구들이 계집을
찾아갈 때에는 한 번도 그 속에 끼지 않았다. 내 이야
기를 따른다면 나는 철면피한 향락아가 틀림없어야 했
지만 사실인즉, 나는 외로웠으며 사랑에 대한 작열하는
듯한 동경심과 희망도 없는 그리움에 가득 차 있었던
것이다. 어느 누구도 나보다 상심하기 쉽고 부끄러움을
타는 사람은 없었다. 때때로 젊은 처녀들이 아름답고
말쑥하게, 명랑하고 우아스럽게 내 앞을 지나가는 것을
보게 될 때면 그들은 내게 경이롭고 청순한 꿈이었고,
나보다 수천 배는 더 선량하고 순결하다는 생각이 들었
다. 얼마 동안 나는 약겔트 부인의 문방구에 갈 수가
없었다. 왜냐 하면 그 여자를 쳐다보고 알폰스 베크가
그 여자에 관해 얘기한 것을 생각할 때면 얼굴이 빨개
질 것이기 때문이었다.

  나는 새로운 동료들 사이에서도 내가 언제나 고독하
고 색다르다는 것을 알면 알수록 더욱더 그들로부터 떨
어질 수가 없었다. 사실, 술을 마시고 헛소리를 늘어놓
는 일이 나를 한 번이라도 만족하게 했는지는 나도 모
른다. 그리고 나는 한 번도 음주에 익숙해지지 못했기
때문에 번번이 괴로운 결과를 맛보았다. 만사가 다 강

요된 것과 같았다. 그 외에 무슨 일을 해야 할지 전혀 몰랐기 때문에 그럴 수밖에 없는 일을 한 것뿐이었다. 나는 오랫동안 혼자있기를 두려워했고, 계속 마음이 기우는 온화하고도 수줍은 내적인 발작이 두려웠으며, 이따금 엄습해 오는 짜릿한 애욕도 두려워했다.

내게 가장 결핍된 것이 한 가지 있었다. 그것은 친구였다. 내가 만나고 싶은 동급생이 두세 명 있었다. 그러나 그들은 건전한 패에 속하고 있었으며 내 추행은 벌써 오래 전부터 누구에게도 비밀이 되지는 못했다. 그들은 나를 피하였다. 나는 모두에게서 발밑의 지반이 흔들거리는 아무런 희망도 없는 건달로 통하고 있었다. 선생들도 나에 대해 많은 것을 알고 있었고, 나는 여러 번 혹독한 벌을 받았으며 결국에는 학교에서 퇴학 처분을 받으리라고 모두들 예기하고 있었다. 나 자신도 그것을 알고 있었다. 나는 이미 오랫동안 착실한 학생은 아니었으며, 더 이상 지속할 수도 없음을 느끼면서도 애써 밀고 나가며 자신을 속이고 있었다.

신이 우리를 고독하게 만들어 놓음으로써 우리를 자기 자신으로 인도하게 하는 길은 수없이 많다. 이런 길을, 그 당시 신은 나와 함께 걷고 있었던 것이다. 그것은 마치 악몽과도 같았다. 더러운 것, 끈적거리는 것, 깨어진 맥주잔과 냉소적인 잡담으로 지낸 밤들을 넘어서, 나는 자신이 저주받은 몽유병자처럼 휴식도 없이 괴로워하면서 추악하고도 불결한 길을 기어다니는 것을 바라보고 있었다. 공주에게로 가는 도중에 흙탕물 속에, 악취와 오물이 넘쳐흐르는 뒷골목에 틀어박히게 되었다는 꿈 이야기가 있다. 나도 그런 지경에 놓여있었던 것이다. 이런 보잘 것 없는 방법으로 나는 고독하게 되고, 나와 유년 시절 사이에는 무자비한 눈초리를 번득이는 파수꾼군들이 서 있는 잠겨진 낙원의 문이 가로막고 있는 운명이 주어졌던 것이다. 이것이 바로 나 자신에 대한 향수의 시작이며 각성이었던 것이다.

기숙사 사감 선생의 경고 편지를 받고 아버지가 성(聖)××에 나타나셔서, 뜻하지 않게 나를 향해 걸어오셨을 때 나는 진절을 하며 경련을 일으키고 말았다. 그해 겨울이 끝날 무렵 두 번째 오셨을 때는, 이미 나는 냉담해지고 무관심해졌으며 그가 꾸중하고 간청하며 어머니를 생각하라고 하셔도 상관치 않았다. 결국 아버지는 몹시 화가 나서, 만일 내가 달라지지 않는다면 불명예스럽고 모욕적인 퇴학을 당하게 하여 감화원에 집어넣겠다고 말하였다. 할 테면 하시라지! 아버지가 떠난 후 나는 마음이 아팠다. 아버지는 아무런 성과도 거두지 못하였으며 내게로 통하는 길도 찾아내지를 못하셨다. 그리고 잠시 동안이었지만 나는 그것이 그에게는 당연한 것같이 느꼈다.

내가 무엇이 되든 매한가지였다. 주막집에 앉아 큰소리나 치는 기묘하고도 아름답지 못한 태도로 세상과 싸우고 있었으며, 그것이 내 반항의 형식이었다. 그렇게 해서 나는 나 자신을 망치고 있었으며 때때로 이런 생각에 빠졌다. 즉, 만일 세상이 나 같은 인간을 써먹지 못하고 그런 인간을 위해 보다 나은 자리, 보다 높은 과제를 맡겨 주지 않는다면 나와 같은 인간들은 파멸하고 말 것이고, 그 손해는 세상이 져야만 할 것이다.

그 해의 크리스마스 방학은 정말 불쾌했다. 어머니는 나를 다시 보시고는 깜짝 놀랐다. 나는 키가 훨씬 더 컸으며 여윈 얼굴은 축 늘어진 표정이었고, 눈언저리는 염증을 일으켜서 잿빛을 띠고 처량하게 보였던 것이다. 처음으로 나기 시작한 코밑 수염 자국과 얼마 전부터 쓰기 시작한 안경은 나를 더욱 낯설게 하였다. 누이들은 뒤에 숨어서 킥킥 웃고 있었다. 모든 것이 불유쾌했다. 서재에서 아버지와 대화하는 것도 불유쾌했고 씁쓰름했으며, 두세 명의 친척들의 인사도 불유쾌했고, 무엇보다도 크리스마스 이브가 유쾌하지 않았다. 그 날은 내가 태어난 이래로 우리 집에서는 뜻있는 날이었다. 축제와 사랑과 감사의 저녁이었고, 양친과 나의 유대를 새롭게 해 주는 저녁이었지만 이번에는 모든 것이 울적하고 당황스럽기만 했다. 옛날처럼 아버지는 '그들은 그 곳에서 양 떼를 지키고 있었노라' 하고 들판의 목동에 대한 복음을 읽으셨고, 옛날과 같이 누이들은 눈초리를 빛내면서 선물이 놓인 책상 앞에 서 있었다. 그러나 아버지의 음성은 즐겁게 울리지가 않았고, 그 얼굴은 늙고 오그라든 것같이 보였다. 어머니도 슬픈 표정이었다. 그리고 내게는 모든 것이 한결같이 고통스럽고 거북하기만 했다. 선물도, 축복도, 복음서와 불을 켠 나무도 그랬다. 꿀 케잌은 달콤한 냄새를 풍기며 감미로운 추억을 짙은 구름처럼 발산했다. 전나무는 향내를 뿜고 지나가 버린 일들을 이야기해 주었다. 그러나 나는 그 밤과 축제일이 끝나기만을 바라고 있었다.

온 겨울이 그렇게 지나갔다. 얼마 전에 나는 처음으로 직원회에서 긴박한 경고와 함께 퇴학 처분의 위협을 받았다. 더 이상 오래가지는 않을 것이다. 될 대로 되라지.

나는 막스 데미안에게 특별한 원망을 갖고 있었다. 나는 그를 그 동안 한 번도 만나지 못했다. 성××에서 학생 시절 초기에 두 번이나 편지를 썼지만 아무런 답장도 받지 못했다. 그래서 나는 방학중에도 그를 방문하지 않았던 것이다.

가을에 알폰스 베크와 만났던 바로 그 공원에서 봄이 시작될 무렵, 가시나무 울타리가 파랗게 돋아나기 시작했을 때, 한 소녀가 내 주의를 끌었다. 나는 불쾌한 생각과 근심에 싸여 혼자 산책을 하고 있던 참이었다. 내 건강은 악화되었고, 끊임없이 돈이 궁해져서 친구한테 빚을 져 집에서 다시 얼마간 돈을 타내기 위해서는 부득이한 지출 명목을 궁리해 내야만 했고, 여러 군데 가게에는 담배나 그런 등속의 계산서가 불어나고 있었기 때문이다. 이런 근심이 아주 심각한 것은 아니었다. 만일 멀지 않아 내가 물 속으로 뛰어들거나 혹은 감화원으로 끌려가게 되어 이곳 생활이 끝장나게 되면, 이런 몇 가지 사소한 일쯤은 결코 문제가 되지 않을 것이었다. 그러나 나는 줄곧 그런 달갑지 못한 일들과 맞붙어서 살았고, 그 때문에 괴로워하고 있었다.

그런 봄날 공원에서 나는 몹시 내 마음을 끄는 젊은 처녀를 만났다. 키가 크고 날씬했으며 우아한 옷차림을 한 총명한 소년다운 얼굴이었다. 당장 그녀가 마음에 들었다. 그녀는 내가 좋아하는 타입에 속했으며 나의 상상력을 자극하기 시작했다. 아마도 나보다 별로 나이가 많지 않을 것 같았지만 훨씬 성숙했고, 우아하고 윤곽이 뚜렷했으며, 벌써 완전한 숙녀 같았다. 그런데 내가 무엇보다 좋아하는 오만함과 애티가 떠오르곤 하였다.

나는 그때까지 한 번도 내가 반한 여자한테 접근하는 데에 성공해 본 일이 없었는데 이 여자의 경우에도 마찬가지였다. 그러나 그 인상은 이제까지의 어느 것보다도 깊었으며, 내 생활에 끼친 이 짝사랑의 영향은 대단했다. 다시금 갑자기 그 고귀하고 존경하는 영상이 내 앞에 나타났다. 아아, 어떠한 욕구도 어떠한 충동도 공경과 사모에 대한 소원처럼 내 마음속에서 그렇게 심각하고 절실하지는 못하였다! 나는 그녀에게 베아트리체라는 이름을 붙였다. 단테를 읽은 일은 없지만 그 복사판, 내가 가지고 있는 영국판의 그림을 보고 그 여자를 알고 있었기 때문이다. 거기에는 영국 라파엘 전파(前派)의 소녀상이 그려져 있었다. 사지가 길쭉하고 날씬하며 좁다랗고 긴 머리와 정신화된 손과 표정을 지닌 모습이었다. 나의 아름답고 젊은 소녀도 내가 좋아하는 그런 날씬하고 소년다운 모습을 하고 있었고, 얼굴에는 정신화된 아니면 영화(靈化)된 그 무엇이 엿보이긴 하였으나 그 초상의 여인과 똑 같은 것은 아니었다.

나는 베아트리체와 단 한 마디의 말도 한 적이 없었다. 그렇지만 그 여자는 그 당시 내게 매우 깊은 영향을 끼쳤다. 그 여자는 내 앞에 자기의 영상을 세워 주었고, 내게 성스런 전당을 열어 주었으며, 나를 사원의 기도자로 만들었다. 날이 갈수록 나는 주막집 출입과 밤에 배회하는 버릇에서 멀어졌다. 나는 다시 혼사 있을 수가 있게 되었고, 다시금 즐겨 독서를 하고 산책하게 되었다.

이 갑작스런 개심은 상당한 조소를 몰아왔다. 그러나 나는 이제 사랑하고 숭배할 대상을 갖게 되었으며 다시금 이상을 갖게 되었다. 생활은 다시 예감과 다채롭게 신비적인 여명으로 충만하였다―그것이 나의 감수성을 둔하게 해 주었다. 나는 비록 숭배하는 한 영상의 노예며 하인이라 할지라도, 다시 나 자신으로 되돌아와 있었던 것이다.

나는 그 시절을 아무런 감동도 없이 회상할 수는 없다. 다시금 나는 진심에서 우러난 노력을 기울여, 무너져 버린 한 시기의 생활의 폐허에다 〈밝은 세계〉를 건설하려고 시도했다. 다시 내 마음에서 어두움과 악을 제거하고, 완전하게 밝은 세계 속에 머물고자 하는 오직 하나의 욕구 속에서 신들 앞에 무릎을 끓고 살았다. 어쨌든 이 〈밝은 세계〉는 어느 정도 나 자신의 창조물이었다. 이제 그것은 어머니한테로, 아무런 책임도 없는 안전한 곳으로 다시 도망치고 기어들어 가는 것은 아니었다. 그것은 책임과 자제심을 지닌, 나 자신이 발견하고 요구하는 새로운 봉사였다. 내가 늘 괴로워하고 언제나 도망치고 있었던 이성에 대한 욕망은 이제 그 성스러운 불 속에서 정신과 기도로 변용되어야 했다. 더 이상 어둡고 추악한 것이 있어서는 안 되었다. 신음하며 지새운 밤도, 음란한 환상 앞에서의 심장의 고동도, 금지된 문 앞에서 엿듣던 것도, 여하한 음욕도 존재해서는 안 되었다. 그 모든 것 대신에 베아트리체의 영상을 모신 나의 제단을 마련하였으며, 그녀에게 나를 바침으로써 정신과 신들에게 나를 바쳤던 것이다. 나는 어두운 힘에게서 빼앗은 삶에 대한 흥미를 밝은 힘에게 제물로 바쳤다. 쾌락이 아니라 순결이었고, 행복이 아니라 아름다움과 정신이 나의 목적이었다.

이 베아트리체에 대한 숭배는 내 생활을 송두리째 변화시켰다. 어제까지도 조숙한 냉소자였던 나는 이젠 성자가 되려는 목표를 가진 사원지기가 되었다. 나는 익숙해 있던 사악한 생활을 청산하였을 뿐만 아니라 모든 것을 변화시키려고 노력했다. 모든 것 속에 순결과 고

귀함과 품위를 깃들게 하려 했고, 먹고 마시고 이야기를 하거나 옷을 입는 데에도 그런 것을 생각하게 되었다. 나는 아침에 냉수 마찰을 하기 시작했는데 처음에는 억지로 하지 않으면 안 되었다. 나는 진지하고 품위 있게 행동했으며, 몸을 똑바로 세우고 천천히 위엄있게 걸음을 걸었다. 보는 사람에겐 우스꽝스럽게 보였을지도 모른다. 그러나 내 마음속은 신에 대한 봉사로 충만해 있었다.

새로운 심경을 표현해 보려는 모든 새로운 노력 중에서 특히 하나가 중요했다. 나는 그림을 그리기 시작했던 것이다. 내가 가진 영국제 베아트리체 상(像)이 그 소녀와 충분히 닮지 않았던 것이 그 일의 시작이었다. 나는 그녀를 내 자신을 위해 그려 보고자 했다. 새로운 기쁨과 희망을 안고 나는 내 방에서 —얼마 전부터 나는 독방을 쓰고 있었다.— 화려한 종이와 물감과 화필을 갖추고, 물감판과 유리 잔과 도자기 접시와 연필을 준비했다. 내가 사온 조그만 튜브에 든 고운 템페라 물감은 나를 매혹시켰다. 거기에는 타는 듯한 크롬 옥시드의 초록빛도 있었다. 그 물감이 처음에 조그맣고 하얀 접시 위에서 빛나던 것이 지금도 눈에 보이는 듯하다.

나는 조심스럽게 시작했다. 초상을 그린다는 것은 어려운 일이었으므로 우선 다른 것부터 시험해 보았다. 장식 무늬와 꽃들, 자그마한 환상적 풍경, 교회당 옆에 서 있는 나무, 측백나무가 있는 로마의 다리 등을 그렸

다. 종종 나는 이런 유희적인 행위에 완전히 넋을 잃었
고, 물감 상자를 가진 아이처럼 행동했다. 결국 나는 베
아트리체를 그리기 시작했다.

몇 장은 완전히 실패하여 내던져 버렸다. 때때로 거
리에서 만나곤 하였던 그 소녀의 얼굴을 상상해 보려고
하면 할수록 잘 되지를 않았다. 결국 그것을 포기하고
단순히 공상을 따라서, 그리고 시작한 부분과 물감과
화필에서 저절로 나오는 움직임에 따라서 얼굴을 하나
그리기 시작했다. 그렇게 그려진 것이 바로 꿈에서 본
얼굴이었고, 그것이 불만족스럽지 않았다. 그러나 나는
그런 시도를 계속했으며, 새 종이에 그릴 때마다 더욱
선명해져서 실제의 모습은 아니었을지라도 꿈속의 모습
에 가까워지는 것이었다.

나는 꿈을 꾸는 듯한 붓끝으로 선을 긋고 화면을 채
우는 데 더욱더 익숙해졌다. 그 그림은 모델도 없이 유
희적인 더듬거림과 무의식적인 세계에서 생겨난 것이었
다. 드디어 어느 날 거의 무의식적으로 전보다도 한층
더 강렬하게 내게 말을 건네는 하나의 얼굴을 완성시켰
다. 그것은 그 소녀의 얼굴은 아니었으며 이미 그·여자
의 얼굴일 수도 없었다. 그것은 그 어떤 다른 것, 비현
실적인 것, 그렇다고 가치가 덜한 것도 아니었다. 그것
은 소녀의 얼굴이라기보다는 소년의 머리처럼 보였다.
머리털도 나의 아름다운 소녀처럼 밝은 금발이 아니라
붉은 기가 섞인 갈색이었고, 턱은 억세고 단단했으며,

행이 벌어졌다. 나는 그 일당 가운데서 최연소자였다. 그러나 곧 나는, 겨우 한몫 끼는 놈이나 애송이가 아니라 대장이 되고 샛별이 되었으며, 유명하고도 꺼릴 데 없는 주막집 단골이 되었다. 나는 다시 한번 완전히 어두운 세계, 악마에 속하는 몸이 되었고 이 세계에서 멋진 놈으로 통하게 되었다.

그러면서도 내 마음은 비참하기 그지 없었다. 나는 제자신을 파멸시키는 열광적 방종 속에서 살고 있었다. 친구들간에는 대장으로, 멋진 놈으로, 비상하게 날카롭고 재치있는 녀석으로 통하고 있는 반면에, 내 마음속 깊이에서는 불안에 휩싸인 내 영혼이 두려운 나머지 떨고 있었다. 언젠가 일요일 오전에 주막에서 나왔을 때, 거리에서 아이들이 말끔히 머리를 빗고 나들이옷 차림으로 명랑하고 즐거운 듯 놀고 있는 것을 보자 눈물이 솟구쳤던 일을 아직도 기억하고 있다. 그리고 초라한 주막집 더러운 식탁의 맥주잔 사이에서 터무니 없는 방탕한 말로 내 친구들을 즐겁게 해주고, 때로는 놀래 주기도 했지만, 남몰래 마음속으로는 내가 조소하는 모든 것에 대해서 공경심을 갖고 있었다. 속으로는 내 영혼 앞에, 내 과거 앞에, 어머님 앞에, 신 앞에, 울면서 무릎을 꿇고 있었던 것이다.

내가 한 번도 나의 추종자들과 하나가 되지 않았다는 것과, 내가 그들 사이에서 고독했고 그래서 그렇게 괴로워했다는 사실에는 그만한 이유가 있었다. 나는 가장 입은 붉게 피어나고 있었다. 전체적으로 보아 약간 딱딱하고 가면 같기도 했지만 인상적이고 신비스러운 생명으로 가득 차 있었다.

완성된 그림 앞에 앉아있을 때 그것은 이상스러운 인상을 풍겼다. 그것은 신들의 초상화거나 신성한 가면과도 같이 보였고, 반은 남성적이고 반은 여성적이며, 나이도 없고, 강한 의지를 지닌 동시에 몽환적이며, 딱딱하게 굳어있으면서도 생명이 넘치고 있었다. 이 얼굴은 무엇인가를 이야기하려는 듯했고, 내게 속하고 내게 요구하고 있는 것 같았다. 그리고 그것은 누군가와 닮은 데가 있었는데 그게 누구인지는 알지 못했다.

그 초상화는 그 후 얼마 동안 내 모든 생각을 집중시키며 나와 함께 생활했다. 나는 그것을 서랍 속에다 숨겨두었다. 아무도 그것을 낚아채서 그것으로 나를 조롱해서는 안 되기 때문이었다. 그러나 내 방에 혼자 있게 되면 곧 그 그림을 꺼내서 그것과 교제를 하였다. 저녁이면 그것을 침대 위쪽 맞은편 벽지에다 핀으로 꽂아놓고는 잠들 때까지 쳐다보았으며, 아침이 되면 첫 시선을 그 위에 보냈던 것이다.

바로 그 무렵 내가 어린 아이 때 항상 그랬듯이 다시 많은 꿈을 꾸기 시작했다. 수년 동안 한 번도 꿈을 꾼 적이 없는 것처럼 생각했다. 이제 완전히 새로운 영상이 찾아왔다. 그 중에는 빈번하게 내가 그린 초상이 살아서 이야기를 하며 나타났다. 그것은 내게 친밀하거나 적대석이었는데, 때로는 이맛살을 찡그리기도 하고 때로는 끝없이 아름답고 조화롭고 기품 있게 나타나는 것이었다.

어느 날 아침, 그런 꿈에서 깨어났을 때 나는 그것을 알아차리게 되었다. 내가 놀랄 만큼 다정스럽게 그것을 쳐다보자, 내 이름을 부르는 것 같았다. 그것은 어머니만큼이나 나를 잘 알고 있는 것 같았으며, 오랜 옛날부터 나를 향하고 있었던 것같이 보였다. 가슴을 두근거리며 나는 그 그림을, 그 갈색의 조밀한 머리와 반쯤 여성적으로 보이는 입, 그리고 기이한 밝은 빛을 지닌 강한 이마를 바라보았다(그 그림은 저절로 그렇게 말라 있었다). 그러자 마음속에서 새로운 인식과 재발견과 알고 있다는 생각이 점점 밀려왔다.

나는 침대에서 벌떡 일어나 그 얼굴 바로 앞에 가 서서, 그 초록 빛이 감돌며 응시하고 있는 큰 눈을 들여다보았다. 오른쪽 눈이 다른 쪽보다 약간 높이 박혀있었다. 그러자 갑자기 그 오른쪽 눈이 움찔했다. 가볍고 섬세하게 그러나 분명히 움직였다. 나는 그 경련을 보고 비로소 그 그림을 인식했다.

어째서 그렇게 늦게서야 그것을 알아차릴 수 있었던가! 그것은 데미안의 얼굴이었던 것이다.

그 후 나는 그 그림을 자주 나의 기억 속에 있던 데미안의 실제 표정과 비교해 보았다. 비록 닮기는 하였으나 똑 같지는 않았다. 그러나 그것은 틀림없이 데미안이었다.

어느 초여름 저녁 서쪽으로 향한 내 방 창문으로 태양이 비스듬히 붉게 비쳐들었다. 방안은 어둑어둑 해졌다. 그때 나는 그 베아트리체의 아니 데미안의 초상을 핀으로 창살에다 꽂아놓고 석양이 어떻게 그것을 투사하는지를 보자는 착상을 했다. 얼굴은 윤곽이 없어지고 몽롱해졌으나 붉은 색과 눈언저리의 이마의 밝은 색과 유난히 붉은 입은 화면에서 깊숙하고 강렬하게 타고 있었다. 이미 석양이 사라졌는데도 오랫동안 그와 마주앉아 있었다. 그러자 점차 그것은 베아트리체도 데미안도 아닌 나 자신이라는 느낌이 들었다.

그 그림은 나를 닮지는 않았다 —또한 그릴 수도 없다고 느꼈다— 하지만 그것은 나의 생명을 이룩하고 있는 것이었고, 나의 내면, 내 운명, 혹은 나의 악령(惡靈)이었던 것이다. 내가 언젠가 친구를 사귀게 된다면 그는 이런 모습을 하고 있을 것이다. 내가 언젠가 애인을 갖게 된다면 그녀는 이런 모습을 하고 있을 것이다. 나의 삶과 죽음도 그러할 것이다. 이것이 나의 운명의 소리요 리듬이었다.

그 몇 주일 동안에 나는 예전에 읽었던 모든 것보다도 더욱 심각한 인상을 주는 독서를 하기 시작했다. 후에도 아마 니체를 제외하고는 책에서 그런 경험을 한 적은 거의 없었다. 그것은 편지와 금언이 수록되어 있는 노발리스의 책이었다. 많은 부분을 이해하지 못했지만 그 금언 중의 하나가 머리에 떠올랐다. 나는 그것을 펜으로 초상화 밑에다 적었다. '운명과 심경이란 하나의 개념에 대한 이름들이다.' 나는 그제야 그것을 이해했던 것이다.

내가 베아트리체라고 이름을 붙인 그 소녀를 종종 만났다. 더 이상 아무런 감동도 느끼지는 않았으나 늘 부드러운 조화와 감정적인 예감을 느끼곤 하였다. 그대는 나의 운명의 일부분인 것이다.

막스 데미안에 대한 나의 동경심은 다시 강렬해졌다. 나는 그에 대하여 수년 동안 아무 것도 듣지 못하고 있었다. 단 한 번 방학중에 그를 만났을 뿐이었다. 나는 이 짧은 해후에 대한 이야기를 내 기록에서 빠뜨리고 있었다는 것을 깨달았으며, 그것은 수치심과 허영심에서였다는 것도 알고 있다. 나는 그것을 만회해야만 하겠다.

그러니까 방학중에 내가 술집을 출입하던 시절, 지루하고도 언제나처럼 피곤한 표정으로 고향 거리를 어슬렁거리며 단장을 휘둘러대고 변화 없는 경멸할 속인들의 얼굴을 바라보고 있었을 때, 그 옛날 친구가 내게로 걸어오고 있었다. 나는 그를 보자 몸이 오싹해졌다. 그리고 번갯불처럼 문득 프란츠 크로머를 생각하지 않을 수 없었다. 제발 데미안이 그 이야기를 잊어 버리고 있으면 좋겠는데! 그에게 은혜를 입고 있다는 것은 매우 불유쾌한 일이었다— 사실 그것은 어리석은 아이들 이야기였지만 그래도 은혜임에는 틀림없었던 것이다.

그는 내가 인사하기를 기다리고 있는 것 같았다. 그리고 내가 되도록 태연한 채 인사를 하자 그는 내게 손을 내밀었다.

그는 주의 깊게 내 얼굴을 들여다보고 "싱클레어, 너 많이 컸구나." 하고 말했다. 그 자신은 전혀 변하지 않은 것 같았으며, 여전히 늙어 보이면서도 여전히 젊어 보였다.

그는 나와 어울렸고, 우리는 함께 산책을 하면서 순전히 다른 이야기만 했지 옛날 이야기는 하나도 하지 않았다. 나는 이전에 그에게 여러 번 편지를 하였으나 답장은 한 번두 받지 못했던 것이 생각났다. 이, 제발 그가 그것으로 그 바보 천치 같은 편지질을 잊었으면 좋겠다! 그는 그것에 대해서도 아무 말도 하지 않았다.

그 당시는 아직 베아트리체도 초상화도 없었으며, 나는 황량한 시기의 한복판에 서 있을 때였다. 교외로 나가자 주막으로 함께 들어가자고 그를 청했다. 그는 함께 들어갔다. 뽐내면서 한 병의 포도주를 주문하고 술을 따르고 그와 잔을 부딪치고는, 학생들 식의 음주법에 익숙해졌음을 과시하면서 첫 잔을 단숨에 들이켰다.

"너 술집에 많이 다니는구나?" 그는 내게 물었다.

"아아, 물론." 나는 아무렇지도 않은 듯 대답했다. "그 밖에 뭐 할 일이 있어? 결국 그게 제일 재미있는 일이야."

"그렇게 생각하나? 그럴 수도 있겠지. 사실 멋진 점

도 있지. 그 도취와 바커스적인 것 말야! 하지만 나는 술집에 마냥 앉아있는 사람들은 그런 멋을 잃어버렸다고 생각한다. 술집이나 찾아다니는 것은 정말 속물적인 짓이라고 생각한다. 그야 물론 하룻밤쯤 타오르는 횃불 곁에서 정말 아름다운 도취와 흥분에 잠겨 보는 것은 멋진 일이다! 하지만 언제나 그런 식으로 잔에 잔을 비우는 일이 정말 좋은 것은 아닐 테지? 너는 밤마다 단골집 술상 앞에 앉아있는 파우스트를 상상할 수 있니?"

나는 술을 마셨고 적의에 찬 눈으로 그를 쳐다보았다.

"그래, 하지만 누구나 다 파우스트는 아니란 말야." 나는 짤막하게 말했다.

그는 약간 어이없이 나를 쳐다보았다.

그런 다음에 그는 옛날의 활기 있고 우월감에 찬 웃음을 웃었다.

"자, 무엇 때문에 그런 걸 가지고 다투는 거지? 어쨌든 술꾼이나 방탕아의 생활이 추측하건대 비난할 데 없는 시민의 생활보다는 더욱 활기가 있을 것이다. 그리고 말야, 한 번 읽어 본 일이 있는데, 방탕아의 생활이 신비주의자가 되는 가장 좋은 준비라고 한다. 예언자가 되는 사람은 언제나 성 아우구스티누스 같은 인간들이지. 그 사람도 전에는 향락주의자였고 탕아였다."

나는 미심쩍었으며 조금도 그에게 지배당하고 싶지가 않았다. 그래서 냉담하게 말했다.

"그래, 누구나 제멋에 사는 거야! 솔직히 말해서 내

겐 예언자나 그런 따위가 되는 게 문제는 아니야."

데미안은 눈을 약간 가늘게 뜨고 알고 있다는 듯이 나를 쳐다보았다.

"이봐, 싱클레어." 그는 천천히 말했다. "네게 불쾌한 이야기를 할 뜻은 조금도 없다. 한데 말야 무슨 목적으로 네가 지금 술을 그렇게 마시는 지는 우리 둘 다 모르고 있다. 하지만 네 내면에서 네 생명을 형성하고 있는 것은 그것을 이미 알고 있다. 모든 것을 알고 모든 것을 원하고 모든 것을 우리 자신보다 더 잘해 나가려고 하는 것이 우리 내면에 깃들어있다는 것을 아는 것은 좋은 일이다. 미안하지만 나는 집에 가 봐야겠다."

우리는 간단히 이별했다. 나는 언짢은 기분으로 그대로 앉아서 병에 든 술을 다 들이키고 나오려고 했을 때, 데미안이 이미 술값을 지른 것을 알았다. 그것은 나를 더욱더 화나게 했다.

내 생각은 이 사소한 사건에 다시 달라붙어있다. 내 생각은 데미안으로 가득 차 있었다. 그리고 그가 교외의 그 술집에서 했던 말들이 다시금 이상하리만큼 생생하게 내 기억에 떠올랐다. —'모든 것을 알고 있는 것이 우리 내면에 깃들어있다는 것을 아는 것은 좋은 일이다!'

나는 데미안을 얼마나 동경하고 있었던가! 나는 그에 대해 아무 것도 알지 못했으며, 그는 내가 미칠 수 없는 존재였다. 단지 추측컨대 그가 어디선가 공부를 하고 있을 것이며, 김나지움을 졸업한 후에는 그의 어머니가 우리 도시를 떠났다는 것을 알고 있을 뿐이었다.

나는 크로머와의 사건까지 거슬러 올라가서 막스 데미안에 대한 내 마음속의 모든 추억을 들추어 냈다. 그가 일찍이 내게 한 많은 말이 다시금 울려오는 것일까! 그리고 오늘날까지도 그 모든 것이 의미를 지니고 있고, 활동을 하고 있으며, 내게 관계하고 있었다. 우리가 지난번 그다지 즐겁지 않은 재회를 하였을 때, 그가 방탕아와 성인에 대한 이야기를 한 것도 갑자기 내 마음속에 분명해졌다. 내 마음속에서도 똑 같은 일이 일어나지 않았단 말인가? 새로운 삶에 대한 충동과 함께 아주 정반대의 것이, 즉 순수한 것에 대한 욕구, 성스러운 것에 대한 동경이 나의 내면에서 생생하게 될 때까지 나는 도취와 더러움과 마비의 방탕 속에서 살지 않았던가?

그렇게 나는 추억을 더듬어 갔다. 벌써 오래 전에 밤이 되었고, 밖에는 비가 내리고 있었다. 내 추억 속에서도 비가 내리는 소리가 들렸다. 밤나무 아래서 그가 언젠가 프란츠 크로머에 대해서 묻고 나의 최초의 비밀을 알아맞힌 때가 있었다. 학교 길에서의 대화, 견신례 준비 기간 등, 추억은 하나 하나 되살아났다. 그리고 끝으로 막스 데미안과 제일 처음 만났던 때의 일이 떠올랐다. 그땐 무엇을 이야기했던가? 곧 생각이 떠오르질 않았으나 시간을 갖고 깊이 생각하자 그것도 다시 떠올랐다. 그가 카인에 대한 자기의 의견을 말한 다음 우리 집 앞에서였다. 그때 그는 우리 집 대문 위에 퍼져올라간 종석(宗石)에 박혀있는 옛날의 퇴색한 문장에 대해서 이야기를 했었다. 그는 그것에 흥미를 갖고 있었으며 누구나 그런 물건에 주의해야만 한다고 말했다.

그날 밤에 나는 데미안과 그 문장에 대한 꿈을 꾸었다. 그것은 끊임없이 변했다. 데미안이 그것을 손에 들고 있는데 때로는 작아지고 회색이 되기도 하고, 때로는 굉장히 커지고 가지 각색이 되기도 했다. 그런데도 그는 내게 그것이 언제나 하나이고, 동일한 것이라고 설명하였다. 그리고 마지막에 가서는 그 문장을 나에게 먹으라고 강요했다. 내가 그것을 삼켰을 때, 놀랍게도 삼켜 버린 문장의 새가 나의 내부에서 살아서 나의 내면을 쪼아먹기 시작한 것처럼 느꼈다. 죽을 것 같은 불안에 사로잡혀 벌떡 일어났고 잠을 깼던 것이다.

나는 정신이 맑아졌다. 한밤중이었다. 방안으로 비가 들이치는 소리가 나서 창문을 닫으려고 일어났다. 그때 방바닥에 있던 환한 물건을 밟았다. 아침에야 그것이 바로 내가 그린 그림이라는 것을 알았다. 그것은 젖은 채로 방바닥에 떨어져서 불룩하게 부풀어 올라 있었다. 나는 그것을 말리려고 흡수지 사이에 끼워서 두꺼운 책 속에다 눌러두었다. 이튿날 다시 보니 말라있었다. 그러나 그것은 변했다. 붉은 입술은 창백해지고 약간 좁아졌다. 그것은 이제 완전히 데미안의 입이 되었던 것이다.

나는 새 종이에다 문장의 새를 그리기 시작했다. 그

새가 원래 어떤 모양이었는지 분명히 알지는 못했으며, 그것은 낡은 데다 가끔 덧칠을 했기 때문에 가까이서 봐도 잘 분간할 수 없는 곳이 여러 군데 있다는 것을 알고 있었다. 그 새는 무슨 물건 위에 서 있거나 앉아 있었는데 아마도 꽃이거나 바구니, 아니면 둥우리거나 나무꼭대기였을 것이다. 나는 그런 것에 신경을 쓰지 않고 분명히 생각해 낼 수 있는 것부터 그리기 시작했다. 어떤 막연한 욕구에서 강한 색채를 가지고 시작했으며, 새의 머리는 내 그림에선 황금빛이었다. 마음이 가는 대로 그려 나갔고, 며칠만에 완성했다.

그것은 날카롭고 대담한 매의 머리를 가진 맹금이었다. 그것은 푸른 하늘을 배경으로 하고 반신은 검은 색의 지구에 박혀있었으며, 마치 크나큰 알에서 빠져나오려는 듯 버둥대고 있었다. 그 그림을 오래 관찰하면 할수록 그것은 더욱더 내 꿈 속에 나타났던 채색된 문장처럼 보였다.

데미안에게 편지를 쓴다는 것은 설사 내가 주소를 알고 있었다 해도 불가능하였을 것이다. 그러나 나는 그 당시 무엇을 하든지 느끼고 있었던 그 꿈과 같은 예감 속에서, 그것이 그에게 도달하든 않든 매의 그림을 보내기로 결심했다. 나는 그림에다 아무 것도, 내 이름까지도 쓰지 않았다. 가장자리를 조심스레 오려내고 커다란 봉투를 사서 내 친구의 옛날 주소를 그 위에 적었다. 그리고 그것을 발송했다.

시험이 닥쳐왔다. 나는 이전보다도 학교 공부를 더 많이 해야만 했다. 갑자기 내 못된 행동을 고친 이래 선생들은 다시 나를 귀여워해 주었다. 그래도 선량한 학생이라고는 할 수 없었다. 그러나 내가 반년 전에 퇴학을 당할 뻔했다는 것이 누구에게나 분명한 사실이었음을 생각하는 사람은 없었다.

아버지도 비난이나 위협을 하지 않고 다시 옛날 같은 말투로써 편지를 하셨다. 그러나 나는 아버지나 그 누구에게도 어떻게 그런 변화가 내게 일어났는지 설명할 생각은 없었다. 이런 변화가 나의 양친과 선생들의 소원과 일치했다는 것은 우연한 일이었다. 이 변화는 나를 다른 사람들과 어울리게 하지는 않았고 어느 누구에게도 접근시키지도 않았으며, 그저 나를 더욱 고독하게 해 주었을 뿐이었다. 그것은 그 어느 곳을, 데미안을, 먼 운명을 목표로 하고 있었고, 나 자신도 그것을 알지 못하고 그 한중간에 서 있었던 것이다. 그것은 베아트리체에서 시작된 것이었으나, 얼마 후부터는 그림을 그린 종이와 데미안에 대한 생각을 하면서 비현실적인 세계 속에서 살았기 때문에 결국은 그 여인까지도 나의 눈과 생각에서 사라져 버렸다. 그 누구에게도 나는 나의 꿈과 나의 기대와 나의 내적인 변화에 대해서 한 마디도 할 수가 없었다. 설사 원했다 할지라도 말하지 못했을 것이다.

그런데 어떻게 그런 것을 하고 싶어 할 수가 있었을까?

제5장 새는 알에서 나오려고 싸운다

내가 그린 꿈의 새는 길을 떠나 내 친구를 찾았다. 그래서 아주 놀랄 만한 방법으로 나는 답장을 받았다.

교실의 내 자리에서, 수업 중간의 휴식 시간이 끝났을 때 나는 종이쪽지가 내 책 속에 꽂혀있는 것을 발견했다. 그것은 가끔 학우들이 수업중에 몰래 쪽지를 보낼 때 하는 식 그대로 접혀있었다. 나는 어떤 동급생과도 그러한 교제를 해본 일이 없었기 때문에 누가 그런 종이쪽지를 내게 보냈을까 하고 이상하게 여겼을 뿐이었다. 나는 그것이 무슨 장난을 치려는 것이라고 생각했으며, 절대로 그런 일에 가담하지 않을 것이기에 읽지도 않고 책 앞쪽에다 꽂아두었다. 비로소 수업중에 우연히 그것을 다시 손에 쥐게 되었다.

그 종이를 만지작거리다가 무심코 펼쳐 보고, 그 속에 몇 마디 말이 씌어있는 것을 발견했다. 그것을 훑어 보고 어떤 말에 주춤하지 않을 수 없었고, 깜짝 놀라 다시 읽어 보았다. 읽는 동안에 내 심장은 무서운 추위를 만난 듯 운명 앞에서 움츠러들었다.

'새는 알에서 나오려고 싸운다. 알은 곧 세계다. 태어나려고 하는 자는 하나의 세계를 파괴하지 않으면 안 된다. 그 새는 신을 향해 날아간다. 그 신의 이름은 아브락사스라 한다.'

나는 여러 번 이 글을 읽은 다음에 깊은 생각에 잠겼다. 의심할 여지가 없이 그것은 데미안의 회답이었던 것이다. 나와 그를 제외하고는 아무도 그 새에 대해서 아는 사람은 없었다. 그는 내 그림을 받았던 것이다. 그는 이해를 하고 나에게 해석하는 것을 도와주었던 것이다. 그러나 이 모든 것이 어떤 관계에 있는 것일까? 그리고― 무엇보다도 그것이 나를 괴롭혔지만―이브락사스란 도대체 무엇일까? 나는 그런 말을 결코 들어 본 일도 읽어 본 일도 없었다. '그 신의 이름은 아브락사스라 한다!'

수업에는 조금도 귀를 기울이지 않은 채 시간은 끝났다. 그날 오전의 마지막 시간인 다음 수업이 시작되었다. 그 시간은 젊은 보조 교사의 수업이 있었는데, 그는 갓 대학을 나와 매우 젊은 데다 우리들한테 잘난 체를 하지 않았기 때문에 호감을 사고 있었다.

우리는 폴렌 박사의 헤로도투스를 읽고 있었다. 이 강독은 내가 흥미를 느끼고 있는 몇몇 학과 중의 하나였으나 이번에는 내 마음이 그곳에 있질 않았다. 나는 기계적으로 책을 펼쳐놓고 있었으나 해석하는 것을 따라가지 않고 나대로의 생각에 잠겨있었다. 그 외에도 데미안이 그 당시 종교 수업 시간에 내게 말했던 것이 얼마나 옳았던가 하는 것을 나는 벌써 여러 번 경험했다. 사람이 아주 강렬하게 원하는 것은 이루어진다는 것이다. 만일 수업중에 내가 아주 강렬하게 내 자신의 생각에 몰두하면 선생은 나를 가만 둘 것이므로 안심하고 있을 수 있었다. 그런데 방심하거나 졸릴 때면 갑자기 선생이 옆에 와 있었다. 그것은 나도 이미 당해 본 적이 있었다. 그러나 정말 생각하고 있고 정말 몰두해 있으면 안전했다. 또 나는 눈초리로 노려보는 실험도 이미 해 보았고, 그것이 믿을 만하다는 것도 발견했다. 그것은 옛날 데미안과의 시절에는 성공하지 못했던 일이었다. 그런데 지금에 와서는 종종 눈초리와 생각만으로도 아주 많은 일을 해낼 수 있다는 것을 느꼈다.

이렇게 나는 앉아있었고, 헤로도투스의 수업과는 멀리 떨어져 있었다. 그 순간, 뜻밖에도 선생님의 목소리가 내 의식을 번갯불처럼 내리치는 바람에 몹시 놀라 정신을 차렸다. 나는 그의 목소리를 들었으며 그는 바로 내 곁에 서 있었다. 나는 이미 그가 내 이름을 불렀다고 여겼다. 그러나 그는 나를 쳐다보지도 않았다. 나는 안도의 숨을 내쉬었다.

그러자 나는 곧 다시 목소리를 들었다. 그 소리는 〈아브락사스〉라고 크게 말하였던 것이다.

그 처음은 듣지 못했지만 폴렌 박사는 설명을 계속하고 있었다. "우리는 고대의 그 교파와 신비적인 단체의 견해를 합리주의적인 관찰의 입장에서 생각하듯이 그렇게 소박하게 상상해서는 안 된다. 우리들 의미에서의 학문은 고대란 것을 전혀 알지 못하고 있다. 그 당시 고도로 발달한 철학적·신비적인 진리에 대한 연구가 행해지고 있었다. 그로부터 부분적으로는 가끔 사기와 범죄 행위로까지 이끌어 간 마술과 유희가 발생하였던 것이다. 그러나 그 마술 역시 고귀한 유래와 깊은 사상을 갖고 있었다. 내가 앞에서 예로 든 아브락사스의 설이 그렇다. 사람들은 이 이름을 그리스의 주문 형식과 관계가 있다고 말하고 있으며, 오늘날에도 대개 야만 민족이 가지고 있는 어떤 마귀의 이름으로 생각하고 있다. 그러나 우리는 아브락사스란 이름을 신적인 것과 악마적인 것을 결합시키는 상징적 과제를 지진 일종의 신이라고 생각할 수 있을 것이다."

그 키가 작은 학자는 섬세하고 열성적으로 말을 계속했다. 아무도 주의 깊게 귀를 기울이지 않았고, 그 이름이 더 이상 나오지 않게 되자 내 주의력도 다시 나 자신의 내면으로 돌아가 버렸다.

'신적인 것과 악마적인 것을 결합시킨다.'고 한 말의 여운이 아직도 울려왔다. 여기서 나는 연관지을 수 있었다. 그것은 우리 우정의 마지막 시절에 데미안과 대화를 한 후로 내게 친숙해 있던 것이었다. 그 당시 데미안은 말하기를, 우리는 우리가 신봉하는 신을 가지고 있지만 그것은 자의로 갈라놓은 세계의 절반만을 나타내고 있을 뿐이다(그것은 공식적으로 허용된〈밝은 세계〉였다). 그러나 우리는 전체 세계를 신봉해야만 한다. 그러므로 우리는 동시에 악마인 신을 갖거나, 혹은 신에게 봉사하는 동시에 악마에게도 봉사를 해야만 할 것이라고 했다. —그렇다면 아브락사스는 신인 동시에 악마였던 바로 그 신인 것이다.

한동안 나는 그 신에 대해 열성적으로 계속 추적해 보았으나 아무런 진전이 없었다. 아브락사스를 찾으려고 온 도서관을 뒤졌지만 성과가 없었다. 그러나 나의 본성은 손에 쥐고 보면 돌에 불과한 그런 진리를 발견코자 하는 직접적이고 의식적인 탐구 방법에 적당하지는 않았다.

얼마 동안 그렇게도 열성적으로 몰두했던 베아트리체의 모습은 이제 점차로 가라앉아 버렸다. 아니 오히려 서서히 내게서 떠나갔으며 점점 지평선 쪽으로 가서 그림자처럼 멀어지고 희미해졌다. 그것은 나의 영혼을 더 이상 만족시켜 주지 못했던 것이다.

내 자신 속에 이상하게 틀어박혀서 마치 몽유병자처럼 살아온 내 생활 속에 새로운 형상이 생겨나기 시작했다. 생명에 대한 동경이 내 마음속에 꽃을 피웠다. 오히려 사람에 대한 동경과, 내가 한동안 베아트리체를 사모함으로써 해소시킬 수 있었던 성적 충동이 새로운 상들과 목표를 갈구하고 있었다. 여전히 어떤 충족도 나타나지 않았다. 그리고 그런 동경심을 속이고, 내 친구들이 행복을 구하고 있는 계집애들한테서 무엇을 기대한다는 것은 이전보다도 더욱 불가능하게 되었다. 나는 다시 심한 꿈을 꾸었는데 그것도 밤보다는 낮에 더 많이 꾸었다. 표상, 영상 혹은 소원이 내 마음속에서 솟아올라 나를 외부 세계와 갈라놓음으로써, 주변의 현실적인 일들보다는 내심의 영상들과 꿈이나 그림자와 더욱더 실제적이고 활발한 교제를 하였던 것이다.

어떤 일정한 꿈, 혹은 늘상 반복되는 어떤 환상의 유희가 내게는 중요한 의미를 가지게 되었다. 내 일생에 가장 중요하고 가장 영향이 컸던 이 꿈은 대략 이러했다. 즉, 나는 내 고향 집으로 돌아갔다. 집 대문 위에는 푸른 배경 속에 문장의 새가 노란색으로 빛나고 있었다. 집에서는 어머니가 나를 맞아 주었다. 그러나 내가 막상 들어서서 포옹을 하려고 하자, 그건 어머니가 아니라 그때까지 한 번도 본 일이 없는 모습으로, 키가 크고 힘이 억세었으며, 막스 데미안이나 내가 그린 그림과 닮은 여인이었다. 그러나 그것들과도 달랐으며 억세보이면서도 지극히 여성적이었다. 그 여인이 나를 끌어안고 깊고도 소름이 끼칠 듯한 사랑의 포옹을 하는 것이었다. 환희와 공포가 뒤섞였고, 그 포옹은 신에 대한 봉사였으며 동시에 범죄였다. 너무도 많은 어머니에 대한 추억과, 너무나도 많은 나의 친구 데미안에 대한 추억이 나를 포옹한 그 모습 속에 홀연히 나타났다 사라지곤 하였다. 그의 포옹은 모든 경건함과는 모순되었으나 몹시 즐거운 것이었다. 때때로 나는 이 꿈 속에서 깊은 행복감을 느끼면서 깨어나기도 하고, 때로는 무서운 죄를 지은 듯 죽음의 불안과 양심의 가책을 받으면서 깨어나기도 했다.

완전히 내면적인 이 영상과, 찾고 있는 신에 대해서 외부에서 주어진 암시 사이에는 점차 그리고 무의식적으로만 어떤 관련성이 생기게 되었다. 그러나 그것은 점점 더 밀집하고 친밀하게 되었으며, 나는 바로 이런 예감의 꿈 속에서 아브락사스를 부르고 있다는 것을 느꼈다.

희열과 공포, 남성과 여성의 혼합, 성스러운 것과 추악한 것의 착종, 다감한 천진성을 통해 경련을 일으키고 있는 깊은 죄악 ―꿈 속 내 사랑의 영상은 그러하였으며, 아브락사스도 그러하였다. 사랑이란 처음에 마음을 조이며 느꼈던 것처럼 그렇게 동물적으로 어두운 충동은 아니었다. 또한 그것은 베아트리체의 영상에 빠졌던 것과 같은 경건하게 정신화된 숭배도 아니었다. 사랑은 그 양면을 다 갖고 있다. 양면뿐만 아니라 그 이상의 것이었다. 사랑이란 천사의 모습인 동시에 악마였고, 남성과 여성이 하나로 된 것이며, 인간과 동물, 지고의 선과 극도의 악이었다. 이런 길을 가는 것이 내게 정해진 일로 생각했고, 그것을 맛보는 것이 내 운명 같았다. 나는 그런 것에 동경심을 갖는 동시에 두려움을 품고 있었다. 그런데 그것은 언제나 현존했고 내 위에 항상 존재하고 있었다.

다음 해 봄에 나는 김나지움을 졸업하고 대학에 진학

하도록 되어 있었는데, 아직 어디서 무엇을 공부할 것인지는 모르고 있었다. 내 입술 위에는 조금씩 코밑 수염이 자랐다. 나는 어른이 되긴 했지만 아직도 어찌할 바를 모르고, 아무런 목표도 없었다. 한 가지 확실한 것이 있다면 그것은 나의 내면의 소리 즉, 꿈의 영상이 있을 뿐이었다. 나는 그것이 인도하는 대로 맹목적으로 따라가야 할 사명을 느꼈다. 그러나 그것은 어려운 일이었으며 나는 날마다 방황하였다. 아마 내가 미쳐 버린 것일까? 나는 다른 사람과 같지 않은 걸까? 라고도 종종 생각 하였다. 그러나 다른 학생들이 하는 것은 나도 전부 할 수 있었다. 약간 부지런하게 노력하면 플라톤을 읽을 수 있었고, 삼각법의 문제도 풀 수가 있었으며, 화학적인 분석도 따라갈 수가 있었다. 그러나 단 한 가지만은 할 수가 없었으니, 그것은 다른 학생들이 하는 것처럼 나의 내면에 숨겨진 목표를 끌어내서 홀로 어느 곳에다 그려보는 일이었다. 다른 학생들은 교수나 법관, 의사나 예술가가 되려 했으며, 또 그렇게 되려면 얼마나 기간이 필요하고 무슨 잇점이 있다는 것까지도 자세히 알고 있었던 것이다. 그것을 나는 할 수가 없었다. 아마 언젠가는 나도 그렇게 될지 모르지만 그런 것을 어찌 알 수가 있단 말인가? 나 역시 몇 년을 두고 찾고 또 찾아 왔지만 아무 것도 이룩한 것이 없고, 어떠한 목표에도 도달하지 못했다. 아니, 어쩌면 나도 어떤 목표에 도달했는지 모르지만, 그것은 아마도 약하고 위험하고 무서운 것이었을 것이다.

나는 정말 나 자신에게서 저절로 우러나온 인생을 살기를 원했을 뿐이다. 그런데 그것이 왜 그다지도 어려웠던가?

때로 나는 내 꿈 속에 나타난 억센 사랑의 형체를 그려 보려고 애를 썼다. 그러나 한 번도 성공한 일이 없었다. 그 일에 성공했으면 나는 그것을 데미안에게 보냈을 것이다. 그는 어디에 있었던가? 나는 그것을 몰랐다. 나는 다만 그가 나와 연결되어 있음을 알고 있을 뿐이다. 언제 그를 다시 만나게 될까?

베아트리체 시절의 그 수주일, 수개월 간의 정다운 안정 상태는 오래 전에 사라졌다. 그 당시 나는 이떤 섬에 도달하여 평화를 발견한 듯 생각했었다. 그러나 언제나 이러했다. 어떤 상태가 내 마음에 들자마자, 어떤 꿈이 나를 즐겁게 해 주자마자, 그것은 시들하고 희미해졌다. 그것을 탄식한들 소용없는 짓이다! 나는 자신을 미치게 하는 채워지지 않는 갈망과 긴장된 기대의 불꽃 속에서 살고 있었다. 나는 꿈 속 애인의 모습을 종종 너무나도 생생하고 분명하게, 나 자신의 손보다도 더욱 선명하게 보기도 했고, 그것과 이야기를 했고, 그 앞에 울기도 했으며 그것을 저주하기도 하였다. 나는 그 모습을 어머니라 불렀고, 그 앞에 눈물을 흘리며 무릎을 꿇었다. 그것을 애인이라 부르고 모든 것을 충족시켜 주는 성숙한 키스를 느꼈으며, 그것을 또한 악마와 창녀, 흡혈귀, 살인마라고도 불렀다. 그것은 나를 다정한 꿈 속으로 또한 거칠고 음탕한 행위 속으로 유혹해 들이는 것이었다. 거기에는 지나치게 선하고 귀중한 것도 없었으나, 지나치게 나쁘고 비천한 것도 없었다.

나는 그 해의 온 겨울을 무어라 형언할 수 없는 내면적인 폭풍우 속에서 지냈다. 나는 고독에는 이미 익숙해져 있었으며 그것은 괴로운 일이 아니었다. 나는 데미안과 매와 더불어 살았고, 나의 운명이며 애인이었던 커다란 꿈 속의 여인의 영상과 함께 살았다. 그 속에서 사는 것으로 충분하였다. 왜냐 하면 모든 것이 위대한 것과 드넓은 것을 바라보고, 모든 것이 아브락사스를 가리키고 있었기 때문이다. 그러나 여하한 꿈도 여하한 생각도 내게 순종하지는 않았다. 어느 것도 나는 부를 수가 없었으며, 하나도 내 마음대로 채색할 수가 없었다. 그것들이 나타나서 나를 사로잡았으며, 나는 그것들의 지배를 받고 그것들에 의해서 살았던 것이다.

나는 외부에 대해서는 안전했다. 사람들에게는 아무런 두려움을 갖지 않았으며, 내 동급생들도 그것을 알고 은밀히 경의를 보내 왔는데, 가끔 나는 그들에게 미소를 지었다. 원하기만 하면 그들 대부분을 아주 잘 꿰뚫어 볼 수가 있었고, 그렇게 해서 그들을 깜짝 놀라게도 할 수가 있었다. 다만 나는 그것을 원치 않았고 전혀 그러고 싶지 않았을 뿐이었다. 나는 언제나 나 자신의 일에만 몰두해 있었다. 그리고 마침내 한 조각이나

마 살아 보고, 내게서 나온 무엇인가를 세상에 주고 세상과 관계하고 싸우게 되기를 열렬히 갈망했다. 여러 번, 밤거리를 서성거리다 불안하여 집으로 돌아올 수가 없을 때면, 이젠 바로 이젠 나의 애인과 만나리라, 다음 골목의 모퉁이를 지나갈 것이다, 다음 창문에서 나를 부를 것이다,라고 생각했다. 때로는 이 모든 것이 견딜 수 없는 고통으로 생각되었으며, 언젠가는 스스로 목숨을 끊으려고 결심까지 했었다.

그 무렵 나는 독특한 피난처를 발견하였다. 말하자면 〈우연〉이었다. 그러나 우연이란 없는 것이다. 만일 무엇이 절대 필요한 자가 그에게 필요한 것을 발견하게 되었다면, 그것은 우연이 아니라 그 자신이 즉 그 자신의 욕구와 필연성이 그를 그것으로 안내한 것이다.

나는 시내를 산책하다가 교외에 있는 조그마한 교회에서 오르간 소리가 나는 것을 두세 번 들은 일이 있었으나 걸음을 멈추지는 않았다. 다음 번에 지나갔을 때 다시 그 소리를 들었으며, 바흐를 연주하고 있다는 것도 알았다. 나는 문으로 가 보았지만 잠겨있었다. 골목에는 사람이 없었기 때문에 나는 교회 곁에 있는 방충석(防衝石) 위에 앉아서 외투 깃을 세워 올리고 귀를 기울였다. 그것은 크지는 않았지만 좋은 오르간이었다. 의지와 끈기가 깃든 독특하고도 극도로 개성적인 표현으로 훌륭하게 연주하고 있었으며, 그 표현은 마치 기도와도 같이 울렸다. 거기서 연주하는 사람은 그 음악

속에 보물이 숨겨져있다는 것을 알고, 자기의 생명을 구하는 듯 그 보물을 얻으려 노력하고 두드리고 애를 쓰고 있다고 느꼈다. 나는 기교적인 의미에서 음악에 관해 별로 아는 것이 없었지만, 바로 이러한 영혼의 표현을 어린 시절부터 본능적으로 이해하고, 음악적인 것을 무언가 자명한 것으로서 내 마음속에 느끼고 있었다.

그 음악가는 다음에 또 무엇인가 현대적인 것을 연주했는데 그것은 레거의 것인 듯했다. 교회는 완전히 어두워졌으며 다만 아주 희미한 불빛이 창문에서 흘러나올 뿐이었다. 나는 음악이 끝날 때까지 기다렸다. 그리고 오르간 연주자가 밖으로 나오는 것이 보일 때까지 이리저리 서성대고 있었다. 그는 아직도 젊은 사람이었으나 나보다는 나이가 위인 것 같았으며, 건강하고 의젓한 모습이었다. 그는 힘차고도 마치 불유쾌한 듯한 걸음걸이로 빨리 걸어갔다.

그때부터 나는 저녁 때면 가끔 그 교회 앞에 앉아있거나 이리저리 서성대곤 하였다. 언젠가 문이 열려있는 것을 발견하고, 오르간 연주자가 희미한 가스 등불 곁에서 연주하고 있는 동안 추위에 몸을 떨면서도 행복한 감정으로 반 시간 동안이나 의자에 앉아있었다. 그가 연주하는 음악에서 그 사람 자신만을 들은 것은 아니었다. 그가 연주하는 모든 것도 역시 서로 연관이 있고 은밀한 관계를 맺고 있는 것처럼 생각했다. 그가 연주하는 모든 것은 신앙적이고 헌신적이며 경건했다. 그러나 교회에 다니는 사람이나 목사들처럼 경건한 것이 아니라 중세기의 순례자나 걸인들처럼 경건했고, 모든 종파를 초월한 세계 감정에 무조건 헌신하고 있는 경건이었다. 바흐 이전의 거장들과 옛날 이탈리아 인들의 곡을 열심히 연주하고 있었다. 그런데 그 모든 것은 동일한 것을 말해 주고 있었고, 이 음악가 자신의 영혼 속에 지니고 있는 것을 이야기해 주고 있었다. 즉 동경, 세계에 대한 가장 내면적인 파악과 세계에서의 격렬한 자기 분리, 자신의 어두운 영혼에 대한 타오르는 듯한 경청(傾聽), 헌신에 대한 도취, 경이적인 것에 대한 깊은 호기심 같은 것을 말해 주고 있었다.

언젠가 그 오르간 연주자가 교회에서 나가는 것을 몰래 따라갔을 때, 그가 멀리 떨어진 시외 변두리에 있는 조그마한 주점으로 들어가는 것을 보았다. 나는 침을 수가 없었고 그를 따라 들어갔다. 처음으로 나는 그를 똑똑히 보았다. 그는 검은 펠트 모자를 머리에 쓰고 한 잔의 포도주를 앞에 놓은 채 조그마한 술집 한구석에 놓인 식탁에 앉아있었다. 그의 얼굴은 내가 얘기했던 그대로였다. 그것은 추하고 야성적이었고, 탐구적이며 완고했고, 집요하고 의지적이었으며 동시에 입 언저리는 부드러웠고 어린 아이와 같았다. 남성적이고 강한 요소는 눈과 이마에 모여있었고, 얼굴의 아래 부분은 섬세하고 미숙하고 안정감이 없었고 일부는 연약했다. 결단성이 없는 듯한 턱은 이마와 눈초리에 대한 반항인

양 어린 아이다왔다. 긍지와 적의에 가득 찬 암갈색의
눈이 내 마음에 들었다.

아무 말 없이 나는 그의 맞은편에 앉았다. 술집에는
다른 사람이라곤 없었다.

그는 나를 쫓아 버리려는 듯이 쏘아보고 있었다. 그
러나 나는 버티고 앉아서 그가 비위에 거슬려 이렇게
투덜거릴 때까지 굽히지 않고 그를 쳐다보았다.

"무엇 때문에 당신은 그렇게 지독스레 쳐다보는 거
요? 내게 무슨 볼일이라도 있소?"

"당신에게 무슨 볼일이 있어서가 아닙니다." 나는 말
했다. "그러나 저는 당신에 대해 벌써 많은 것을 알고
있습니다."

그는 이맛살을 찌푸렸다.

"그럼 당신은 음악광이신가요? 음악에 열광한다는 것
은 구역질나는 일인데요."

나는 놀라지 않았다.

"저는 벌써 여러 번 저쪽에 있는 교회에서 당신 연주
를 들었습니다." 하고 말했다. "저는 당신을 방해하고
싶지는 않습니다만, 저는 혹시 당신에게서 무엇을, 좀
특별한 것을 발견하게 될지도 모른다고 생각했습니다.
그게 무엇인지는 저도 잘 모릅니다. 하지만 제가 말하
는 것을 귀담아 듣지는 마십시오! 저는 그저 교회에서
당신의 연주를 들을 수 있으니까요."

"하지만 나는 문을 잠그는데요."

"최근엔 그걸 잊으셨더군요. 그래서 안에 들어가 앉았지요. 다른 때는 밖에 서 있거나 방청석에 앉아있었지요."

"그래요? 다음에는 들어오십시오. 좀더 따스하니까요. 그저 문만 두드리면 됩니다. 제가 연주를 세차게 하지 않을 때 말이오. 자, 시작해 보십시오. 무슨 말을 하려고 했습니까? 아주 젊은 사람이로군요. 아마 고등학생이나 대학생 같군요. 당신, 음악가시죠?"

"아닙니다. 음악을 즐겨 들을 뿐입니다. 그러나 당신이 연주하는 것과 같은, 아무런 조건도 없으며 그것을 들으면 천국과 지옥을 잡아 흔드는 것 같은 것을 느끼게 하는 그런 음악을 좋아합니다. 음악을 저는 대단히 좋아하는데, 그것은 음악이 별로 도덕적인 것이 아니라고 생각하기 때문입니다. 다른 모든 것은 다 도덕적입니다. 그런데 저는 그렇지 않은 것을 찾고 있습니다. 저는 늘 도덕적인 것에서 괴로움만 받아왔습니다. 저는 잘 표현할 수 없습니다. 신인 동시에 악마인 그런 신이 있어야만 한다는 것을 아시겠어요? 그런 신이 있다고 하는 것을 저는 들었는데요."

그 음악가는 넓은 모자를 좀 뒤로 젖히더니 널찍한 이마에서 검은 머리칼을 쓸어올렸다. 그러면서 그는 나를 뚫어지게 쳐다보고 식탁 너머로 그의 얼굴을 내게로 기울였다.

"유감이지만 저는 그 신에 대해선 거의 아무 것도 모르고 이름만 알고 있습니다. 그는 아브락사스라고 합니다."

그 음악가는 누가 엿듣기라도 하는 듯, 미심쩍은 눈으로 주위를 둘러 보았다. 그리고 내게로 바짝 다가앉더니 속삭이듯 말하는 것이었다.

"나도 그렇게 생각했소. 당신은 누구지요."

"전 김나지움 학생입니다."

"어디서 아브락사스를 알게 되었소?"

"우연히 알았습니다."

그는 포도주가 엎질러질 정도로 식탁을 쳤다.

"우연이라니! 이 사람, 쓸데없는 소리 작작해요! 아브락사스란 그렇게 우연히 알게 되는 것이 아니라오. 그건 당신도 알 거요. 그에 대해 다음에 더 얘기하리다. 나는 그에 대해서 좀 알고 있는 게 있소."

그는 입을 다물고 자기의 의자를 뒤로 밀었다. 내가 기대에 가득 차서 그를 쳐다보았을 때 그는 얼굴을 찌푸렸다.

"지금은 아니오! 다음에 말이오! 자, 이거나 드시오!"

그러면서 그는 입은 채로 있던 외투 호주머니를 뒤지더니 군밤을 몇 개 꺼내서 내게 던져 주었다.

나는 아무 말도 하지 않고 그것을 받아서 먹었으며 아주 만족한 기분이었다.

"그래!" 그는 잠시 후에 속삭이듯 말을 했다. "어디서 당신은 그것을 알았소?"

나는 그 얘기를 그에게 하는 데에 주저하지 않았다.

"저는 고독했고 어찌할 바를 모르고 있었습니다." 하고 얘기를 시작했다. "그때 어린 시절의 친구 하나가 머리에 떠올랐는데, 그는 매우 많은 것을 알고 있었지요. 저는 그림을 그렸는데 새가 지구에서 빠져나오려고 하는 것이었습니다. 저는 그것을 그에게 보냈습니다. 얼마가 지나고 더 이상 그런 생각을 하지 않게 되었을 때, 종이 쪽지가 내 손에 들어오게 되었는데 거기에 이렇게 적혀있었습니다. 새는 알에서 나오려고 싸우고 있다. 알은 곧 세계다. 태어나고자 하는 자는 하나의 세계를 파괴하지 않으면 안 된다. 그 새는 신을 향하여 날아간다. 그 신의 이름은 아브락사스라고 한다."

그는 아무 대답도 하지 않았다. 우리는 밤을 까시 술 안주로 삼았다.

"반 잔만 더 하겠소?" 하고 그는 물었다.

"감사합니다만 그만 하겠습니다. 술을 좋아하지 않아요."

그는 약간 실망한 듯 웃었다.

"좋을 대로 하시지! 나는 좀 다른 기분이오. 난 여기 좀더 있겠소. 이제 가 보시지요!"

다음 번에 오르간 음악이 끝난 후 그와 거닐었을 때 그는 별로 말이 없었다. 그는 나를 어느 옛 골목에 있는 낡고 당당한 집으로 데리고 가서 다소간 음산하고 거칠은 방으로 안내했다. 거기에는 피아노를 제외하고는 음악과 관련된 것은 아무 것도 없었으며, 커다란 책장과 책상이 어딘지 학자 분위기를 자아내고 있었다.

"책을 참 많이 갖고 계십니다!" 나는 인정하면서 말했다.

"일부는 아버지의 서재에서 가져 온 것이오. 난 아버지 집에서 살고 있소. 그렇지, 이봐요. 난 아버지와 어머니와 같이 살고 있기는 하지만 당신을 그 분들께 소개할 수는 없소. 이 집에서는 나의 교제를 별로 중요시하지 않고 있소. 나는 타락한 자식입니다. 아시겠지요. 나의 아버지는 이곳 도시에서는 믿을 수 없을 정도로 존경받는 분이고, 저명한 목사이며 설교가입니다. 이것으로도 곧 아시겠지만, 나는 재능 있고 앞날이 유망한 아들이었지만 탈선해 버렸고 정신도 약간 이상하게 되어 버렸습니다. 난 신학생이었으며 국가시험 직전에 그 고루한 학과를 포기해 버렸지요. 개인적 연구로 친다면 나는 아직도 그 과를 전문으로 하고 있지만 말이오. 사람들이 그때그때 어떠한 신들을 고안해 냈는가 하는 것이 여전히 내게는 가장 중요하고 흥미있는 문제랍니다. 그건 그렇고, 지금은 음악가인데 머지않아 하잘 것 없지만 오르간 연주자로서 자리를 얻게 될 것 같소. 그러면 나는 다시 교회로 돌아가게 되는 것이지요."

나는 책을 쭉 훑어보았다. 조그마한 탁상 램프의 희미한 불빛으로 볼 수 있는 한, 그리스 어, 라틴 어, 헤브라이 어의 표제를 알 수 있었다. 그 동안에 내가 알게 된 사람은 어둠 속에서 벽 쪽의 방바닥에 엎드려서 무슨 일인지를 하고 있었다.

"이리 오시오." 그는 한참 후에 말했다. "이제 철학을 약간 연습합시다. 즉, 입을 다물고 엎드려서 생각을 해 보잔 말이오."

그는 성냥을 켜서 자기 앞에 있는 벽난로 속의 종이와 장작에다 불을 붙였다. 불꽃은 타올랐고 조심스럽게 불을 헤치고 장작을 지폈다. 나는 그쪽으로 가서 다 떨어진 양탄자 위에 엎드렸다. 그는 내 마음도 끌리는 불을 응시하고 있었다. 우리는 아마 한 시간쯤 펄럭거리는 장작불 앞에서 아무 말도 없이 엎드려 있었다. 불이 타오르다 바작대고 자빠지고 휘어지고 펄럭이고 꺼지고 경련을 하고 마침내는 조용하게 사그러져 바닥에 재로 쌓이는 것을 바라보고 있었다.

"배화교(拜火敎)도 발명된 것 중에서 가장 바보 같은 것은 아니지." 하고 그는 한 번 혼자서 중얼거렸고, 그 외에 우리 두 사람은 한 마디도 하지 않았다. 멍한 눈길로 나는 불을 쳐다보고 있었고, 꿈과 고요 속에 잠겨서 연기 속에 떠도는 자태와 재 속의 형상을 보고 있었다. 한 번 나는 깜짝 놀랐다. 내 동료가 송진 한 조각을 불 속에 던지자 작고 가느다란 불꽃이 솟아 올랐는데, 나는 그 속에서 노란 매의 머리를 한 새를 보았던 것이다. 꺼져가는 벽난로 불 속에서 황금빛으로 타는 듯한 불꽃실이 그물처럼 모이고, 문자와 형상들 그리고 얼굴, 동물, 식물, 곤충, 뱀 등에 대한 추억이 나타나곤 하였다. 정신을 차리고 동료를 바라보니, 그는 주먹으로 턱을 받치고 헌신적이며 환상적으로 잿속을 뚫어져라 바라보고 있었다.

"저는 이제 가야겠습니다." 나는 나지막하게 말했다.

"그래요. 그럼 가 보시오. 또 만납시다!"

그는 일어나지도 않았다. 램프 불이 꺼져있었기 때문에 어두운 밤에 나는 간신히 캄캄한 복도와 계단을 지나서 그 저주받은 낡은 집을 더듬어가며 빠져 나왔다. 거리에 나오자 발길을 멈추고 그 낡은 집을 올려다보았다. 어떤 창문에도 불이 켜져있지 않았다. 놋쇠로 된 조그마한 문패가 문앞 가스등 불빛 속에서 반짝이고 있었다. 〈피스토리우스 감독 목사〉. 그 위에 이렇게 적혀있었다.

집에 돌아와 저녁 식사를 하고 나의 조그만 방에 혼자 앉게 되었을 때야 비로소 나는 아브락사스에 대해서, 혹은 그 밖의 일에 관해서 피스토리우스에게서 아무런 말도 듣지 못했으며 서로 기껏해야 열 마디의 말도 주고 받지 않았다는 생각이 떠올랐다. 그러나 나는 그의 집을 방문한 것이 매우 만족스러웠다. 그리고 다음 번에 그는 옛날 오르간 음악 중에서도 가장 뛰어난 북스테후데의 파사칼리아를 들려 주기로 약속했던 것이다.

오르간 연주자 피스토리우스는, 나도 모르는 사이에, 그 음산한 방의 난로 앞에서 바닥에 엎드려 있었을 때 이미 내게 최초의 교훈을 주었다. 불을 들여다보는 것은 유익한 일이었다. 그것은 내가 늘 지니고 있으면서도 한 번도 제대로 돌본 일이 없는 나의 내면의 욕구를 강하게 확인시켜 주었던 것이다. 점차 나에게 그것은 부분적으로나마 분명해졌다.

어린 시절에 나는 자연의 괴이한 현상을 바라보는 버릇을 가졌다. 그것은 관찰하는 것이 아니라 그것이 지닌 특이한 매력과 까다롭고 깊은 언어에 몰두하는 것이었다. 나무처럼 되어 버린 긴 나무뿌리, 암석에 채색된 무늬, 물 위에 뜬 기름 자국, 유리의 균열—때때로 그런 유사한 것들이 커다란 매력으로 다가왔다. 무엇보다도 물과 불, 연기, 구름, 먼지 그리고 특히 내가 눈을 감았을 때 보이는 빙빙 도는 빛깔의 무늬가 그랬다. 피스토리우스를 처음 방문한 후 며칠 동안 이것들이 다시 내 마음속에 머무르기 시작했다. 왜냐 하면 어느 정도의 흥분과 환희, 그리고 그 이후로 느끼게 된 감정의 앙양 상태는 오로지 그 훨훨 타던 불을 오랫동안 응시한 데 기인한다는 것을 알게 되었기 때문이다. 불을 응시하는 것은 이상스럽게도 마음을 쾌적하고 풍부하게 해 주었다.

지금까지 내가 내 본래의 인생 목표를 향해 가는 도중에 발견했던 몇 가지 경험에 새로운 경험이 첨가되었다. 즉 그런 형상을 관찰하고, 비합리적이고 괴이한 자연의 형태에 몰두한다는 것은 우리의 내면이 그런 형상을 만들어 낸 의지와 일치하고 있다는 감정을 일으켜 준다. 우리는 곧 그것이 우리들 자신의 기분이며, 우리들 자신의 창조라고 간주하려는 유혹을 느낀다. 우리는 우리와 자연의 한계가 흔들리고 녹아 버리는 것을 느끼며, 우리들의 망막 위에 비치는 형상이 외부적인 인상에서 생기는 것인지, 혹은 내부적인 것에서 생기는 것인지 알 수 없는 기분을 느끼게 되는 것이다. 이러한 연습처럼 그렇게 간단하고 쉽게 우리가 얼마만한 창조자며, 우리의 영혼이 얼마나 끊임없이 세상의 부단한 창조에 관여하고' 있는지를 발견할 수 있는 것은 없다. 그보다도 우리의 내면과 자연의 내부에서 활동하고 있는 신은 동일한 불가분의 신인 것이다. 그리고 만일 외부의 세계가 몰락한다면 우리들 중의 누군가가 그것을 재건할 수 있을 것이다. 왜냐 하면 산과 강, 나무와 잎, 뿌리와 꽃 등 모든 자연의 형성물이란 우리 내면에 미리 형성되어 있는 것이며, 그 본질은 영원하지만 우리가 그 본질을 알지 못하는 영혼에서 유래하기 때문이다. 그러나 그 본질은 우리에게 대개 사랑의 힘과 창조의 힘으로써 느껴지고 있다.

몇 년 후에야 비로소 나는 이 관찰이 어떤 책에서 증명되고 있음을 발견하였다. 그것은 많은 사람들에게 침을 뱉은 담벼락을 바라보는 일이 얼마나 좋은 일이며 깊은 흥미거리가 되고 있는지에 대해 이야기한 레오나르도 다빈치의 책에서였다. 습기찬 벽의 그 얼룩을 보고, 그는 피스토리우스와 내가 불을 보고 느낀 것과 똑같은 것을 느꼈던 것이다.

다음 번에 만났을 때 오르간 연주자는 이런 설명을

했다.

"우리는 우리들 개인성의 한계를 언제나 너무 좁게 그리고 있지요! 우리는 개인적인 것으로 구분하고 다른 것과 다르다고 인식하는 것만을 개성이라고 취급하고 있습니다. 그러나 우리는 누구나 이 세계의 모든 구성 요소로 구성되어 있고, 또 우리의 육체가 어류에까지, 그보다 더욱 아득한 데까지 이르는 발달의 계보를 지니고 있는 것과 마찬가지로, 우리의 영혼 속에도 인간 영혼 속에서 살았던 모든 것이 깃들어 있는 것입니다. 이제까지 존재했던 모든 신과 악마들이란, 그것이 그리스인의 것이든 중국인의 것이든, 혹은 줄루 카페르 인의 것이든 간에 모두가 가능성으로서, 소원으로서, 탈출구로서 우리들의 내면에 함께 존재하고 있고 현존하는 것입니다. 만일 인류가 여하한 교육도 받지 못 하고 재능도 별로 없는 한 명의 아이만을 제외하고 다 멸망해 버린다면, 그 아이는 사물의 전 과정을 다시 찾아 낼 것이며 모든 신들, 악마들, 천국, 계명과 금제, 구약과 신약 등 모든 것을 다시 창조해 낼 수 있을 것입니다."

"네, 좋습니다만" 하고 나는 이의를 내세웠다. "그렇다면 도대체 어디에 개인의 가치가 있습니까? 우리의 내부에 모든 것이 이미 완성되어 있다면 무엇 때문에 우리는 여전히 노력하고 있는 것입니까?"

"잠깐!" 하고 피스토리우스는 격렬하게 소리쳤다. "당신이 단순히 내면의 세계를 지니고만 있느냐, 아니면 그것을 의식하고 있느냐 하는 것은 큰 차이가 있습니다. 어느 미친 놈이 플라톤을 연상시키는 사상을 창조할 수도 있을 것이고, 헤른후트 파 학교에 다니는 어리고 경건한 학생이 그노시스 파나 조로아스터 파에서 볼 수 있는 깊은 신화적인 연관성을 창조적으로 생각해 낼 수도 있을 것이오. 하지만 그들은 그런 것에 대해서 아무 것도 의식하지 못하고 있소! 그것을 의식하지 못하는 한 그들은 나무나 돌, 기껏해야 짐승과 같은 것입니다. 그러나 이 인식의 불꽃이 번쩍 빛나는 첫 순간에 그들은 인간이 되는 것입니다. 물론 당신은 저기 거리에 돌아다니는 모든 두 발 달린 자들을, 단순히 그들이 똑바로 걸어다니고 자식을 아홉 달 동안 뱃속에 넣고 다닌다고 해서 인간이라고 생각하지는 않겠지요? 그들 중에 얼마나 많은 것이 물고기나 양이나 벌레나 거머리며, 얼마나 많은 것이 개미며 꿀벌이라는 것을 당신도 아실 테지요! 한데 그들 각자에게는 인간이 될 가능성이 깃들어 있습니다. 그러나 그가 그것을 예감하고 부분적으로나마 의식화할 수 있을 때에야 비로소 그 가능성은 그의 것이 되는 것입니다."

대략 우리들의 대화는 이랬다. 그 대화가 완전히 새로운 것, 아주 놀랄 만한 그 어떤 것을 가져다 준 것은 아니었다. 그러나 모든 것은 가장 평범한 이야기까지도 나의 내면의 동일한 지점을 조용히 계속적으로 두들겨 주었다. 그 모든 것이 나의 형성을 도와주고, 허물을 벗고 껍질을 깨뜨리는 데 도움을 주었다. 그리고 대화마다 나는 머리를 조금씩 높이 치켜들게 되었고, 더욱 자유롭게 되었으며, 마침내는 내 황금빛 새가 그 아름다운 맹금의 머리를 산산히 부서진 세계의 껍질 밖으로 내밀었던 것이다.

종종 우리는 서로 자기의 꿈 이야기를 하였다. 피스토리우스는 꿈을 해석할 줄 알았다. 한 가지 놀라운 예가 지금 막 기억에 떠오른다. 내가 꿈을 꾸었는데 그 속에서 나는 날 수가 있었다. 하지만 그것은 내 마음대로 되지 않는 일종의 커다란 비약으로 공중으로 내동댕이쳐진 것이었다. 이러한 비상의 감정은 감명 깊은 것이었지만, 내 자신이 원치 않는데도 무한히 높이 솟구치자 불안으로 변했다. 그때 나는 상승과 낙하를 호흡을 정지하거나 계속함으로써 조절할 수 있다는 것을 발견하고 안심하였다.

그에 대해 피스토리우스는 설명했다.

"당신을 날 수 있게 한 그 비약은 누구나 다 가지고 있는 우리 인류의 크나큰 보화입니다. 그것은 모든 힘의 근원과의 연관 감정입니다만 그럴 때는 누구나 다 불안해지지요! 몹시 위험하니까요! 그렇기 때문에 사람들은 나는 것을 기꺼이 단념하고 법적 규정에 따라 평범한 보도를 걸어가는 편을 택하는 것입니다. 그런데 당신은 그게 아닙니다. 당신은 유능한 청년답게 계속 날고 있지요. 보십시오. 그래서 당신은 점차 그것을 마음대로 할 수 있게 되고, 당신을 휩쓴 크고도 보편적인 힘에 대해서 미미하고도 작은 자신의 힘이, 하나의 기관 또 하나의 키가 작용하는 신기한 일을 발견한 것입니다. 그것은 근사한 일이지요. 그것이 없으면 생각이 없는데도 공중으로 날아가게 됩니다. 예를 들어 미친 사람이 그렇습니다. 그런 사람들에게는 보도 위를 걷는 인간들보다 더욱 깊은 예감이 부여되어 있습니다. 그렇지만 그들은 그에 대해 아무런 열쇠도 갖고 있지 않으므로 바닥도 없는 심연 속으로 빠지게 되는 것입니다. 그러나 싱클레어, 당신은 그 일을 해내고 있습니다! 그런데 어떻게 당신은 아직도 그것을 잘 모르시지요? 당신은 그걸 새로운 기관, 즉 호흡 조절기를 가지고 해내고 있거든요. 그리고 이제 당신의 영혼이 심연 속에서는 〈개인적〉이 아니라는 점도 아셨을 겁니다. 즉 당신이 그 조절기를 발명한 것은 아니지요! 그것은 새 것이 아니지요! 그것은 빌어 온 물건이고, 수천 년 전부터 존재하고 있던 것입니다. 그것은 물고기의 평형기관인 부레지요. 그런데 이 부레가 동시에 일종의 폐가 되어, 경우에 따라 실제 호흡을 도울 수도 있는 그런 괴상하고도 보수적인 어류가 오늘날에도 소수 존재하고 있습니다. 그러니까 그것은 당신이 꿈 속에서 비상의 부레로 사용했던 폐와 꼭 같은 것이지요!"

그는 내게 동물학 책까지 가져와서 그 물고기의 이름과 그림을 보여 주었다. 그리고 나는 내 내면에 진화

초기의 기능이 살아있다는 것을 이상한 전율과 더불어
느끼게 되었다.

제6장 **야곱의 싸움**

내가 그 이상한 음악가 피스토리우스에게서 아브락사스에 대해 들은 이야기를 간단하게 되풀이할 수는 없다. 그러나 내가 그에게서 배운 가장 중요한 것은 나 자신으로 향하는 길에의 일보 전진이었다. 그 당시 나는 열여덟 살의 범상치 않은 젊은이로, 어떤 일에는 조숙하였고 다른 어떤 일에는 뒤처져서 자신이 없었다. 가끔 다른 사람들과 나 자신을 비교해 볼 때면, 때로는 자만스럽고 잘난 것 같은 기분인가 하면 때로는 의기를 상실하고 비굴해지기도 하였다. 때로는 나 자신을 천재로, 때로는 반미치광이로 생각하기도 하였다. 동년배들과 기쁨이나 생활을 함께 나누는 일은 할 수 없었다. 나는 종종 그들에게서 절망적으로 격리되어 있으며, 생활이 밀폐된 데서 오는 듯한 가책과 근심으로 나 자신을 괴롭히고 있었다.

자기 스스로 성장한 기인(奇人)이었던 피스토리우스는 내게 용기와 나 자신에 대한 존경을 간직하도록 가르쳐 주었다. 그는 내가 야하는 말, 나의 꿈, 환상과 사상 속에서 항상 가치 있는 것을 찾아내고, 그것을 끊임없이 진지하게 받아들이고 논의하면서 나에게 모범을 보여 주었다.

"당신은 내게 이야기하기를," 하고 그는 말했다. "음악은 도덕적이 아니기 때문에 좋아한다고 했지요. 그것은 좋소. 그러나 바로 당신 자신이 도덕가가 되어서는 안 됩니다. 당신은 자신을 다른 사람들과 비교해서는 안 되지요. 만약 자연이 당신을 박쥐로 만들었다 해도 당신은 타조가 되려고 해서는 안 되지요. 당신은 자신을 가끔 괴상하다고 생각하며 보통 사람들과는 다른 길을 가고 있는 자신을 비난하고 있습니다. 그런 것을 잊어버려야 합니다. 불을 보고 구름을 보십시오. 그리고 예감이 일어나 당신의 영혼 속의 음성이 이야기를 시작하자마자 당신은 그러한 것들에 몸을 맡겨 버려요. 그러한 일이 선생님이나 아버지나 그 어떤 흠모하는 신의 뜻에 맞는가 하는 것을 우선 문제로 삼지 마십시오! 그렇게 함으로로써 사람들은 파멸하고 있습니다. 그러면서 사람들은 보통의 보도를 걷게 되고, 화석이 되어 버리는 것이오. 친애하는 싱클레어, 우리의 신은 아브락사스라 부르지요. 그것은 신이면서 악마이며, 자기 안에 밝은 세계와 어두운 세계를 함께 가지고 있지요. 아브락사스는 당신의 어떤 사상이나 어떤 꿈에 대해서도 아무런 이의도 가지고 있지 않소. 이것을 결코 잊어서는 안 되오. 그러나 만약 당신이 비난할 여지 없는 보통 사람이 된다면 그는 당신을 떠날 거요. 당신을 버리고 자신의 사상을 요리할 수 있는 새로운 냄비를 찾을 것입니다."

나의 모든 꿈 중에서 저 어두운 사랑의 꿈이 제일 충실한 것이었다. 빈번하게 나는 그런 꿈을 꾸었는데 문장(紋章)의 새 밑을 지나서 나의 옛집에 들어가 어머니를 끌어안으려 하면 어머니 대신, 절반은 남자며 절반은 어머니와 같은 커다란 여자를 껴안고 있었다. 이 여자에게 공포를 느끼면서도 또한 타는 듯한 욕망으로 이끌려 갔다. 그러나 나는 이 꿈을 그 친구에게는 결코 이야기할 수 없었다. 그에게 다른 것은 모두 털어놓았지만 그것만은 말하지 않았다. 그 꿈은 나의 은신처며 나의 비밀이며 나의 도피처였다.

나는 기분이 울적해지면 피스토리우스에게 옛날 북스테후데의 파사칼리아를 연주해 달라고 부탁했다. 저녁 무렵 어두운 교회에서 그 이상하고 친밀하며 자기 자신에 침잠하여 자기 자신을 듣고 있는 듯한 음악에 넋을 잃고 앉아있었다. 이 음악은 내게 좋은 영향을 주고 영혼의 음성을 시인할 수 있는 준비를 시켜 주었다.

가끔 우리는 오르간 연주가 끝난 다음에도 그대로 교회 안에 앉아있었으며, 희미한 광선이 높은 고딕 풍의 창문들을 통해 비쳐들어오고 또 사라지는 것을 바라보았다.

"우스운 일이지요." 하고 피스토리우스는 말했다. "내가 전에는 신학자였고 거의 목사가 될 뻔했던 일 말이오. 그러나 그때 내가 범한 것은 다만 형식상의 과오였을 뿐이오. 목사가 되는 것은 나의 사명이며 나의 목적이지요. 다만 나는 너무 일찍 만족하고 아브락사스를 알기도 전에 여호와에 귀의해 버렸던 것입니다. 아! 모든 종교는 아름답지요. 종교는 영혼이며, 그리스도 교의 성찬을 하든 메카로 순례를 하든 그것은 마찬가지입니다."

"그러면 당신은," 하고 나는 물었다. "사실상 목사가 될 수도 있었겠군요?"

"아니오, 싱클레어, 그렇지는 않아요. 그렇게 되면 나는 거짓말을 해야만 했을 겁니다. 우리들의 종교는 종교가 아닌 것처럼 행해지고 있지요. 마치 그것은 이성의 일처럼 되고 있습니다. 필요하면 나도 카톨릭 교도가 될지도 모르겠지만 신교의 목사는 안 될 것이오! 어떤 진실한 신자는—나는 그런 사람을 몇몇 알고 있는데—문자 그대로 믿고 있지요. 그런 사람들에게 그리스도란 인간이 아니고 영웅이며, 신화며, 인류가 자신을 영원한 벽에다 그려놓은 거대한 그림자 상(像)이라고 말할 수는 없을 것입니다. 그리고 지혜로운 말을 듣기 위해서, 의무를 다하기 위해서, 어떠한 일도 게을리 하지 않으려는 이유 등으로 교회에 나오는 다른 사람들, 그런 사람들에게 내가 무슨 말을 하겠습니까? 그들을 개종시키려고 생각하십니까? 그러나 나는 그런 일은 정말 하고 싶지 않습니다. 목사는 개종시키려고는 하지 않으며 다만 신자들 사이에서, 자기와 같은 사람들 속에서 살려고 하고, 우리가 여러 신을 만들어 내는 감정에 대한 지지자요 현현자(顯現者)가 되려고 할 뿐입니다."

그는 말을 중단했다가 다시 계속하였다.

"지금 우리가 아브락사스란 이름을 붙여 준 우리의 새로운 신앙은 아름다운 것이지요. 친구여, 그것은 우리가 가지고 있는 것 중에서 가장 좋은 것이오. 그러나 그것은 아직 젖먹이에 불과하오! 날개가 아직 돋지 않았지요. 아! 고독한 종교, 그것은 아직 진정한 것이 못됩니다. 종교란 공통적이 되어야 하며, 예배와 도취, 축제와 비법을 지녀야만 하는 것이니까요."

그는 생각했고 명상에 잠겼다.

"그 비법(秘法)은 혼자서나 또는 아주 적은 단체에서 행할 수는 없습니까?" 하고 나는 주저하면서 물었다.

"할 수 있지요." 하고 그는 머리를 끄덕였다.

"나는 벌써 오래 전부터 그것을 행하고 있지요. 만약 그 일이 남에게 알려지면 나는 오랫동안 감옥살이를 하게 될 예배를 하고 있지요. 그렇지만 그것은 아직 올바른 것이 못 된다는 것을 나는 알고 있어요."

갑자기 그가 어깨를 두드렸기 때문에 나는 움찔했다.

"여보시오." 그는 강한 어조로 말했다.

"당신도 비법을 가지고 있겠지요. 당신이 내게 말하지 않는 꿈을 가지고 있다는 것을 나는 알고 있어요. 그것을 알려고 하는 것은 아니오. 그렇지만 당신에게 말해 둘 것은, 그 꿈대로 살고 그 꿈을 행하고, 그 꿈에 제단을 마련하라는 것이지요. 그것은 아직 완전한 것은 아니지만 그것도 하나의 길이지요. 우리들 즉 당신과 나, 그리고 두셋의 다른 사람이 세계를 갱신할 수 있는지 없는지는 차차 알게 될 거요. 그러나 우리는 우리들의 내면에서 세계를 매일 갱신시켜 가지 않으면 안 됩니다. 그렇게 하지 않으면 안 됩니다. 그렇지 않으면 우리는 아무 것도 안 될 것이오. 그것을 생각해 보십시오! 당신은 열여덟 살이요. 싱클레어, 당신은 매춘부에게도 달려가지 못하고 있소. 당신은 사랑의 꿈과 사랑의 소원을 가지고 있음이 틀림 없소. 아마도 당신은 그것들을 두려워하고 있을지도 모릅니다. 두려워히지는 마시오! 그것은 당신이 가지고 있는 것 중에서 가장 귀한 것이오. 나를 믿어도 좋소. 나는 당신 나이 때에 내 사랑의 꿈을 무리하게 억눌렀기 때문에 많은 것을 잃어버렸소. 그런 일을 해서는 안 됩니다. 아브락사스를 아는 사람이 더 이상 그런 짓을 해서는 안 되지요. 아무 것도 두려워해서는 안 되며, 영혼이 우리의 내면에서 바라고 있는 것은 어떠한 것도 금지된 것이라고 생각해서는 안 됩니다."

놀라서 나는 반박하였다.

"그러나 우리는 생각하는 모든 일을 할 수는 없는 것입니다! 자기 마음에 들지 않는다고 사람을 죽여서는 안 되는 것이지요."

그는 나에게로 가까이 왔다.

"경우에 따라서는 그것도 허용할 수 있습니다. 대개의 경우 그것은 오류일 뿐이지요. 나 역시 당신 생각에 떠오르는 모든 것을 그저 해 버리라고 말하는 것은 아닙니다. 그게 아니라 훌륭한 의미를 지닌 생각을 몰아내 버리거나 거기에 대해서 도덕적인 이론을 전개함으로써 못 쓰게 하지는 말라는 것이오. 자신이나 남을 십자가에 못박는 대신에, 엄숙한 사상이 담긴 잔으로 술을 마시고 그때 희생의 비법도 생각할 수 있지요. 그런 행위가 아니라도 자신의 본능이나 유혹을 존경과 사랑으로 취급할 수도 있지요. 그렇게 하면 그것들은 그 의미를 나타낼 것이오. 그것들은 모두 의미를 지니고 있지요. 만일 다시 당신에게 어떤 미칠 듯한 일이나 죄스러운 생각이 떠오른다면, 싱클레어, 만약 당신이 누구를 죽이고 싶다든지 어떤 추잡하기 끝이 없는 짓을 하고 싶다면, 그것은 당신의 내면에 있는 아브락사스가 그런 공상을 하고 있는 것이라고 잠시 생각하십시오! 당신이 죽이고 싶은 그 사람은 물론 아무게 씨라고 정해진 게 아니고 그는 확실히 가정에 지나지 않을 것입니다. 우리가 어떤 인간을 증오할 경우, 우리는 그의 형상 속에서 우리 자신 속에 존재하고 있는 그 무엇인가를 증오하는 것이지요. 우리 자신의 내면에 없는 것은 결코 우리를 흥분시키지 않으니까요."

피스토리우스가 일찍이 나의 감추어진 마음속을 이렇

게 알아맞히는 말을 한 적은 없었다. 나는 대답할 수가 없었다. 그러나 가장 강하고 이상하게 나를 감동시킨 것은 이 충고가 수년 동안이나 내 마음속에 간직하고 있었던 데미안의 말과 똑같은 음향을 풍기고 있다는 것이었다. 그들은 서로 알지 못하는데도 두 사람은 내게 동일한 말을 하는 것이었다.

"우리가 눈으로 보는 사물이란," 하고 피스토리우스는 작은 소리로 말하였다. "우리의 마음속에 있는 사물인 것이오. 우리가 마음속에 가지고 있는 것 이외에는 아무런 현실도 없는 것입니다. 사람들은 대개 외부의 상(像)을 현실로 생각하고 자기 자신의 내면 세계에는 전혀 발언의 기회를 주지 않기 때문에 너무나도 비현실적으로 살아가고 있지요. 그래서 사람들은 행복할 수는 있겠지요. 그러나 한번 다른 것을 알게 되면 보통 사람들이 가는 길을 선택하지는 않습니다. 싱클레어, 보통 사람들이 가는 길은 쉽지만 우리의 길은 어려운 것이오. 그렇지만 가 봅시다."

며칠 후 나는 두 번이나 헛되이 그를 기다린 후, 밤늦게 길에서 혼자 차가운 밤바람을 맞으며 완전히 취해 비틀거리면서 모퉁이를 돌아오는 그와 마주쳤다. 나는 그를 부르고 싶지가 않았다. 그는 나를 보지 못하고 내 옆을 지나갔다. 마치 미지의 곳에서 손짓하는 어두운 부름을 따라가듯 타는 듯한 고독한 눈초리로 앞만 응시하고 있었다. 나는 다음 길까지 그의 뒤를 따랐다. 그는 눈에 보이지 않는 철사줄에 끌려가듯 광신적이면서도 흐트러진 걸음걸이로 유령처럼 앞으로 가고 있었다. 나는 슬픈 마음으로 집으로, 구제받지 못한 꿈으로 돌아왔다.

"저렇게 그는 자기 내면 세계를 새롭게 하는구나!" 하고 생각했지만, 동시에 그것은 저속하고도 도덕적인 생각이라고 느꼈다. 내가 그의 꿈에 대해서 무엇을 알고 있었던가? 아마도 그는 취중에서도 내가 불안 속에서 걸어가는 것보다 더 확실한 길을 가고 있었을 것이다.

수업 시간 사이의 쉬는 시간이면 주의해 본 일이 없는 한 동급생이 내게 접근하고자 애쓰고 있는 것이 눈에 띄었다. 그는 키가 작고 연약해 보이는 야윈 아이였고, 붉은 기가 도는 금발의 엷은 머리칼을 가지고 있었는데 눈초리와 태도에는 무엇인가 독특한 것이 있었다. 어느 날 저녁 집에 가는 길에 그는 골목에서 기다리고 있다가, 내가 그냥 자기 옆을 지나가게 두더니 다시 뒤따라 와서 우리 집 대문 앞에서 멈춰 서는 것이었다.

"내게 무슨 일이 있니?" 나는 물었다.

"그저 너하고 한번 이야기하고 싶어." 하고 그는 수줍게 말했다.

"좀 나하고 조금만 같이 걸어 줘."

나는 그를 따라갔으며 그가 몹시 흥분하고 기대에 부풀어 있음을 느꼈다. 그의 손은 떨리고 있었다.

"너 접신술자(接神術者)지?" 그는 아주 갑작스럽게 물었다.

"아니야, 크나우어." 나는 웃으면서 말했다. "조금도 그렇지 않아. 어떻게 그런 생각을 하게 됐니?"

"아, 그렇게 숨기지 말아! 난 네가 어떤 특별한 점이 있다는 것을 잘 알고 있어. 그걸 너는 눈에 가지고 있어. 나는 네가 신령과 통하고 있다고 확실히 믿고 있어. 난 호기심에서 묻는 게 아냐, 싱클레어. 그런 게 아냐! 나 자신이 탐구자야. 그리고 너도 알 듯이 난 혼자야."

"어디 얘기해 봐라!" 하고 나는 그를 격려했다. "나는 신령에 대해서는 사실 아무 것도 아는 게 없어. 나는 내 꿈 속에서 살고 있는데 그것을 네가 느낀 거야. 다른 사람들도 역시 꿈 속에서 살고 있지만 그들 자신의 꿈 속에서 살고 있지는 않아. 그게 차이점이야."

"그래. 아마도 그럴 거야." 그는 속삭였다. "사람들이 살고 있는 꿈이 어떤 종류냐 하는 것만이 문제지. 너는 선마(善魔)를 사용하는 마술에 대해 들은 일이 있니?"

나는 부정하지 않을 수 없었다.

"그건 자기 자신을 제어하는 법을 배우면 된다. 죽지 않게 될 수도 있고 마술을 할 수도 있어. 너는 한 번도 그런 연습을 해본 일이 없니?"

이런 연습에 대한 나의 호기심에 찬 질문에 대해서 그는 처음에는 말을 하지 않았으나 내가 가려고 돌아서자 그때야 털어놓기 시작했다.

"예를 들어 나는 잠들고 싶을 때나 정신을 집중시키고자 할 때 그런 연습을 하고 있어. 나는 그 무엇인가를, 예컨대 한 마디의 말이나 이름이나 혹은 기하도형을 생각해 보는 거야. 그리고 그것을 될 수 있는 대로 골똘히 마음속에 그려 보고자 노력을 하는 거야. 그 다음에는 그것이 목구멍에 있다고 생각을 하고 내가 그것으로 가득 차게 될 때까지 계속하는 거야. 그러면 나는 아주 확고해지고 아무 것도 나를 그런 안정 상태에서 끌어낼 수가 없게 돼."

나는 그가 무슨 얘기를 하고 있는지 어느 정도 이해했다. 그러나 그가 아직도 가슴에 무엇인지 숨기고 있다는 것을 느낄 수 있었다. 그는 이상하게 흥분하고 있었고 성급했다. 나는 그의 문제점을 가볍게 해주려고 했으며 그러자 그는 곧 본래의 관심사를 털어놓기 시작했다.

"너도 역시 절제를 하고 있지?" 그는 불안한 듯 질문했다.

"그건 무슨 뜻이니? 성적인 것 말이냐?"

"그래, 그래, 나는 이 년 전부터 절제를 하고 있는데 그 교리를 알고 난 후부터야. 그전에는 너도 알다시피 방탕한 짓을 했어. 그럼, 너는 한 번도 여자 곁에 가본 적이 없니?"

"없어." 나는 말했다. "나는 이상에 맞는 여자를 발견하지 못했어."

"그럼 이상에 맞는다고 생각하는 여자를 발견하게 되

면 그 여자하고 같이 자겠니?"

"그래, 물론이지. 그 여자가 반대하지 않는다면 말야." 나는 약간 농담조로 말했다.

"아, 그러면 너는 잘못된 길을 가는 거야! 내적인 힘이란 철저하게 금욕하고 있을 때에만 형성될 수가 있어. 나는 2년 동안이나 그렇게 했어. 2년하고 한 달이 좀 넘었어! 그것은 정말 어려운 일이야! 여러 번이나 나는 더 이상 지탱할 수가 없을 정도였어."

"들어봐, 크나우어. 난 금욕이 그렇게 중요하다고 여기지는 않는다."

"나도 알아." 그는 말을 가로막았다. "모두 그렇게 말하고 있어. 하지만 네가 그런 말을 하리리고는 생각지 않았어. 더 높은 정신적인 길을 가고자 하는 사람은 순결을 지켜야 돼. 무조건 말이지!"

"그래, 그럼 그렇게 하여라! 그러나 나는 어째서 자기의 성(性)을 억제하는 사람이 다른 어떤 사람보다도 〈더욱 순결하다〉는 것인지 알 수가 없다. 너는 성적인 것을 모든 생각과 꿈 속에서까지도 제거할 수 있니?"

그는 절망적으로 나를 쳐다보았다.

"아니, 그러지는 못해. 맙소사, 하지만 그럴 수밖에 없어. 나는 밤에 나 자신에게도 말할 수 없는 꿈을 꾸고 있단 말야! 너, 그건 무서운 꿈이야!"

나는 피스토리우스가 내게 말한 이야기를 상기했다. 그러나 아무리 내가 그의 말을 옳다고 느꼈어도 그 이야기를 전해 줄 수는 없었다. 내 체험에서 우러난 것도 아니고, 나 자신도 그것을 따르고 있다고는 아직 느낄 수 없는 그런 충고를 할 수는 없었다. 나는 말문이 막혔으며, 누가 내게서 충고를 받으려고 하는데 그에게 충고를 해줄 수 없는 것을 굴욕으로 느꼈다.

"나는 모든 것을 다 시험해 보았어." 크나우어는 내 옆에서 한탄하였다.

"나는 사람이 할 수 있는 일이라면 무엇이건, 냉수욕도 해 보고, 눈으로 마찰도 해 보고, 체조와 달음박질도 해 보았지만 모든 게 아무 소용도 없었어. 매일 밤 생각해서도 안 되는 꿈에서 깨어나곤 해. 한데 무서운 일은, 그것으로 해서 내가 정신적으로 배웠던 모든 것을 점점 다시 잃어가고 있다는 일이야. 나는 이젠 거의 정신을 집중시키지도 못하고 혼자서 잠들 수도 없게 되었으며 때로는 뜬눈으로 지새기도 하지. 나는 이 상태를 더 이상 지탱할 수가 없어. 그런데 결국 내가 이 싸움을 이겨내지 못하고 굴복해서 자신을 더럽히게 된다면, 나는 애당초 전연 싸움을 하지 않았던 다른 사람보다도 더 나쁘게 되는 거야. 그걸 이해하겠지?"

나는 고개를 끄덕였지만 그런 일에 대해서 아무 말도 할 수가 없었다. 그는 나를 지루하게 하기 시작했다. 그리고 그의 뚜렷한 고통과 절망이 내게 아무런 깊은 인상을 주지 않는 데 대해 나 스스로 놀랐다. 나는 그를 도와줄 수가 없다는 것만 느낄 뿐이었다.

"그럼 너는 내게 전혀 할 말이 없니?" 하고 그는 마침내 지치고 슬픈 듯이 말했다.

"전혀 없단 말야? 그렇지만 한 가지 길이라도 있을 텐데! 도대체 너는 어떻게 하고 있니?"

"나는 아무 말도 할 수가 없다. 크나우어, 사람이란 이런 경우엔 서로 도울 수가 없는 거야. 내 경우에도 누구의 도움도 받지 못했어. 너는 너 자신에 대해서 잘 생각해야만 하고, 그 다음에는 너의 본질에서 우러나오는 바를 행할 수밖에 없다. 다른 길이란 없어. 만일 네가 네 자신을 발견할 수가 없다면 너는 어떤 영혼도 발견해 낼 수가 없을 것이라고 나는 생각한다."

실망을 하고 갑자기 말이 없어진 채 그 자그마한 친구는 나를 쳐다보았다. 다음 순간 그의 눈초리가 증오로 불타오르더니 이맛살을 찌푸리고 난폭하게 소리쳤다. "오, 너는 위대한 성인이구나! 너도 역시 악덕을 가지고 있다는 것을 나도 알고 있단 말야! 너는 마치 현자인 척하고 있지만 나나 다른 사람들과 마찬가지로 너도 남 몰래 똑 같은 오물에 매달려 있단 말야! 너도 돼지란 말야! 내 자신이나 마찬가지로 돼지 새끼야! 우리들은 모두 다 돼지 새끼란 말야!"

나는 그를 내버려 둔 채 그곳을 떠났다. 그는 두서너 발자국 뒤따라오다가는 걸음을 멈추고 돌아서서 달아났다.

나는 연민과 혐오의 감정으로 매스꺼웠다. 집에 돌아와 나의 조그마한 방에서 내가 그린 몇 장의 그림을 주

위에 세워놓고, 간절한 내심의 동경을 가지고 나 자신
의 꿈에 몰두할 때까지 그런 감정에서 헤어나지를 못했
다. 그러나 곧 집 대문과 문장, 어머니와 낯선 여인에
대한 나의 꿈은 되살아 왔다. 그리고 나는 그 여인의
표정을 너무나도 뚜렷하게 보았기에 그날 밤 그 여인의
그림을 그리기 시작했다.

 십오 분 동안씩 꿈을 꾸듯 무의식적으로 그린 이 그
림이 며칠 후에 완성되었을 때, 나는 그것을 저녁이면
벽에다 붙이고 탁상 램프를 그 앞에다 놓고, 승부가 날
때까지 싸워야 할 유령과 맞서기나 한 것처럼 그 앞에
서 있었다. 그것은 전번의 얼굴과 비슷했으며 데미안의
얼굴과도 닮았고 몇 군데 표정은 나 자신과도 닮아 있
었다. 한쪽 눈은 현저하게 다른 눈보다 위에 붙어있었
고, 눈초리는 운명으로 충만되어 나를 지나쳐 골똘히
응시하고 있었다.

 나는 그 앞에 서 있었으며 내적인 긴장으로 가슴 속
까지 싸늘해졌다. 나는 그 그림에게 질문하고 비난하고
애무도 했으며 기도도 드렸다. 나는 그것을 어머니라
불렀고, 애인이라 불렀고, 창녀와 매춘부라고 불렀으며
또 아브락사스라고도 불렀다. 그러자 피스토리우스의
말이―아니면 데미안의 말이었던가? ―머리에 떠올랐
다. 그런 말을 언제 했는지 기억할 수 없지만 그 말을
다시 듣고 있는 것 같았다. 그것은 야곱과 신의 천사의
싸움에 관한 이야기로서 '그대가 나를 축복하지 않는다

면 내 그대를 놓아주지 않으리로다' 라는 것이었다.

그려놓은 얼굴은 램프 불빛 속에서 내가 부를 때마다 변화했다. 그것은 밝게 반짝이기도 하고 검고 어둡게 되기도 했다. 생기가 없는 눈에 창백한 눈꺼풀을 감았다 떴다 했으며, 타는 듯한 시선을 반짝이기도 하였다. 그것은 여자였고 남자였으며, 소녀였고 어린 아이였으며 동물이었다. 얼룩으로 번지기도 했다가 다시 커지고 분명해졌다. 결국 나는 강한 내면의 부름을 따라 눈을 감았다. 그러자 그 그림이 나의 내면에서 한층 더 강렬하고 힘차게 되는 것을 보았다. 나는 그 앞에 무릎을 꿇으려고 하였으나 그것은 너무나도 나의 내면 깊숙이 들어있어서 완전히 나 자신이 되어 버린 듯 그것을 내게서 분리시킬 수가 없었다.

그때 나는 봄의 폭풍우에서 나는 듯한 어둡고도 무겁게 들끓는 소리를 들었으며, 공포와 체험에 대한 형언할 수 없는 새로운 감정에 몸을 떨었다. 별들이 내 앞에서 반짝 빛나더니 사라져 갔다. 잊혀진 최초의 유년 시절까지의 회상이, 아니 그 이전의 존재와 생성의 첫단계에 이르기까지 회상이 되살아나고 내 곁을 물밀듯 지나갔다. 내 모든 인생을 깊은 비밀까지 재현하는 듯 보였던 회상은 어제와 오늘로 끝나지를 않고 계속하여 미래를 반영시켰으며, 오늘에서 나를 낚아채어 새로운 삶의 형식으로 이끌고 갔다. 그 형식의 모습은 몹시 밝고 눈이 부셨지만 이후에는 그것을 기억할 수가 없었다.

밤중에 나는 깊은 잠에서 깨어났다. 옷을 입은 채로 침대 위에 비스듬히 누워있었다. 불을 켜고 중대한 것을 생각해야 될 것 같은 기분이었는데 몇 시간 전의 일에 대해서는 아무 것도 아는 것이 없었다. 불을 켜자 점차 기억이 되살아났다. 나는 그 그림을 찾았다. 그것은 벽에 걸려있지 않았으며 책상 위에 있지도 않았다. 그러자 희미하게나마 내가 그것을 태워 버린 것이 생각났다. 아니면 그것을 손에다 올려놓고 태워서 그 재를 먹었던 것은 꿈이었던가?

쑤시는 듯한 커다란 불안이 나를 몰아냈다. 나는 모자를 쓰고 집과 골목길을 마치 강요를 받고 있는 듯 걸었다. 폭풍우에라도 날린 듯 거리와 광장을 달리고 또 달렸으며, 내 친구의 그 어둡고 음침한 교회 앞에서 귀를 기울여 보고 어두운 충동에 못 이겨 무엇인지도 알지 못하는 것을 찾고 또 찾았다. 나는 창녀들이 늘어선 교외를 지나갔는데 그곳에는 아직도 여기저기 불이 켜져 있었다. 더 멀리 외곽 지대에는 신축 건물과 벽돌 더미가 있었는데 일부는 잿빛 눈으로 덮여있었다. 몽유병 환자처럼 낯선 압박감 속에서 그 황무지를 헤매고 있을 때 내 고향에 있던 신축건물이 머리에 떠올랐다. 그것은 언젠가 나를 괴롭히던 크로머가 최초의 계산을 하기 위해 나를 끌고 들어갔던 곳이었다. 그와 비슷한 건물이 잿빛 어둠 속에서 내 앞에 서서 시커먼 문이 나를 향해서 입을 벌리고 있었다. 나는 그 안으로 끌리듯

들어갔으며, 비켜가려고 하다가 모래와 쓰레기에 걸려 비틀거리며 넘어졌다. 그러자 들어가고 싶은 충동이 더 강렬해져서 들어가지 않을 수 없었다.

판자와 깨진 벽돌을 넘어서 나는 그 황막한 공간 속으로 비실거리며 들어갔다. 습한 냉기와 돌 냄새가 음산하게 코를 찔렀다. 모래더미가 환한 회색 얼룩처럼 그곳에 있었을 뿐 그 외에는 모든 것이 캄캄하였다.

그때 놀란 목소리가 나를 불렀다.

"아니, 싱클레어, 어디서 오는 거야?"

그리고 내 곁의 어둠 속에서 사람이 하나, 작고 여윈 청년이 유령처럼 일어서는 것이었다. 나는 그것이 학교 친구인 크나우어라는 것을 알았지만 아직도 머리칼이 곤두선 채였다.

"어떻게 여길 왔어?" 흥분한 나머지 얼빠진 듯이 그는 물었다. "어떻게 나를 찾아낼 수 있었지?"

나는 이해가 가지 않았다.

"난 너를 찾은 게 아냐." 나도 당황해서 말했다. 말 한 마디 한 마디가 고통스러웠으며, 생기 없이 무겁게 마치 얼어붙은 듯한 입술을 간신히 넘어왔다.

그는 나를 뚫어지게 쳐다보았다.

"찾은 게 아니라고?"

"아니야, 끌려 들어온 거야. 네가 나를 불렀니? 네가 나를 불렀음에 틀림없어. 도대체 여기서 뭘 하니? 이 밤중에 말야."

그는 야윈 두 팔을 가지고 경련적으로 나를 끌어안았다.

"그래, 밤이야. 곧 아침이 되겠지. 오, 싱클레어, 넌 나를 잊어버리지 않았구나! 나를 용서할 수 있겠지?"

"대체 무엇 말야?"

"아, 나는 정말 추악했어!"

이제야 비로소 우리의 대화가 기억났다. 그것은 나흘 또는 닷새 전의 일이었을까? 그 후로 내게는 벌써 한 생애가 흐른 것 같았다. 나는 갑자기 모든 것을 깨닫게 되었다. 우리들 사이에 일어난 일뿐만 아니라 왜 내가 이곳에 왔으며, 크나우어가 이런 외딴 곳에서 무엇을 하려 했던가도 알았다.

"그럼, 너는 그러니까 자살을 할 생각이었지, 크나우어?"

그는 추위와 공포에 떨고 있었다.

"응, 그럴려고 했어. 내가 해낼 수 있을지는 모르지만 말야. 나는 아침이 올 때까지 기다리려고 했어."

나는 그를 끌고 밖으로 나왔다. 수평으로 뻗친 아침 햇살은 잿빛 대기 속에서 말할 수 없이 냉랭하고 불쾌한 듯 희미하게 빛나고 있었다.

나는 그 친구의 팔을 잡고 상당히 멀리까지 데리고 갔다. 이런 말이 내게서 튀어나왔다.

"이젠 집으로 돌아가고 아무한테 말하지 말아라! 너는 잘못된 길을 걸었던 거야. 잘못된 길을 말야! 우린 네가 생각한 것처럼 모두 돼지는 아니야. 우린 인간이야. 우리는 여러 가지 신을 만들어 내고 그것들과 싸우고 있으며 신들은 우리를 축복해 주고 있는 거야."

  아무 말도 없이 우리는 계속 걸어가다가 헤어졌다. 내가 집에 돌아왔을 때는 이미 날이 새었다.

  성(聖)×× 시절이 내게 준 가장 좋았던 기억은 피스토리우스와 오르간 곁에서 혹은 벽난로 불 앞에서 지낸 시간이었다. 우리는 아브락사스에 관한 그리스 어 원서를 함께 읽었다. 그는 베다 경에서 번역된 몇 구절을 읽어 주었으며, 거룩한 〈옴〉을 말하는 법도 가르쳐 주었다. 그러는 중에도 내 마음을 고취해 준 것은 그의 해박한 지식이 아니라 오히려 그 반대였다. 내 마음에 들었던 것은 내 내면의 진보에 대한 발견이었고, 나 자신의 꿈과 사상과 예감에 대한 신뢰심의 증가였으며, 내 내면에 있는 힘에 대한 자각의 증대였다.

  나는 피스토리우스와 여러 가지로 상통하고 있었다. 다만 강렬하게 그를 생각만 하면 반드시 그가, 아니면 그의 인사가 내게로 왔던 것이다. 꼭 데미안에게서처럼, 그가 없을 때에도 그에게 무엇이든 물어 볼 수가 있었다. 즉, 나는 다만 그를 확고히 상상하고 강력한 사상으로 응집된 내 질문을 그에게 제기하기만 하면 되었다. 그러면 질문에 쏟았던 모든 영혼의 힘이 대답이 되어 내 마음속에 되돌아왔다. 내가 마음속에서 상상했던 것은 단지 피스토리우스라는 인물이나 데미안이라는 인물이 아니었고, 그것은 내가 꿈꾸고 그림 그렸던 영상이었고, 내가 부르지 않을 수 없었던 내 마령(魔靈)의

남녀로 형성된 꿈의 상이었다. 그것은 더 이상 내 꿈 속에서만 혹은 그려진 종이 위에서만 살고 있는 것이 아니라, 나의 내면에서 이상적인 자태로서 또 나 자신의 승화된 모습으로 살고 있었던 것이다.

특이하고도 우스운 일은, 자살 미수자 크나우어와의 관계였다. 내가 그에게로 찾아갔던 날 밤 이래로 그는 충실한 하인이나 개와도 같이 내게 매달리고 자기의 생활을 내 것과 결부시키려고 애쓰며 맹목적으로 나를 따랐다. 아주 괴상한 소원이나 질문을 가지고 내게로 왔으며, 신령을 보고 싶어했고, 카발라 비법을 배우고 싶어했다. 그리고 내가 그런 것을 하나도 모른다고 확언해도 믿지 않았다. 그는 내가 온갖 힘을 지닌 것으로 믿고 있었다. 그러나 이상한 일은 내가 마음속에 매듭진 어떤 문제를 해결해야만 하는 바로 그때 그는 종종 기묘하고 어리석은 질문을 가지고 찾아왔으며, 그의 변덕스러운 착상이나 욕구가 가끔 내 문제 해결의 실마리나 계기가 되었다는 것이다. 때로 나는 그가 귀찮았으며 위압적으로 쫓아 버리기도 했다. 그렇지만 그도 역시 내게 보내진 사람이고, 내가 그에게 준 것도 배(倍)가 되어 내게로 되돌아왔으며, 그도 내게는 한 사람의 지도자며 혹은 하나의 길이라고 느꼈다. 그가 내게 가져오고 그 속에서 구원을 찾고자 한 놀랄 만한 책이나 글도 당장 깨달을 수 있는 것보다도 더 많은 것을 내게 가르쳐 주었다.

크나우어는 훗날 아무런 느낌도 없이 내 길에서 사라져 갔다. 그와는 아무런 토론이 필요치 않았다. 하지만 피스토리우스와는 달랐다. 이 친구와는 성××에서의 학창 시절이 끝날 무렵 또다른 이상한 일을 체험하였다.

아무리 순진한 사람이라도 평생에 한 번이나 몇 번쯤은 효성과 감사의 미덕에 대해서 갈등을 겪을 수밖에 없다. 누구나 한 번은 자기 아버지와 선생님에게서 자신을 떼어놓는 걸음을 옮겨야만 하는 것이다. 설사 사람들이 대부분 그것을 견디지 못하고 곧 다시 제자리로 기어든다고 할지라도 누구나 얼마간 고독의 쓰라림을 느끼게 마련이다. 나의 양친과 그들의 세계에서, 내 아름다운 소년 시절의 그 〈밝은〉 세계에서 나는 격심한 투쟁을 하면서 이별을 한 것은 아니었다. 서서히 그리고 거의 눈에 띄지 않게 그것들에게서 멀어졌고 낯설게 되었던 것이다. 나는 유감스러운 생각이 들었다. 고향을 방문할 때면 자주 쓰라린 순간을 겪곤 하였다. 그러나 그것이 가슴 속까지 파고 들지는 않았으며 참을 수 있는 것이었다.

그러나 습관에서가 아니라 자발적인 충동에서 사랑과 공경심을 바쳤을 때나, 우리가 진정한 제자나 친구가 되었을 경우에는, 우리 내면의 지도적 조류가 사랑하는 것에서 떠나가려 한다는 것을 인식하는 순간 그것은 쓰고도 무거운 짐이 될 것이다. 그때에는 친구나 선생님을 거절하는 모든 생각은 독침을 가지고 자신의 심장을 겨누는 것과 같고, 방어하려는 타격은 자신의 얼굴을 때리는 것과 같게 느껴진다. 그런 경우에는 자신 속에 타당한 도덕을 지녔다고 생각하는 사람에게는 〈배신〉과 〈배은망덕〉이란 이름이 치욕적인 별명과 낙인처럼 나타난다. 그러면 깜짝 놀란 마음은 불안에 싸여 유년 시절의 미덕에 찬 사랑스러웠던 골짜기로 도망쳐 들어가게 되며, 그런 단절이 행해져야 하고 그런 유대를 절단해야 한다는 것을 생각할 수가 없게 되는 것이다.

시간이 감에 따라 내 마음속의 감정은 친구 피스토리우스를 무조건 지도자로 인정하는 데에 서서히 거역하고 있었다. 내 청춘 시절의 가장 중요한 몇 달 동안에 경험한 것이 바로 그와의 우정이었고, 그의 충고, 그의 위안, 그와의 접근이었다. 그를 통해서 신은 내게 이야기를 했고, 그의 입을 통해서 내 꿈들은 내게 되돌아왔으며 해명되고 해석되었다. 그는 나에게 내 자신에 대한 용기를 주었다. 아아, 그런데 나는 그에 대한 반항의식이 서서히 성장하고 있음을 느꼈다. 나는 그의 말 속에서 너무나 많은 교훈적인 것을 들었으며, 그는 단지 나의 일부분만을 이해하고 있음을 느꼈던 것이다.

우리들 사이에는 아무런 싸움도 나쁜 장면도, 아무런 파탄도 결산 같은 것도 없었다. 나는 그에게 단지 한마디, 원래 아무런 악의도 없는 말을 했을 뿐이었다. 하지만 그것이 바로 우리들 사이의 환상이 오색찬란하게 산산조각나게 하는 순간이었다.

벌써 한동안이나 그런 예감은 내 마음을 짓누르고 있었는데, 어느 일요일, 그 낡은 서재에서 뚜렷한 감정으로 변했다. 우리는 불 앞 바닥에 엎드려 있었으며, 그는 자기가 연구하고 생각해 보고 그 미래의 가능성에 몰두해 있던 비법과 종교적인 형식에 대해 이야기하고 있었다. 그러나 나는 그 모든 것이 생활에 중요하다기보다는 오히려 기이하고 흥미롭다고 생각하였다. 거기서는 박식하다는 인상이 울려왔고, 과거 세계의 폐허 밑에서 고달픈 탐구 소리만이 울려왔다. 그래서 나는 갑자기 그 모든 방법에 대해서, 그 모든 신비적인 것에 대한 예배에 대해서, 전통적 종교형식에 대한 모자이크적 유희에 대해서 반감을 느꼈다.

"피스토리우스." 하고 나는 나 자신도 의외였던 놀랄 만큼 솟아오르는 악의를 품은 채 갑자기 말했다. "내게 다시 한 번 꿈 이야기를, 당신이 밤에 꾼 실제의 꿈 이야기를 해 주세요. 당신이 지금 얘기하고 있는 것은 너무도, 너무도 지독하게 케케묵은 것입니다!"

그는 내가 그렇게 말하는 것을 한 번도 들어 본 적이 없었다. 그리고 그 순간 내가 그에게 쏘아서 심장에 명중시킨 화살은 바로 그 사람의 무기고에서 얻은 것이었다는 것을, 또 그가 풍자적인 어조로 가끔 말하는 자기 비난을 내가 날카로운 형식으로 다듬어서 그에게 되쏘았다는 것을 창피하고 놀라운 기분으로 번개처럼 느꼈다.

그는 그것을 순간적으로 느꼈고 곧 조용해졌다. 나는

불안하게 그를 바라보았고, 그가 무섭게 창백해지는 것을 보았다.

오랜 무거운 침묵이 지난 뒤에 그는 새 장작을 불에 던져넣고 조용히 말했다.

"당신 말이 아주 옳소. 싱클레어, 당신은 영리한 친구요. 이젠 그런 케케묵은 것으로 당신을 괴롭히지는 않겠소."

그는 아주 조용히 말했지만 나는 그가 입은 상처의 고통을 들을 수 있었다. 나는 무슨 짓을 저질렀단 말인가! 눈물이 쏟아질 것 같았다. 나는 진심으로 그에게 용서를 빌고 나의 애정과 정다운 감사를 쏟아 주고 싶었다. 감동적인 말이 머리에 떠올랐다. 그러나 그것을 말할 수가 없었다. 나는 엎드린 채 불만 들여다보고 아무 말도 하지 않았다. 그도 역시 말이 없었으며 그렇게 우리는 엎드려 있기만 했다. 불은 다 타서 꺼져 갔으며 사그러져 가는 불꽃과 더불어 다시는 돌이킬 수 없는 그 어떤 아름다운 것과 친밀한 것이 식어가고 사라져 가는 것을 느꼈다.

"제 말을 오해하시지나 않았는지 염려됩니다." 나는 이윽고 몹시 압박감을 느껴 메마르고 쉰 목소리로 말했다. 그런 바보스럽고 무의미한 말이 마치 신문소설을 낭독하는 것처럼 기계적으로 입술에서 나왔다.

"난 당신을 올바로 이해하고 있어요." 하고 피스토리우스는 나지막하게 말했다. "물론 당신이 옳았소." 그는

기다렸다가 천천히 말을 계속했다. "한 인간이 다른 인
간에 대해서 올바를 수 있는 한에 있어서 말이오."

아니, 아니 제가 틀렸어요! 하고 내 마음속에서는 외
치고 있었다. 그러나 나는 아무 말도 할 수가 없었다.
단 한 마디의 짤막한 말로 내가 그의 본질적인 약점과
난점과 상처를 지적하였다는 것을 나는 알고 있었다.
나는 나 자신도 불신하고 있던 점을 건드렸던 것이다.
그의 이념은 〈케케묵은〉 것이었고, 그는 퇴보적 탐구자
였으며 낭만주의자였다. 그러자 갑자기 피스토리우스가
내게 의미했던 것과 주었던 것은 그 자신에게는 의미가
될 수도, 줄 수도 없었다는 것이 깊이 느껴졌다. 그는
나를 지도자인 그 자신까지도 뛰어넘고 떠나야만 하는
길로 인도하였던 것이다.

그런 말이 어떻게 나왔는지 모르겠다! 나는 조금도
나쁜 의도로 한 말이 아니었고 파국이 오리라고는 전혀
예감하지 못했다. 그 말을 하는 순간에는 내 자신도 전
혀 알지 못했으며, 약간 재치있고 약간은 악의적인 착
상에 따랐던 것인데 그것이 운명이 되었다. 나는 하잘
것 없는 부주의한 잘못을 저질렀는데 그것이 그에겐 심
판이 되어 버렸다.

아아, 나는 그때 얼마나 그가 화를 내고 변명을 하고
내게 호통을 쳐 주었으면 하고 바랐던가! 그는 그런 일
은 아무 것도 하지 않았다. 그 모든 짓을 마음속에서
스스로 해야만 했다. 만약 할 수만 있었으면 그는 미소

까지도 지었을 것이다. 그가 미소조차 지을 수 없었다
는 것으로 내가 그에게 얼마나 심한 충격을 주었는지를
가장 잘 알 수가 있었다.

피스토리우스는 나로 인해서, 주제넘고 배은망덕한
자기의 제자로 인해서 받은 타격을 그렇게 소리 없이
감수하고 나의 정당성을 인정하고 내 말을 운명으로 인
정함으로써, 그는 내가 나 자신을 증오하게 하였고 내
경솔함을 몇 천 배로 더 크게 만들었다. 타격을 가했을
때 나는 강하고 방어적인 사람을 명중시켰다고 생각했
다. 그런데 그것은 조용하고 인내심 있는 인간이었고,
말없이 항복하는 무방비의 인간이었다.

오랫동안 우리는 사그러져 가는 불 앞에 엎드려 있었
다. 그 속에서 타오르는 모든 형체와 오그라드는 재가
된 막대기는 내 기억 속에 행복하고 아름답고 풍성했던
시간들을 불러일으켜 주었고, 피스토리우스에 대한 내
의무감과 죄책감을 점점 크게 하였다. 마침내 나는 그
것을 더 이상 참지 못했다. 나는 일어나서 나와 버렸다.
한참 동안 나는 그의 방 문앞에서, 컴컴한 계단 위에서,
바깥 집 앞에서 혹시 그가 따라나오지나 않을까 하고
기다리며 서 있었다. 그 다음에 나는 계속 걸어갔고 시
내와 교외를, 공원과 숲속을 저녁 때까지 헤매고 다녔
다. 그때에 처음으로 나는 카인의 표적을 내 이마 위에
느꼈다.

점차 나는 돌이켜 생각해 볼 수 있게 되었다. 내 생

각은 모두가 자신을 비난하고 피스토리우스를 변호하고자 하는 의도를 갖고 있었다. 그러나 만사는 그 반대로 끝을 맺었다. 나는 천 번이라도 내 경솔한 말을 후회하고 철회할 준비가 되어있었다. 그러나 그것은 진실이었다. 그제야 비로소 나는 피스토리우스를 이해할 수 있게 되었고, 그의 모든 꿈을 내 앞에 그려 볼 수가 있게 되었던 것이다. 그 꿈은, 설교가가 되어 새로운 종교를 전도하고 영혼의 앙양과 사랑을 복돋우며, 예배에다 새로운 형식을 부여하고 새로운 상징을 이룩하는 것이었다. 그러나 그것은 그의 역량과 사명에는 맞지 않았다. 그는 지나치게 열심히 이미 존재하는 일에서 머뭇거리고, 너무나도 정확히 과거의 것을 알았고, 지나치게 많이 이집트에 대해서, 인도와 미트라스와 아브락사스에 대해서 알고 있었다. 그의 사랑은 이 세상이 이미 보아 온 형상과 결부되어 있었으며, 그러면서도 그의 마음속 깊이에서는 새로운 것이란 새롭고 다른 것이며 신선한 대지에서 솟아나오는 것이지, 박물관의 수집품이나 도서관에서 찾아내 와서는 안 된다는 것도 스스로 잘 알고 있었다. 그의 사명은 아마 그가 내게 했듯이, 인간이 자기 자신으로 가는 것을 도와주는 데에 있었을 것이다. 그리고 그들에게 전대미문의 것, 즉 새로운 신을 주는 일은 그의 사명이 아니었던 것이다.

그런데 여기서 갑자기 하나의 인식이 날카로운 불길처럼 나를 태웠다. 즉 '누구에게나 자기의 〈사명〉이 있다. 하지만 누구에게도 그것을 스스로 선택하고 변경하고 임의로 관리할 수 있는 사명은 없다'는 것이다. 새로운 신을 원한다는 것은 잘못이며 이 세상에다 그 무엇인가를 주고자 한다는 것은 전적으로 그릇된 짓이었다! 깨달은 인간에게는 자기 자신을 찾고 자기의 내부에서 확고하게 되고 어디를 가든지 자신의 길을 앞으로 더듬어 나가는 것 이외에는 하등의 어떤 의무도 절대 존재하지 않는다. 그런 생각이 나를 뒤흔들어 놓았다. 그리고 그것이야말로 내가 그 체험에서 얻은 결실이었다. 때때로 나는 미래의 형상과 유희도 했으며, 내게 적합하다고 생각되는 시인으로서, 예언자로서, 화가로서 아니면 그 어떤 다른 것으로서의 역할을 꿈꾸어 보기도 했다. 그러나 이 모든 것은 아무 것도 아니었다. 나는 시를 쓰기 위해서, 설교를 하기 위해서, 그림을 그리기 위해서 존재하고 있는 것은 아니다. 나도, 다른 어느 인간도 그런 것을 위해 존재하는 것이 아니다. 그 모든 것은 다만 부차적으로 생겨난 것일 뿐이다. 각자를 위한 진정한 직업이란 오로지 자기 자신에 도달하는 것뿐이다. 그것은 어쩌면 시인, 광신자, 예언자, 혹은 범죄자로서 끝장이 날지도 모른다. 그것이 문제는 아니며, 중요한 것도 아니다. 그가 할 일은 누구의 것도 아닌 자기 자신의 운명을 발견하는 것이며, 자기의 내면에서 송두리째 그리고 완전하게 살아 버리는 일이다. 그 외의 모든 것은 반토막이고 빠져나가려는 노력이며, 대중의 이상 속으로의 도피 행위인 동시에 적응이며, 자신의 내면에 대한 공포인 것이다. 무섭고 성스럽게 그 새로운 영상이 내 앞에 떠올랐다. 수백 번이나 예감한 바 있고 벌써 여러 번 이야기하였을지도 모르지만 그제야 비로소 체험했던 것이다. 나는 자연이 투척한 자식이다. 불명확한 것 속으로, 아마도 새로운 것을 향해서, 어쩌면 무(無)를 향해 내던져진 자식이다. 그리고 투척된 존재를 본래의 심연에서 작용시키고 그의 의지를 내 속에서 느껴 그것을 완전히 내 것으로 만드는 일, 그것만이 나의 천직인 것이다. 그것만이!

나는 많은 고독을 벌써 맛보았다. 하지만 더 깊은 고독이 존재하고 거기서 벗어날 수 없음을 예삼했다.

나는 피스토리우스를 달래려는 시도는 하지 않았다. 우리는 여전히 친구로 머물렀지만 사정은 달라졌다. 우리는 단 한 번 그 사건에 대해서 이야기했을 뿐이었다. 아니 그런 말을 한 것도 그였다. 그는 말했다.

"내가 설교가가 되려는 소원을 갖고 있다는 것은 당신도 알고 있지요. 나는 우리가 그렇게도 많은 예감을 가지고 있는 새로운 종교의 선교사가 되고 싶소. 나는 절대 그렇게 되지는 못할 것을 알고 있으며, 고백하지는 않았지만 벌써 오래 전부터 알고 있었소. 나는 그와는 다른, 어쩌면 오르간이나 그 밖에 다른 방법으로 설교가적인 봉사를 할 것이오. 그러나 나는 언제나 내가 아름답고 성스럽다고 느끼는 것, 즉 오르간 음악과 신

비적인 것, 상징과 신화 등으로 둘러싸여야만 하며, 그
것이 내게는 필요하고 또 그것에서 떨어지고 싶지가 않
소. 그것이 내 약점이오. 나는 알고 있어요. 싱클레어,
나는 가끔 그런 소원을 가지면 안 되고 그것이 사치며
약점이라는 것을 알고 있으니까 말이오. 만일 내가 아
무런 요구도 없이 그저 단순히 운명에 순종하면 더 위
대하고 정당할지도 모르겠소. 하지만 나는 그럴 수가
없소. 그것이 내가 할 수 없는 유일한 일이오. 아마 당
신은 언젠가 그럴 수가 있을 것이오. 그건 어려운 일이
오. 이봐요, 그것은 이 세상에 존재하는 유일한, 실제로
어려운 일이오. 나는 때로 그런 꿈을 꾸었소. 그러나 나
는 할 수가 없었으며 그 앞에서 몸서리쳤소. 즉 나는
그렇게 완전한 알몸이 되어 외롭게 서 있을 수가 없소.
나 역시 다소의 따뜻함과 먹을 것을 필요로 하고, 가끔
은 동류의 인접을 느끼고 싶어하는 가련하고 연약한 개
란 말이오. 정말 자기의 운명 이외에 전연 아무 것도
원하지 않는 인간이란 자기의 동류를 가질 수도 없고
완전히 홀로 서게 되며, 그의 주변에는 차가운 세계의
공간만이 있게 될 뿐이오. 당신도 알지만 겟세마네 동
산에서의 예수가 그러했소. 기꺼이 십자가에 못박힌 순
교자도 있었지만 그들 역시 영웅은 아니었고 완전히 모
든 것에서 자유로워진 것도 아니었소. 그들 역시 자기
들에게 친밀하고 다정스러운 그 무엇을 원했으며, 그들
은 모범을 가졌고 이상도 가지고 있었다오. 그저 운명

만을 원하는 사람은 모범도 이상도 없으며, 아무런 사랑도 아무런 위안도 가지지 않는 것이오! 사람들은 본래 이러한 길을 걷게 마련이오. 나나 당신 같은 사람은 정말 외롭기는 하지만, 그래도 우리는 서로를 소유하고 있으며, 우리는 남과 다르며, 반항하며, 비범한 것을 원하고 있다는 남 모르는 만족감을 느끼고 있소. 만약 사람이 그 길을 온전히 가려고 하면 그런 것마저 던져버려야 해요. 그런 사람은 혁명가도 모범적인 인물도 순교자도 되려고 해서는 안 되오. 그것은 생각할 수도 없는 일이오."

그렇다. 그것은 생각할 수도 없는 일이었다. 그러나 꿈을 꿀 수는 있었으며, 짐작하고 예감할 수는 있었다. 몇 번인가 아주 조용한 시간을 얻게 되었을 때, 나는 그것을 약간 느껴 보았다. 그런 때면 나는 내 내면을 들여다보고 내 운명이 눈을 부릅뜨고 있는 모습을 보기도 했다. 그 눈은 예지로 가득할 수도 있었고, 광기로 충만해 있을 수도 있었으며, 애정으로 빛나거나 깊은 악으로 번득일 수도 있었다. 그러나 그것은 마찬가지였다. 그것은 어느 것이든 우리가 마음대로 선택할 수도 원할 수도 없었다. 우리는 오직 자기만을, 자기의 운명만을 원할 수가 있는 것이다. 피스토리우스는 그곳까지 이르는 데에 한동안 지도자로서 내게 봉사하였던 것이다.

그 시절에 나는 맹목적으로 사방을 뛰어다녔다. 폭풍우가 내 마음속에서 일어났고, 한 걸음 한 걸음이 위험했다. 나는 이제까지의 모든 길이 그 속으로 사라지고 가라앉아 버린 그런 심연 같은 암흑 이외에는 아무 것도 볼 수가 없었다. 그리고 내 마음속에서 나는 데미안과 닮았으며, 그의 눈 속에 나의 운명이 깃들어 있었던 지도자의 모습을 보았다.

나는 종이 위에다가 이렇게 썼다.

"한 지도자가 나를 버렸다. 나는 완전히 암흑 속에 있다. 나 혼자서는 한 발자국도 갈 수가 없다. 나를 도와 다오!"

그것을 나는 데미안에게 보내려고 했다. 그러나 그만 두었다. 그렇게 하려고 할 때마다 어리석고 무의미하게 느껴졌다. 그러나 나는 그 짧막한 기도문을 외고 있었으며 마음속으로 그것을 되씹었다. 그것은 어느 때나 나를 따라다녔다. 나는 기도가 무엇인지를 알아차리기 시작했다.

나의 학생 시절은 끝났다. 나는 휴가 여행을 가도록 되어 있었는데 그것은 아버지의 배려였다. 그 다음에 나는 대학에 가야 했다. 무슨 과에 갈지는 나도 모르고 있었다. 한 학기는 철학을 하도록 허용되어 있었는데 나는 다른 어떤 학과일지라도 마찬가지로 만족했을 것이다.

제7장 **에봐 부인**

나는 몇 해 전 방학중에 막스 .데미안이 그의 어머니
와 함께 살고 있던 집에 한 번 가 보았다. 어떤 노(老)
부인이 정원을 산책하고 있었다. 나는 그 부인에게 말
을 걸었으며 그 집이 그 부인의 소유라는 것을 알았다.
나는 데미안의 가정에 대해 물어 보았다. 그 부인은 그
들을 잘 기억하고 있었다. 그러나 지금 그들이 어디에
살고 있는지는 몰랐다. 그 부인은 나의 관심을 알아차
리고 집 안으로 데리고 가서, 가죽 표지 앨범을 찾아내
어 데미안의 어머니 사진을 보여 주었다. 나는 그 여인
을 별로 기억할 수가 없었다. 그러나 지금 그 조그만
사진을 바라보며 내 심장의 고동은 멈췄다. 그것은 내
꿈 속의 모습이었다! 그것은 바로 그 여인으로, 크고도
거의 남성적인 여인의 자태였다. 아들을 닮았고, 어머
니다운 표정과 엄하고도 깊은 정열에 넘치는 표정이 담
긴, 아름답고도 매혹적이며, 예쁘고도 접근하기 어렵
고, 마령(魔靈)인 동시에 어머니며, 또 운명인 동시에
애인인 그것이 그 여인이었다!

내 꿈 속의 모습이 지상에 살고 있다는 것을 알았을

때 경이로운 기적과 같은 것이 나를 뚫고 지나갔다. 저런 모습을 하고 내 운명의 자태를 지닌 여인이 있었던 것이다! 그 여인은 어디 있었던가? 어디에? 그 여인은 데미안의 어머니였다.

그 후 나는 곧 여행을 떠났다. 이상한 여행이었다! 나는 이 여인을 찾아서 생각나는 대로 쉴새 없이 이곳저곳을 돌아다녔다. 어느 날에는 그 여인을 상기하게 하고, 그 여인을 연상하게 하고, 그 여인과 꼭 닮았고 마치 뒤엉킨 꿈 속에서처럼 나를 낯선 도시의 골목길이나 정거장이나 열차 안으로 유혹하는 그런 여인의 모습만을 만났었다. 또 다른 날에는 나의 찾아다님이 얼마나 쓸데없는 짓인가를 깨닫게도 되었다. 그럴 때에는 어느 공원이나 호텔 정원이나 대합실 같은 데서 하는 일 없이 주저앉아서, 내 마음속을 들여다보며 그 모습을 나의 내면에서 소생시켜 내려고 애썼다. 그런데 지금은 수줍게 되고 허망하게 되어 버렸다. 나는 결코 잠을 잘 수가 없었으며, 미지의 풍경 속을 달리는 기차를 타는 동안 15분쯤 졸 수 있었을 뿐이었다. 한 번은 취리히에서 한 여자가 내 뒤를 따라왔는데 아름답고 약간 철면피인 듯한 여자였다. 나는 그 여자를 거들떠보지도 않고 마치 공기처럼 여기며 계속 걸어갔다. 다른 여자에게 단 한 시간이라도 관심을 가지게 되느니보다는 차라리 당장 죽어 버리고 싶었다.

나는 내 운명이 나를 끌어당기고 있으며, 그 실현이

가까워 오고 있음을 느꼈다. 그런데도 불구하고 어떠한 일도 할 수 없다는 초조 때문에 미칠 것 같았다. 언젠가 정거장에서, 그곳은 인스브룩이라고 생각되는데, 막 출발하는 기차의 창가에서 그 여인을 회상케 하는 모습을 보고 하루종일 불행한 감정에 싸여 있었다. 그리고 돌연 그 모습이 밤에 다시 꿈 속에 나타났다. 나는 부끄럽고 황막한 감정으로 내 추적의 무의미함에 눈을 뜨고는 곧장 집으로 돌아왔다.

몇 주일 후에 나는 H대학에 입학하였다. 그러나 모든 것이 나를 실망케 하였다. 내가 들은 철학사 강의는 대학생들의 행동과 같이 공허하고 기계적이었다. 모든 것은 판에 박힌 그대로였고 누구나 똑같이 행동했다. 소년다운 얼굴에 깃든 상기된 쾌활성은 슬프도록 공허하고 기성품처럼 보였다! 그러나 나는 자유로웠으며 온종일이 내 시간이었다. 나는 교외의 낡은 집에서 조용하고 쾌적하게 살았으며, 책상 위에는 니체의 책이 몇 권 놓여 있었다. 나는 니체와 함께 살았고 그의 영혼의 고독을 느끼고 그를 끊임없이 충동질했던 운명을 냄새 맡고 그와 함께 괴로워했다. 그리고 그렇게도 준엄하게 자기의 길을 걸어 간 사람이 존재했었다는 것을 행복하게 여기고 있었다.

어느 날 밤 늦게 가을 바람이 부는 거리를 거닐고 있었다. 음식점에서 대학생들 서클 노래 소리가 들려왔다. 열려진 창문에서는 담배 연기가 구름처럼 흘러나오고 있었다. 노래 소리가 세찬 파도처럼 크고 우렁차게 울렸지만 감격스럽지도 않고 생기도 없이 단조로웠다. 나는 길 모퉁이에 서서 귀를 기울이고 있었다. 두 술집에서 면밀하게 훈련된 쾌활한 젊은이들의 소리가 밤하늘에 울려퍼졌다. 어디에나 집단이 있고 모임이 있으며, 어디에나 운명의 발산과 따뜻한 군중 모임 속으로의 도피가 있었다.

내 뒤를 두 사나이가 천천히 지나갔다. 나는 그들의 대화를 조금 엿들었다.

"이건 마치 흑인촌에 있는 청년의 집과 똑같지 않소?" 라고 한 사나이가 말했다.

"모든 것이 똑같습니다. 문신(紋身)하는 것까지도 유행입니다. 보시다시피 이것이 젊은 유럽이랍니다."

그 목소리는 이상하게도 내게 경고하는 듯, 귀에 익은 듯 울려왔다. 나는 어두운 골목길로 두 사람의 뒤를 따라갔다. 한 사람은 작고 세련된 일본 사람이었다. 나는 가로등 밑에서 웃고 있는 누런 얼굴이 빛나는 것을 보았다.

그때 다른 사나이가 다시 말을 했다.

"그렇지만 당신의 나라 일본에 가도 더 좋지는 않을 것입니다. 군중에 추종하지 않는 사람들이란 어디를 가도 드물지요. 여기에도 그런 사람이 약간은 있습니다."

한 마디 한 마디가 기쁜 놀라움을 가지고 내게 스며들었다. 나는 이야기하고 있는 그 사람을 알고 있었다.

그것은 데미안이었다.

바람이 부는 밤에 나는 어두운 골목길을 통해 그와 일본인의 뒤를 따라 갔으며, 그들의 대화에 귀를 기울이고 데미안의 목소리가 울리는 것을 즐겼다. 그 목소리는 옛날과 같은 음조를 가지고 있었으며, 옛날의 아름다운 안정과 고요를 가지고 있었고, 또 나를 지배하는 힘을 가지고 있었다. 모든 것이 잘 되었다. 나는 데미안을 발견한 것이다.

교외의 어느 거리 끝에서 그 일본인은 이별을 하고 대문을 열었다. 데미안은 그 길을 다시 돌아갔다. 나는 머물리 서서 길 한가운데서 그를 기다리고 있었다. 나는 가슴을 두근거리면서 그가 내 쪽으로 몸을 곧게 세우고 탄릭있는 걸음걸이로 걸어오는 것을 보았다. 갈색 비옷을 입고 팔에는 가느다란 지팡이를 설고 있었다. 그는 규칙적인 걸음걸이를 변하지 않고 바로 내 앞까지 와서 모자를 벗었으며, 입은 꼭 다문채 넓은 이마에 독특한 밝음이 깃든 옛날의 환한 얼굴을 보여 주었다.

"데미안!" 하고 나는 불렀다.

그는 내게 손을 내밀었다.

"자네였군, 싱클레어! 자네를 얘기하고 있었지."

"내가 이곳에 있는 것을 알고 있었나?"

"알고 있는 것은 아니었지만 꼭 그렇게 되기를 희망하고 있었지. 내가 자네와 만난 것은 오늘밤이 처음이지만 자네는 줄곧 우리 뒤를 따라왔었지."

"그럼, 곧 나를 알아차렸군?"

"물론이지. 자네는 확실히 변하기는 하였어. 그러나 자네는 표적을 가지고 있지 않나?"

"표적이라고? 무슨 표적 말야?"

"아직 기억할지 모르겠지만 옛날에 우리는 그것을 카인의 표적이라고 했지. 그것이 우리들의 표적이야. 자네는 언제나 그것을 가지고 있었어. 그래서 나는 자네의 친구가 된 거야. 그런데 지금은 그것이 더욱 뚜렷해졌군."

"나는 그것을 몰랐어. 어쩌면 사실 알고 있었는지도 모르지. 언젠가 나는 자네 초상을 그린 적이 있었어. 데미안, 그것이 나와도 닮아 있는 데 놀랐어. 그것이 표적이었을까?"

"그렇지! 자네가 여기 온 것은 참 잘한 거야! 나의 어머니도 기뻐할 거야."

나는 깜짝 놀랐다.

"자네 어머니? 여기 계시나? 한데 나를 전혀 모르실 텐데."

"아, 어머니는 자네에 대해 알고 계시지. 자네가 누구라고 말하지 않더라도 어머니는 자네를 알아볼 거야. 오랫동안 자네는 소식을 전하지 않았어."

"아, 가끔 편지를 쓰려고 하였지만 잘 되지 않았어. 얼마 전부터 나는 곧 자네와 만나게 될 것이라고 느꼈지. 나는 매일 그걸 기다리고 있었어."

그는 자기의 팔을 내 팔에 끼고 함께 계속 걸어갔다. 침착한 기분이 그에게서 나와 내 속으로 흘러들었다. 우리는 곧 옛날처럼 지껄여대었다. 학교 시절과 견신례 준비 수업시간, 그 당시 방학 때의 어색했던 해후 등을 회상하였다. 다만 우리 사이의 최초의 밀접한 유대, 즉 프란츠 크로머에 대한 이야기는 이번에도 언급하지 않았다.

자신도 모르게 우리는 진귀하고 예감에 가득 찬 이야기에 빠져있었다. 즉 데미안이 일본인과 하던 대화를 상기하면서 우리는 대학생 생활에 대해서 이야기하였으며, 그리고 나서는 아주 동떨어진 다른 이야기로 옮겨갔다. 그러나 그것도 데미안의 말 속에서는 밀접한 연관을 가지고 있었다.

그는 유럽의 정신과 현대의 특징에 대해서 이야기하였다. 어디를 가나 단결과 군중의 결속이 지배하고 있지만 자유와 사랑은 아무 곳에도 없다고 말했다. 학생 단체나 합창단에서 국가에 이르기까지 이 모든 단체는 강제적인 결속이며, 불안과 공포와 당황에서 생겨난 공동체며, 그것은 내부가 부패하고 낡았으며 붕괴에 직면해 있다고 말했다.

"단체란" 하고 데미안은 말했다. "아름다운 것이야. 그러나 도처에 번창해 있는 것을 보면 그런 것은 전혀 단체가 아냐. 그것은 개개인이 서로 알기 시작하는 데서 새로이 생길 것이며 한동안 세상을 변형시킬 거야.

지금 있는 단체는 군중의 결속에 불과하지. 사람들은 서로 공포를 가지고 있기 때문에 상대방에게로 도망을 치는 거야. 귀족은 귀족들끼리, 노동자는 노동자들끼리, 학자는 학자들끼리 말야! 그런데 왜 그들은 공포를 느끼는가? 인간은 자기 자신과 일치하지 않을 때에만 공포를 갖게 되는 거야. 그들은 결코 자기 자신을 알지 못하기 때문에 공포를 느끼게 되지. 자기 자신 속에 있는 미지의 것을 두려워하고 있는 인간들로만 구성된 공동체야! 그들은 모두 자신의 생활 법칙이 더 이상 적합하지 않다는 것과, 그들이 낡은 게시판에 따라서 살고 있으며, 그들의 종교도 도덕도 어느 하나도 그들의 필요에는 적합하지 않다는 것을 느끼고 있지. 백여 년 동안 유럽은 연구만 하고 공장을 세우기만 하였지! 그들은 한 인간을 죽이는 데에 몇 그램의 화약이 필요한지는 정확하게 알고 있지만, 어떻게 신에게 기도하는지는 모르며, 또 어떻게 하면 한 시간만이라도 만족해 있을 수 있는지조차도 모르거든. 학생 술집이라도 한번 들여다보지! 그렇지 않으면 부자들이 모이는 오락장이라도 좋아! 절망적이야! 싱클레어, 어디에서도 명랑한 것은 나올 수 없어. 그렇게 불안스럽게 모여 있는 사람들이란 공포와 악의에 가득 차 있으며 서로 신뢰하지 않아. 그들은 이미 이상이 아닌 이상을 고집하며, 새로운 이상을 내세우는 사람들은 돌로 때려 죽이지. 한 번 대결이 있으리라고 느껴. 그것이 올 거야. 틀림없이 일어날 거야! 물론 그것이 세계를 〈개선〉시키지는 못할 거야. 노동자가 공장 주인을 때려 죽이든지, 러시아와 독일이 서로 총질을 하든지, 다만 소유주가 바뀔 뿐이야. 그러나 아무런 소용이 없는 것은 아닐 거야. 그것은 오늘날의 이상이 무가치함을 증명해 줄 것이고, 석기시대의 신들을 제거해 줄 거야. 현재대로의 이 세계는 죽어가고 몰락하기를 바라며, 실제로 세계는 몰락할 거야. 그렇게 되고 말 거야."

"그럼 그때에 우리는 어떻게 될까?" 하고 나는 물었다.

"우리 말야? 아, 아마도 같이 몰락하겠지. 사람들이 우리 같은 자들을 때려죽일 수도 있지. 단지 우리들은 그런 일로 처리되지는 않을 뿐이지. 우리들에게서 남은 것, 혹은 우리들 중에서 살아 남은 사람들의 주위에는 미래의 의지가 결집할 거야. 우리들의 유럽이 한동안 기술과 과학이라는 시장으로 떠들썩하게 뒤덮어 버렸던 인류의 의지가 나타날 거야. 그러면 인류의 의지란, 오늘의 공동체나 국가와 민족 또는 단체나 교회의 의지와 결코 같지 않다는 것이 보여질 거야. 오히려 자연이 인간에 대하여 원하는 것이 개개인의 마음 속에, 너나 나의 내면에 적혀있는 거야. 예수 속에도, 니체 속에도 적혀있었지. 이 유일하게 중요한 조류를 위해서는—물론 그것은 매일 다르게 보일 수도 있지만—오늘날의 공동체가 붕괴해 버릴 때에만 여지가 생기게 될 거야."

우리는 늦게야 강가의 어떤 정원 앞에 멈춰섰다.

"우린 여기서 살고 있어." 하고 데미안은 말했다. "가까운 시일 안에 한 번 와 주게! 자네를 몹시 기다리고 있겠네."

기쁜 마음으로 나는 쌀쌀해진 밤길을 걸어 먼 귀로에 올랐다. 시내에는 여기저기 집으로 돌아가는 대학생이 떠들어대며 비틀거리고 있었다. 나는 그들의 우스꽝스러운 향락하는 방법과 나의 고독한 생활 사이의 대립을, 때론 결핍의 감정으로 때론 경멸하면서 느꼈었다. 그러나 일찍이 오늘과 같이 침착과 은밀한 힘을 가지고, 그것은 내게 상관없는 것이며 이 세계는 이미 멀리 사라진 것이라고 느낀 적은 없었다. 나의 고향 도시의 관리들인 늙고 훌륭한 신사들을 회상해 냈는데, 그들은 행복한 천국에 대한 기억처럼, 술을 마시며 지낸 대학 시절의 사라진 〈자유〉를 예배하고 있었다. 어디나 마찬가지였다! 그들은 자신의 책임을 상기하고 자신의 길을 가라고 경고받을지도 모른다는 불안 때문에 어디에서든지 자신의 과거에서 〈자유〉와 〈행복〉을 구했다. 사람들은 몇 년 동안 술을 마시고 환호를 지르고, 그 다음에는 기어들어와서 근엄한 관리가 되는 것이다. 그래, 썩었다. 우리들 주변은 썩어있다. 그리고 이 대학생들의 바보짓은 수백 가지의 다른 일보다는 우둔한 것도 아니고 불량한 것도 .아니다.

그렇지만 멀리 떨어진 내 집에 도착하여 침대에 들었을 때는 이 모든 생각은 사라져 버렸다. 온 마음은 오늘 내게 있었던 큰 약속에 집중하였다. 나는 원하기만 한다면 내일이라도 데미안의 어머니를 만날 수가 있다. 대학생들이 술좌석을 벌이건 얼굴에 문신을 하건, 세계가 썩었든 몰락을 기다리든 내게 무슨 상관이 있으랴! 나는 오로지 내 운명이 새로운 모습으로 나를 맞이해 줄 것을 기다렸다.

나는 아침 늦게까지 곤하게 잠을 잤다. 새로운 날은 소년 시절의 크리스마스 축제 이래 경험해 본 적이 없는 엄숙한 축제일로서 밝았다. 나는 내적인 불안에 가득 차 있었지만 공포는 조금도 없었다. 나는 내게 중요한 날이 시작된 것을 느꼈다. 나는 세계가 나의 주위에서 변화하고 기대하고 있으며 관련성으로 가득 차고 엄숙하다는 것을 느꼈다. 조용히 내리고 있는 가을비도 아름답고 고요하여 엄숙하고도 즐거운 음악에 가득 찬 축제일 같았다.

처음으로 외부의 세계가 나의 내부의 세계와 순수하게 화음을 울렸다. 이렇게 영혼의 축제일은 왔으며 살아있는 보람이 있었다. 어떤 집도, 어떠한 진열장도, 골목길의 어떤 얼굴도 나의 마음을 방해하지 않았다. 모든 것은 존재하지 않으면 안 될 그대로 있었고, 모든 것은 일상적이며 눈에 익은 공허한 얼굴을 하고 있는 것이 아니라 기대에 찬 자연이었으며, 경건하게 운명에 대한 준비를 하고 있었다. 내가 어렸을 때 성탄절이나 부활절 같은 큰 축제일의 아침에는 세상이 이렇게 보였던 것이다. 나는 이 세계가 다시 이렇게 아름다울 수 있음을 알지 못했다. 나는 나 자신 속에 들어가 사는 것에 습관이 되어 있었다. 그리고 외부의 것에 대한 감각이 내게서 사라졌다는 것, 반짝이는 색채의 상실은 유년시절의 상실과 피할 수 없는 관계를 가지고 있다는 것, 그리고 사람이 영혼의 자유와 성장을 위해서는 어느 정도 이런 사랑스러운 미광을 댓가로 지불하지 않으면 안 된다는 것을 감수하는 데에 익숙해져 있었다. 지금 나는 이 모든 것이 다만 파묻히고 어둡게 되어 있었을 뿐이며, 자유를 얻은 자, 소년의 행복을 포기해 버린 자에게도 세상이 빛을 내고 있고, 진정한 경건함을 맛보는 것이 가능하다는 것을 황홀하게 바라보았다.

그날 밤, 막스 데미안하고 이별을 한 교외의 정원을 다시 보게 될 때가 왔다. 비에 젖은 잿빛의 높은 나무 뒤에 감추어진 조그마한 집이 밝고 살기 좋은 모습으로 서 있었다. 커다란 유리벽 뒤에, 꽃이 핀 관목이 서 있는 빛나는 창문 저쪽에는 그림과 책이 줄지어 있는 어두운 방의 벽이 있었다. 대문은 곧장 난방이 된 작은 홀로 통하고 있었다. 검은 옷에 흰 앞치마를 두른 말 없는 늙은 하녀가 나를 안내하였고 외투를 받아 주었다.

하녀는 나를 홀에 혼자 남게 하였다. 나는 주위를 둘러보았으며 곧 나의 꿈 속에 빠지고 말았다. 문 위 검은 나무로 된 벽 위에, 까만 틀에 끼워진 유리 속에 내가 잘 알고 있는 그림이 걸려있었다. 그것은 지구의 껍

데기에서 날아 오르려고 하는 황금빛 매의 머리를 한 나의 새였다. 감동한 나는 주춤하고 섰다. 그 순간 대가 이때까지 행하고 경험한 모든 것이 해답과 실현이 되어서 내게 되돌아온 듯이 나는 기쁘고도 슬픈 마음이었다. 번개처럼 빠르게 수많은 영상이 나의 영혼을 스치고 지나가는 것을 보았다. 아치형의 대문 위에 낡은 돌로 된 문장이 달린 고향 집, 그 문장을 스케치했던 소년 데미안, 적 크로머의 사악한 마력에 걸려들어 두려워하고 있었던 아이로서의 나 자신, 학생용 조그마한 방의 조용한 책상에서, 마음은 자기가 풀은 실의 그물에 얽혀들어가면서 동경하는 새를 그리던 소년인 나 자신, 그리고 그 모든 것은, 이 순간까지의 모든 것은 내 마음속에서 반향을 일으키고, 내 마음속에서 긍정이 되고, 대답을 받고 시인되었다.

  젖어오는 눈으로 나는 내 그림을 응시하고 나의 마음을 읽었다. 그때 나의 시선은 아래로 떨어졌다. 새의 그림 밑 열려진 문에 검은 옷을 입은 키가 큰 부인이 서 있었다. 그 여인이었다.

  나는 아무 말도 할 수가 없었다. 아들의 얼굴과도 같이, 시간도 연령도 없고 혼이 깃든 의지가 충만한 얼굴을 가지고 아름답고 기품있는 부인이 다정스레 내게 미소를 보내고 있었다. 그 여인의 시선은 실현이었고, 그 여인의 인사는 귀향을 의미하였다. 아무 말 없이 나는 두 손을 여인에게 대밀었다. 그 여인은 힘 있고도 따스한 손으로 나의 양손을 꼭 잡았다.

"당신이 싱클레어지요. 곧 알아차렸어요. 잘 오셨어요!"

그 여인의 음성은 깊고 따스했다. 나는 달콤한 포도주처럼 그 음성을 마셨고, 다음에는 눈을 들어 그 여인의 고요한 얼굴, 검고 신비스러운 눈, 싱싱하고 성숙한 입, 표적을 가진 넓고 위엄있는 이마를 바라보았다.

"저는 얼마나 기쁜지 모르겠어요!" 나는 그 여인을 향해 말하고 손에 키스를 하였다.

"저는 지금까지의 생애 동안 언제나 길을 헤매고 있었으며 지금에야 집에 돌아온 것 같은 생각이 듭니다."

그 여인은 어머니답게 미소를 지었다.

"집에 돌아간다는 것은 결코 있을 수 없어요." 하고 그 여인은 다정하게 말했다. "그렇지만 정이 든 길이 교차하였을 때는 전세계가 잠시 동안 고향처럼 보이는 것이지요."

그 여인은 내가 여기까지 오는 도중에 느낀 것을 이야기했다. 그 여인의 음성과 말도 아들과 아주 비슷하였는데 그러면서도 전혀 다른 것이었다. 모든 것이 더 성숙하고 더 따스하고 더 자명하였다. 그러나 막스가 옛날에 누구에게도 소년의 인상을 주지 않던 것과 마찬가지로, 그의 어머니도 역시 성장한 아들의 어머니와 같은 인상은 전혀 주지 않았다. 그 여인의 얼굴과 머리에 넘치고 있는 향기는 아주 젊고 감미로웠고, 금빛 살결은 탄력이 있어 주름 하나 없었으며, 입은 꽃처럼 피어나고 있었다. 그 여인은 내 꿈 속에서보다도 여왕답게 내 앞에 서 있었다. 그리고 그 여인 곁에 있다는 것은 사랑의 행복이었고, 그 여인의 시선은 실현을 의미했다.

이것은, 그러니까 나의 운명이 내 앞에 나타난 새로운 모습이었다. 더 이상 엄하지도 고독하지도 않았으며, 벌써 성숙하고 쾌락에 가득 차 있었다. 나는 결심하지도 않았으며 맹세 하지도 않았다. 나는 하나의 목표와 높은 한 지점에 다다른 것이며, 거기서부터 계속되는 길은 약속의 나라를 향해 가면서 행복의 나뭇가지로 그늘을 드리운 쾌락의 동산으로 멀리 화려하게 뻗쳐있었다. 설사 내가 어떻게 된다 할지라도, 이 세상에서 이 여인을 알고, 이 여인 음성을 들이키고, 이 여인의 가까이에서 숨을 쉴 수 있다는 것은 성스런 일이었다. 이 여인이 내게 어머니가 되든지, 애인이 되든지, 여신(女神)이 되든지간에 이 여인이 내게 있기만 하면 될 것이다! 나의 길이 이 여인의 길에 가까이 있기만 하면 되었다.

그 여인은 내가 그린 매의 그림을 가리켰다.

"이 그림보다 우리 막스를 기쁘게 해 준 것은 없었지요." 하고 그 여인은 생각에 잠겨 말했다.

"그리고 내게도 그랬고요. 우리는 당신을 기다리고 있었지요. 그리고 이 그림이 왔을 때 당신이 우리에게로 오고 있다는 것을 알았습니다. 당신이 아직 어린 소년이었을 때, 싱클레어! 하루는 내 아들이 학교에서 돌아와서 이마에 표적이 있는 아이가 있는데 그 아이는 내 친구가 되지 않으면 안 된다는 말을 하였지요. 그게 당신이었어요. 당신도 쉽지는 않았겠지만, 우리는 당신을 믿고 있었지요. 당신이 방학 때 집에 돌아와서 한번 막스하고 만난 적이 있었지요. 그때 당신은 열여섯 살 정도였어요. 막스가 그렇게 이야기하더군요."

나는 말을 가로막았다. "아, 그가 당신께 그 이야기를 하였다고요! 그때가 저는 가장 비참했던 시절이었습니다!"

"그래요. 막스가 내게 말하기를, '지금 싱클레어는 최대의 곤란에 직면하고 있어요. 그는 공동체 속으로 도망치려고 또 시도하고 있으며 술꾼까지 되었어요. 그러나 그렇게 되지는 않을 거예요. 그의 표적이 가려져 있지만 그것이 남모르게 그를 불태우고 있어요.' 라고 하더군요. 그렇지 않았던가요?"

"아, 네, 그랬습니다. 그리고 나서 저는 베아트리체를 발견하였고, 그 다음에 다시 지도자가 저에게 나타났습니다. 그는 피스토리우스라고 했어요. 그때야 비로소 저는 내 소년 시절이 왜 그렇게 막스하고 강하게 결부되어 있었으며, 왜 그에게서 도망칠 수 없었던지를 분명히 알게 되었습니다. 아주머니, 어머니, 그때 저는 가끔 자살하지 않을 수 없다고 생각하였습니다. 도대체 인생길이 그 누구에게나 그렇게 어려운 것인가요?" 그 여인은 손으로 나의 머리칼을 공기처럼 가볍게 쓰다듬었다.

"탄생한다는 것은 언제나 어려운 일이지요. 새가 알을 깨고 나올 때 애쓰는 것을 아시겠지요. 돌이켜 생각해 보고 물어 보세요. 대체 그 길이 그렇게도 어려웠던가? 단지 어렵기만 하였던가? 그러면서도 아름답지 않았던가? 당신이 그보다 아름답고 그보다 쉬운 길을 알고 있었던가?"

나는 머리를 가로저었다.

"어려웠습니다." 나는 꿈 속에서처럼 말했다. "그 꿈이 나타나기까지는 어려웠습니다."

그 여인은 고개를 끄덕였고 뚫어지게 나를 바라보았다.

"그렇지요. 사람은 자기의 꿈을 찾아내야만 하는 것이며, 그렇게 되면 인생길은 쉬워집니다. 그렇지만 언제까지고 계속되는 꿈이란 없습니다. 어떤 꿈이나 새로운 꿈과 바꿔지는 것이며 우리는 어떤 꿈에도 집착하려 해서는 안 됩니다."

나는 매우 놀랐다. 그것은 벌써 하나의 경고였을까? 아니면 방어였을까? 그러나 그것은 마찬가지다. 나는 그 여자의 인도를 받고, 목표 같은 것은 묻지도 않겠다는 준비가 되어 있었다.

"저는 모르겠습니다." 하고 나는 말했다. "제 꿈이 얼마나 오래 계속될 것인지요. 그것이 영원하기를 저는 바라고 있습니다. 새의 그림 밑에서 저의 운명은 어머니와도 같이 또는 애인과도 같이 저를 맞이해 주었습니다. 저는 운명의 것이지, 그 밖의 누구의 소유물도 아닙니다."

"그 꿈이 당신의 운명인 한에 있어서는 당신은 그에게 충실해야 합니다." 그 여인은 엄숙하게 확증하는 것이었다.

슬픈 감정이, 이렇게 매혹당한 순간에 죽고 싶은 열렬한 소원이 나를 사로잡았다. 나는 눈물이 —얼마나 오랫동안 나는 울지 않았던가!— 억제할 수 없이 마음속에서 솟아오르고 나를 압도하는 것을 느꼈다. 나는 급히 그 여인에게서 몸을 돌리고 창가로 걸어가 흐릿한 눈으로 화분에 핀 꽃 너머를 바라보았다.

내 등 뒤에서 나는 그 여인의 목소리를 들었다. 그것은 침착한 음성이었지만, 철철 넘도록 채워진 포도주잔처럼 애정이 넘치고 있었다.

"싱클레어, 어린애 같군요! 당신의 운명은 당신을 정말 사랑하고 있어요. 만일 당신이 충실한 대로만 있다면 당신이 꿈꾸고 있듯이 언젠가는 반드시 당신의 것이 될 거예요."

나는 자신을 억제하고 얼굴을 그 여인에게로 다시 돌렸다. 그 여인은 내게 손을 내밀었다.

"저는 몇 명의 친구들이 있어요." 하고 그 여인은 미소를 지으면서 말했다. "몇 명 안 되는 아주 적은 숫자지만 가까운 친구들이지요. 그들은 저를 에봐 부인이라고 부른답니다. 당신도 원하신다면 그렇게 불러 주셔야

해요."

그 여인은 나를 문으로 데리고 가서 정원을 가리켰다. "저 밖에 막스가 있어요."

큰 나무들 아래에서 나는 멍청히 감동한 채 서 있었다. 예전보다 더 깨어있는지 혹은 꿈을 꾸고 있는지 알 수가 없었다. 나뭇가지에서 조용히 빗방울이 떨어지고 있었다. 나는 천천히 멀리 강 기슭을 따라 펼쳐진 정원으로 들어갔다. 드디어 나는 데미안을 찾아냈다. 그는 웃도리를 벗은 채 창문이 없는 정자 안에서 매달아 놓은 모래 주머니를 대하고 권투 연습을 하고 있었다.

나는 놀라서 멈춰섰나. 데미안은 훌륭한 육체를 가지고 있었다. 벌어진 가슴, 야무지고 사내다운 머리, 치켜든 두 팔의 팽팽한 근육은 강하고 민첩했다. 그리고 율동이 허리와 어깨와 팔꿈치에서 마치 희롱하는 샘물처럼 솟아나왔다.

"데미안!" 하고 나는 불렀다. "거기서 뭘 하고 있나?"

그는 명랑하게 웃었다.

"연습을 하고 있네. 나는 그 조그만 일본인하고 레슬링을 하기로 했거든. 그 녀석은 고양이처럼 날쌔고 물론 그만큼 꾀가 있어. 그러나 나를 이겨내지는 못할 거야. 내가 그에게 갚아야 할 아주 사소한 굴욕적인 일이 있네."

그는 내의와 웃도리를 입었다.

"벌써 어머니한테 갔었지?" 그는 물었다.

"응, 데미안, 정말 훌륭한 어머니야! 에봐 부인이시라지! 그 이름은 완전히 그분한테 어울려. 그분은 모든 존재의 어머님 같아."

그는 잠시 생각에 잠긴 듯 내 얼굴을 쳐다보았다.

"벌써 그 이름을 알고 있나? 자네는 자랑으로 생각해도 좋아. 여보게! 어머니가 초면에 그 이름을 댄 것은 자네가 처음이야."

그날부터 나는 아들이나 형제처럼, 또 사랑하는 사람처럼 그 집에 드나들었다. 대문을 등 뒤로 닫거나 멀리서 정원의 높은 나무들이 보이게 되면 흐뭇하고 행복했다. 바깥에는 〈현실〉이 있었다. 거리와 집들, 사람들과 공공 시설, 도서관과 강당이 있었다. 그러나 여기 집안에는 사랑과 영혼이 있었고, 동화와 꿈이 살고 있었다. 그럼에도 우리는 결코 세상과 차단된 채 살고 있지는 않았으며 사고나 대화에서는 자주 세상의 한가운데에서, 다만 다른 영역에서 살고 있었던 것이다. 우리는 다수 인간에 의해서 경계선을 긋고 분리되어 있는 것이 아니라 오직 보는 방식에 따라 분리되어 있었다. 우리들의 사명은 이 세상에서 하나의 섬을 건설하는 것이었다. 그것은 하나의 모범이라고 할 수도 있었지만, 어쨌든 살아가는 데서 다른 가능성을 알려 주는 것이었다. 나는, 오랫동안 고독 속에 살았던 나는 오로지 완전한 고독을 맛본 인간들 사이에서만 가능할 수 있는 공동체를 알게 되었다. 나는 행복한 인간들의 연회나 명랑한 사람들의 향연으로 되돌아갈 생각은 결코 없었고, 다른 사람들의 공동체를 바라볼 때 질투감이나 향수가 떠오르지도 않았다. 그리고 나는 서서히 〈표적〉을 달고 있는 사람들의 비밀에도 정통하게 되었다.

표적을 달고 있는 우리들, 세상에서 이상하다느니 심지어는 미쳤다 혹은 위험하다고 취급하는 것은 당연한 것 같았다. 우리는 각성자 혹은 각성해 가고 있는 인간들이었다. 우리들의 노력은 점점 완전해지는 깨달음으로 향하고 있는데 반해, 다른 사람들의 노력과 행복의 추구는 그들의 의견, 그들의 이상과 의무, 그들의 생활과 행복을 군중 집단의 그것과 더욱 밀접하게 결부시키는 데로 향하고 있었다. 물론 그곳에도 노력은 있고 힘과 위대함도 있었다. 그러나 우리들의 견해로는 우리들 표적을 단 자들은 자연의 의지를 새로운 것, 고립된 것, 그리고 미래의 것으로 제시하는 데에 반해서, 다른 사람들은 고집의 의지 속에서 살고 있었다. 그들에게 인류란—우리와 마찬가지로 그들도 사랑하는—유지되고 보호받아야 하는 무슨 완성된 것이었다. 그러나 우리들에게 인류란, 우리 모두가 그것을 향해 가는 도중에 있고, 그 모습을 아무도 알지 못하며, 그 법칙이 아무 곳에도 씌어져있지 않는 먼 미래로 생각되는 것이었다.

에봐 부인과 막스와 나 이외에도 여러 종류의 많은 탐구자들이 가깝고 멀고간에 우리들의 범주에 속하고 있었다. 그들 대다수는 특수한 길을 걷고, 개별적인 목적에 몰두하며, 독특한 의견과 의무에 매달려 있었다. 그들 중에는 점성술사와 카발라 교도와 심지어는 톨스토이 백작의 신봉자까지도 있었으며, 여러 종류의 섬세하고 수줍고 마음 상하기 쉬운 사람들이 있었고, 새로운 교파의 신봉자, 인도식 수업의 구도자와 채식주의자 및 그 밖의 사람들도 있었다. 이 모든 사람들과 우리는 사실 각자가 다른 사람의 비밀에 싸인 삶의 꿈에 대해서 경의를 표하는 것 이외엔 아무런 정신적인 공통점을 가지고 있지 않았다. 신과 새로운 소원의 형상에 대한 인류의 탐구를 과거 속에서 추구하며 그들의 연구가 가끔 피스토리우스의 그것을 연상시켜 주는 사람들이 우리들에게 더 가까웠다. 그들은 책을 들고 와서 고대어 원서를 우리에게 번역해 주었고, 고대의 상징과 교리의 도해를 보여 주기도 했다. 이제까지 인류가 가졌던 모든 이상(理想)이란 무의식적인 영혼의 꿈으로, 즉 인류의 손으로 더듬어서 자기들의 미래의 가능성에 대한 예감을 추구한 꿈으로 이루어졌음을 우리가 알 수 있도록 가르쳐 주기도 하였다. 그렇게 해서 우리는 고대 세계의 그 괴상하고도 천 개의 머리를 가진 신들의 무리에서부터 기독교적인 개종의 여명기에 이르기까지 통찰했다. 그 고독하고 경건한 사람들의 종파들과, 민족에서 민족으로 옮겨 간 종교의 변천을 알게 되었다. 그리고 우리들이 수집한 모든 것에서 우리 시대에 대한 비평과 비상한 노력으로, 강력하고 새로운 무기를 생산했지만 결국 심각하고 혹심한 정신의 황폐 속에 빠지게 된 현대 유럽에 대한 비평이 생기게 되었다. 왜냐하면 유럽은 전세계를 얻었지만 그 때문에 자기의 영혼을 잃어버렸기 때문이다.

그곳에도 특정한 희망과 구원설의 신자와 신봉자는 있었다. 유럽을 개종시키려는 불교도들이 있는가 하면 톨스토이 신봉자와 그 밖의 종파들도 있었다. 좁은 범주 안에서 우리는 귀를 기울이고 들었으며, 어떤 교리건 상징 이외의 다른 의미로는 받아들이지 않았다. 우리들 표적이 붙은 사람들에겐 미래의 형성에 대해 아무것도 걱정할 의무가 없었다. 우리들은 모든 종파와 모든 구원설이 애당초 죽어있고 아무런 쓸모가 없는 것으로 생각하였다. 우리가 유일하게 의무와 운명으로 느꼈던 것은 우리들 각자가 완전한 자기 자신이 되고, 자기 내부에서 작용하고 있는 자연의 싹을 정당하게 평가하고, 그 의지에 의해 살아가는 것, 불확실한 미래가 초래하게 될지도 모르는 모든 일에 대비해서 준비를 갖추고 있어야 한다는 것뿐이었다.

이미 언급했건 안했건간에 새로운 탄생과 현재의 것이 붕괴될 날이 가까웠고 이미 느낄 수 있게 되었다는 것은 우리 모두의 감정 속에서는 분명한 것이 되었다. 데미안은 내게 여러 번 이런 말을 하였다. '무슨 일이 올지 짐작할 수 없어. 유럽의 영혼은 무한히 오랫동안 묶여있던 동물과 같아. 그것이 풀려지면 그 최초의 행

동은 결코 좋은 일이 아닐 거야. 그러나 그렇게 오랫동
안 사기당하고 마비되어 버린 영혼의 진정한 고난이 나
타나게 되는 날에는 지름길이나 돌림길이 중요한 게 아
냐. 그렇게 되면 우리들의 날이 올 것이고, 그렇게 되면
우리를 필요로 하게 될 거야. 지도자나 새로운 입법자
로서가 아니라 ―새로운 법률을 우리는 체험하지는 못
할 거야― 오히려 순응자로서, 운명이 부르는 곳이라면
동행하고 그곳에 나설 준비가 되어있는 그런 인간으로
서 말야. 보게나, 모든 인간은 그들의 이상이 위협을 받
게 되면 믿을 수 없을 만한 일을 해낼 준비가 되어있
지. 그러나 새로운 이상, 새롭지만 어쩌면 위험하고도
무서운 성장의 움직임이 문을 두드릴 때에는 아무도 내
다보지 않을 거야. 그때 그곳에 나타나 함께 가는 인간
은 우리가 될 거야. 그것을 위해서 우리에겐 표적이 찍
혀있는 것이니까. 마치 공포와 증오를 불러일으키고 그
당시의 인류를 답답한 목가적 세계에서 위험스러운 넓
은 세계로 몰아넣기 위하여 카인에게 표적이 있던 것과
같이 말야. 인류의 행로에 영향을 준 모든 사람들은 누
구를 막론하고 운명적으로 각오가 되어있기 때문에 그
런 능력이 있었고 활동적이었던 거야. 그것은 모세와
불타에도 적용되고 나폴레옹과 비스마르크에게도 적용
되지. 어떤 파도에 봉사를 하는가, 혹은 어떤 극(極)에
의해서 지배를 받는가 하는 것은 자기의 선택권 내에
있는 것이 아니야. 만일 비스마르크가 사회민주당원들

을 이해하고 그들에 초점을 두었더라면 그는 영리한 인간은 되었을지 모르지만 운명의 인물은 아니었을 거야. 나폴레옹도 그랬고, 시저나 로욜라나 그밖의 모든 사람이 다 그랬지! 우리는 그것을 언제나 생물학적이며 진화론적 견지에서 생각해야 돼! 지구표면의 변혁이 물에 사는 동물을 육지로, 육지에 사는 동물을 물 속으로 몰아 넣었을 때, 새롭고도 전대미문의 일을 완수하고 새로운 적응을 함으로서 자기들의 종족을 구할 수 있었던 것은 운명에 대해 준비를 하고 있었던 좋은 본보기였지. 이런 본보기들이 예전에 자기들 종족 가운데서 보수적이고 보존적인 면에서 뛰어났었는지, 아니면 변태적이고 혁명적이었는지는 우리가 알 수 없어. 그들은 준비가 되어 있었고 그랬기 때문에 새로운 발전 단계로 넘어가면서도 그들의 종족을 구할 수가 있었던 거야. 우리는 그것만 알고 있을 뿐이야. 그래서 우리는 준비를 하려는 것이지."

그런 대화가 있을 때면 에봐 부인도 종종 동석을 했다. 그러나 그 여인 자신이 이런 식으로 얘기를 하지는 않았다. 그 여인은 자기의 생각을 말하는 우리들 각자에게 신뢰가 넘치고 이해성이 충만한 경청자이며 반향이었다. 마치 그런 생각들이 모두 그 여인에게서 나와서 그 여인에게로 되돌아가는 것 같았다. 그 여인 가까이에 앉아있거나 가끔 그 목소리를 듣고 그 여인을 에워싸고 있는 성숙과 영혼의 분위기에 참여하는 것은 여간 행복스러운 일이 아니었다.

만약 나의 내면에서 어떤 변화나 혼탁이나 혁신이 일어나면 그 여인은 곧 그것을 느꼈다. 내가 잠잘 때 꾸는 꿈은 마치 그 여인의 암시에 의한 것같이 생각되었다. 나는 그 여인에게 종종 꿈 이야기를 했다. 그러면 그 꿈은 그 여인에겐 자명하고도 자연스러웠다. 그 여인이 분명한 느낌으로 추종할 수 없는 그런 괴상한 것은 하나도 없었다. 얼마 동안 나는 마치 우리들이 낮에 한 대화의 복제(複製)와도 같은 꿈을 꾸었다. 나는 온 세계가 혼란에 빠지고 나 혼자만이 혹은 데미안과 함께 긴장하여 거대한 운명을 기다리는 꿈을 꾸었다. 운명이란 감추어져 있었지만 어딘지 에바 부인의 모습을 지니고 있었다. 그 여인에게서 선택되거나 배척되는 것, 그것이 바로 운명이었던 것이다.

가끔 그 여인은 미소를 지으며 이런 말을 했다. "당신의 꿈은 완전치가 않아요, 싱클레어. 당신은 가장 좋은 것을 잊고 있어요." 그리고 나서야 다시 그것은 머리에 떠오르게 되었고, 어떻게 그것을 잊어버릴 수가 있었던가 나는 이해할 수가 없었다.

때때로 나는 불만을 느끼고 욕구에 고민했다. 그 여인을 팔에 끌어안지도 못하면서 가까이에서 본다는 것을 더는 참을 수 없는 일로 생각했다. 그것도 그 여인은 곧 알아챘다. 언젠가 내가 여러 날을 가지 않다가 이윽고 미칠 듯한 마음으로 다시 찾아갔을 때, 그 여인은 나를 곁으로 데리고 가서 이렇게 말하는 것이었다. "당신은 당신이 믿지 않는 소원에 몰두하면 안 됩니다. 당신이 무엇을 원하고 있는지를 나는 알고 있어요. 당신은 그런 소원을 포기할 수 있거나 아니면 완전하고 올바르게 원하지 않으면 안 됩니다. 당신이 만일 그 실현을 마음속에서 확신한 만큼 어느 땐가 청원할 수가 있게 되면 또한 실현할 수도 있는 것입니다. 당신은 원하면서도 다시 후회하고 또 겁내고 있어요. 그 모든 것을 극복해야 합니다. 당신에게 이야기를 한 가지 하지요."

그리고 그 여인은 별을 사랑하게 된 젊은이의 이야기를 해 주었다. 그는 바닷가에 서서 손을 뻗치고 별을 우러러보았으며, 별의 꿈을 꾸고 자기의 생각을 그것에 쏟았다. 그렇지만 인간이 별을 포옹할 수 없다는 것을 알고 있었거나 적어도 알고 있다고 생각하였다. 그는 실현할 희망도 없는데 별을 사랑하는 것이 자기의 운명이라고 생각하고 있었다. 그리고 이런 생각에서 체념과 자기를 교화하고 정화시켜 줄 무언의 충실한 고민에 대한 완전한 생명의 시(詩) 한 편을 썼다. 그의 꿈은 그러나 모두 별에 가 있었다. 어느 날 밤, 그는 다시 바닷가 높은 절벽 위에 서서 별을 쳐다보고 그에 대한 사랑에 불타고 있었다. 그리고 그리움이 절정에 달한 순간 그는 뛰어올라 별을 향해서 허공으로 날았다. 그러나 뛰어오르는 순간에 그는 다시 한 번 번개처럼 빨리 생각을 했다. 정말 불가능한 일이야! 라고. 그러자 그는 해변가에 떨어져서 산산조각이 나 죽어 버렸다. 그는 사랑하는 법을 알지 못했던 것이다. 만일 그가 뛰어오른 순간에 굳고 확실하게 실현될 것을 믿는 정신력만 가졌더라면 그는 하늘로 날아 올라가서 별과 하나가 되었을 것이다.

"사랑이란 간청해서는 안 되는 거예요." 그 여인은 말했다. "요구해도 안 되고요. 사랑은 자기의 내면에서 확신에 도달하는 힘을 지녀야만 되는 거예요. 그러면 그것은 끌려가는 것이 아니라 끌어당기게 되는 것이지요. 싱클레어, 당신의 사랑은 저에 의해서 끌리고 있어요. 그것이 나를 끌게 되면 나는 가겠어요. 나는 선물을 주고 싶지는 않아요. 저는 획득을 당하고 싶은 거예요."

그러나 다음 번에 그 여인은 다른 이야기를 해 주었다. 희망도 없이 사랑하는 남자가 있었다. 그는 완전히 자기의 영혼 속에 틀어박혀 사랑하는 나머지 타 없어질 것 같았다. 세상도 그에게는 사라졌고 푸른 하늘도 푸른 숲도 더 이상 보이지 않았다. 시냇물도 그에게는 속삭이지 않았고 하프 소리도 울리지 않았다. 모든 것은 사라져 버렸고 그는 가난하고 비참하게 되었다. 그러나 그의 사랑은 더욱 자라났다. 그는 자기가 사랑하는 그 아름다운 여자에 대한 소유를 단념하느니보다는 차라리 죽어 버리고 멸망해 버리고 싶었다. 그때 그는 자기의 사랑이 자기 내면에 있는 다른 모든 것을 불태워 버렸음을 느꼈다. 그래서 그 사랑은 강력해지고 끌고 또 끌어당기게 되었다. 그래서 그 아름다운 여자는 따라오지 않을 수가 없었고 그 여자는 왔다. 그는 그 여자를 자기에게로 끌어당기기 위하여 두 팔을 벌리고 서 있었다. 그러나 그 여자가 그의 앞에 와서 서자 그 여자는 아주 달라져 버렸다. 그는 자기가 잃어버렸던 온 세계가 자신에게로 당겨졌음을 전율하면서 느꼈고 또 보았다. 그 세계는 그의 앞에 서서 그에게 몸을 내맡겼다. 하늘과 숲과 시냇물, 그 모든 것들이 새로운 빛으로 생생하고도 화려하게 그를 향해 와서 그의 것이 되고 그의 언어를 말하는 것이었다. 그리고 그는 단순히 한 여자를 얻은 것이 아니라 온 세계를 마음속에 갖게 되었으며, 하늘의 모든 별은 그의 내면에서 타오르고 그의 영혼을 뚫고 환희의 불꽃을 반짝였다. 그는 사랑을 했으며 그와 동시에 자기 자신을 발견하였던 것이다. 그러나 사람들은 대부분 자기를 잃어버리려고 사랑을 한다.

에봐 부인에 대한 나의 사랑이 내 생활의 유일한 것처럼 생각되었다. 그러나 그것은 매일같이 달라 보였다. 여러 번, 나는 내 본성이 이끌어 가려고 노력하는 것은 그 여인 개인이 아니라 나의 내면의 상징에 불과하며, 나를 단지 나 자신 속으로 더 깊이 끌고 들어가려는 것이라는 느낌이 확실히 들었다. 때때로 나는 내 마음을 진동시켰던 급박한 질문에 대한 나의 무의식적인 대답과 같이 들리는 말을 그 여인한테서 듣는 일도 있었다. 그리고 나는 그 여인 곁에서 관능적인 욕망에 불타면서 그 여인이 만졌던 물건에 입을 맞추는 순간도 있었다. 그리고 점점 관능적인 사랑과 비관능적인 사랑이, 현실과 상징이 서로 겹치게 되었다. 다음에는 우리 집 내 방에 앉아서 그 여인을 조용한 마음으로 생각하였으며 그때에 그 여인의 손이 내 손에, 그 여인의 입술이 내 입술에 닿는 것 같은 느낌이 들었다. 아니면 나는 그 여인 곁에 있고, 그 여인의 얼굴을 바라보고, 그 여인과 이야기하고, 또 그 여인의 목소리를 들으면서도 그 여인이 현실인지 아니면 꿈인지 알 수가 없는 때도 있었다. 나는 사랑을 어떻게 지속시키고 불멸의 것으로 간직할 수 있는지 예감하기 시작했다. 어떤 책을 읽다가 새로운 인식을 하게 되었는데 그것은 에봐 부인의 키스와 똑 같은 감정이었다. 그 여인은 내 머리를 쓰다듬어 주고 성숙하고 향기로운 따스함으로 내게 미소지어 주었다. 그럴 때면 마치 자신의 내면에서 무슨 진보를 한 듯한 감정을 느꼈다. 내게 중요하고 운명이었던 모든 것은 그 여인의 모습을 지닐 수가 있었다. 그 여인은 나의 모든 사상으로 변신할 수 있었고, 모든 사상은 그 여인으로 변화할 수 있었다.

나는, 2주일이나 에봐 부인과 떨어져서 산다는 것은 틀림없이 고통스러운 일이라 생각했기 때문에 내 양친 집에서 지내야 할 크리스마스 휴가를 두려워했다. 그러나 그것은 고통스럽지는 않았다. 집에 앉아서 그 여인을 생각하는 것도 멋있는 일이었다. 내가 H시로 돌아왔을 때도 그런 안정감과 감각적인 그 여인의 존재에서 독립감을 즐기기 위하여 이틀 동안이나 그 여인의 집을 멀리하고 있었다. 또 나는 그 여인과의 합일을 새로운 비유적인 방법으로 성취하는 꿈을 꾸었다. 그 여인은 내가 흘러들어가는 바다였다. 그 여인은 별이었고 나 자신도 별로서 그 여인에게로 가는 도중이었다. 그리고 우리는 서로 만났고, 서로 이끌고 있음을 느꼈으며 함께 머물렀고, 가깝고 쟁쟁하게 울리는 원을 그리면서 서로의 주위를 영원토록 행복하게 돌고 있었다.

내가 다시 그 여자를 방문했을 때 나는 그 꿈 이야기를 했다.

"그 꿈은 아름답군요." 그 여인은 조용히 말했다. "그것이 진실이 되도록 하세요!"

이른 봄철에 내가 결코 잊을 수 없는 날이 왔다. 나는 홀로 들어갔다. 한쪽 창문이 열려있었고, 훈훈한 기류가 히아신스의 무거운 향기를 방안으로 휘몰아 왔다. 아무도 보이지 않기에 계단을 올라가서 막스 데미안의 서재로 갔다. 나는 가볍게 문을 두드리고 언제나 그랬듯이 답도 기다리지 않고 들어섰다.

방은 어두웠고 커튼은 모두 닫혀있었다. 막스가 화학 실험실로 꾸며놓은 조그마한 옆방으로 가는 문이 열려져 있었다. 그곳에서 비구름을 통해 비치는 밝고 하얀 봄 햇살이 들어오고 있었다. 나는 아무도 없다고 생각하고 한쪽 커튼을 젖혔다.

그때 커튼이 쳐진 창문 가까이에 있는 걸상 위에 막스 데미안이 웅크리고 이상스럽게 변모한 모습으로 앉아있는 것을 보았다. 그러자 번개처럼, 언젠가 이런 일을 경험한 적이 있었지! 하는 느낌이 들었다. 그는 두 팔을 꼼짝도 하지 않고 내려뜨리고 두 손을 무릎 위에 올려놓고 있었다. 눈을 크게 뜨고 약간 앞으로 숙여진 그의 얼굴은 초점을 잃고 사멸해 있었으며, 눈동자에는 작고 반짝이는 빛이 반사되어 마치 한 조각의 유리처럼 빛나고 있었다. 창백한 얼굴은 자기 내면에 침잠해 있었으며 무시무시한 마비 상태 이외의 다른 표정은 없었다. 그것은 마치 사원의 현관에 있는 태고적 짐승의 얼굴과도 같았다. 그는 숨도 쉬지 않는 것처럼 보였다.

추억은 나를 몸서리치게 하였다. 수년 전 내가 조그마한 아이였을 때 나는 이런 일을, 이와 꼭 같은 것을 본 적이 있었다. 그렇게 두 눈은 내면을 응시하고 있었고, 그렇게 두 손은 생기없이 나란히 놓여 있었으며, 파리가 한 마리 그의 얼굴에서 기어다니고 있었다. 그리고 아마 육 년 전인가 그때에도 그는 꼭 이렇게 나이가 들고 시간을 초월한 듯 보였으며, 얼굴의 주름살 하나까지도 오늘과 다르지 않았던 것이다.

공포감에 사로잡혀 조용히 방에서 나와 계단을 내려 갔다. 홀에서 에봐 부인을 만났다. 그 여인은 창백하고 피로해 보였는데 지금까지 그 여인의 그런 표정을 본 일이 없었다. 그림자가 창문을 스치고 지나갔고 눈부신

하얀 햇빛이 갑자기 사라져 버렸다.

"저는 막스에게 갔었어요." 나는 빨리 속삭였다. "무슨 일이 있었나요? 그가 잠을 자는 건지 아니면 침잠해 있는 건지 모르겠어요. 예전에도 그런 것을 한 번 보았어요."

"그 애를 깨우지는 않았겠지요?" 그 여인은 급히 물었다.

"아니오. 그는 제가 들어간 것도 알지 못했어요. 저는 곧 되돌아 나왔어요. 에봐 부인, 그가 왜 그런지 말해 주시겠습니까?"

그 여인은 손등으로 이마를 쓰다듬었다.

"안심해요, 싱클레어. 아무 일도 없을 거예요. 그는 자신에 침잠한 거예요. 오래 걸리지는 않을 거예요."

그 여인은 일어섰으며 막 비가 내리기 시작했는데도 정원으로 나갔다. 나는 함께 가서는 안 된다고 느꼈다. 그래서 홀 안에서 왔다갔다하며 마취시킬 듯 향기를 풍기는 히아신스 냄새를 맡기도 하고, 문 위에 걸린 나의 새 그림을 쳐다보기도 하면서 이 집을 가득 채우고 있는 이상한 그림자를 마음 졸이며 호흡하고 있었다. 이것은, 어찌된 것일까? 무슨 일이 일어난 것일까?

에봐 부인은 곧 돌아왔다. 빗방울이 그 여인의 까만 머리에 달려있었다. 그 여인은 안락의자에 앉았다. 피로가 그 여인을 누르고 있었다. 나는 그 여인 옆으로 가서 그 여인 위에 몸을 굽히고 머리에 맺힌 물방울에 키스했다. 여인의 눈은 밝고 조용했다. 그러나 그 물방울은 눈물 같은 맛이 났다.

"그를 보고 올까요?" 나는 속삭이듯 말했다.

그 여인은 연약하게 미소를 지었다.

"어린애 같은 짓 말아요, 싱클레어!" 그 여인은 자기 내면의 마력을 깨뜨리기라도 하려는 듯 큰 소리로 나무랬다.

"이제 가 보세요. 그리고 후에 다시 와요. 나는 지금 당신에게 얘기할 수가 없어요."

나는 뛰쳐나와 집과 도시를 지나서 산으로 달려갔다. 비스듬히 내리는 가는 비가 마주쳐 왔고 구름은 무겁게 압축되어 겁을 집어먹은 듯이 나지막하게 흘러가고 있었다. 아래 쪽에는 거의 바람이 불지 않았으나 높은 곳에서는 폭풍이 일고 있는 것 같았다. 때때로 잠시 동안 태양이 강철 같은 잿빛 구름 사이에서 파리하고 눈부시게 비쳐나왔다.

그러자 하늘에는 느슨한 황색 구름이 흘러갔다. 구름이 잿빛의 벽에 걸리고 바람은 몇 초 동안에 그 황색 구름과 푸른 하늘로써 한 개의 상을, 한 마리의 거대한 새를 형성해 냈다. 그것은 푸른 혼돈에서 뛰쳐나와서 훨훨 날개를 치며 하늘로 사라져 버렸다. 그리고 나자 폭풍 소리가 들려왔고 비는 우박과 뒤섞여서 빗발치며 떨어졌다. 짤막하지만 요란스럽고 무섭게 울리는 천둥이 빗발에 얻어맞은 풍경 위에 울려퍼졌다. 그러다가 곧 다시 햇살이 새어나왔고, 갈색의 수풀 너머 가까운 산봉우리 위에 파리한 눈이 어슴푸레하게 비현실적인 모습으로 빛나고 있었다.

비에 젖고 바람에 시달리다 몇 시간 후에 돌아왔을 때는 데미안이 직접 대문을 열어 주었다.

그는 자기 방으로 나를 데리고 올라갔다. 실험실에는 가스 불이 타고 있었고 종이가 사방에 흩어져 있었다. 그는 일을 하고 있었던 것 같았다.

"앉게나." 그는 권했다. "자네 피곤할 거야. 더러운 날씨였어. 바깥에서 열심히 헤맨 것 같군. 곧 차를 가져올 거야."

"오늘은 무슨 일이 있는 거야?"

나는 망설이면서 말을 시작했다.

"그저 약간의 비바람뿐일 수는 없어."

그는 살피듯이 나를 쳐다보았다.

"자네는 무엇인가 보았지?"

"그래, 구름 속에서 잠깐 동안 분명히 하나의 상을 보았어."

"무슨 상을?"

"한 마리의 새였어."

"그 매던가? 그것이었어? 자네의 꿈의 새 말야?"

"응, 그건 나의 매였어. 누렇고 굉장히 컸었는데 검푸른 하늘로 날아들어가 버렸어."

데미안은 깊은 한숨을 내쉬었다.

문을 두드리는 소리가 났다. 늙은 하녀가 차를 가져
왔다.

"자, 들게, 싱클레어. 자네가 우연히 그 새를 본 것으
로 여겨지지는 않는데?"

"우연이라고? 그런 것을 우연히 볼 수가 있을까?"

"좋아, 있을 수 없지. 그건 무엇인가를 의미하고 있는
거야. 무엇을 의미하는지 알겠나?"

"아니, 나는 그것이 그저 동요를, 운명 속에서의 일보
를 의미한다고 느낄 뿐이야. 나는 그게 우리들 모두하
고 관계가 있다고 생각해."

그는 성급하게 왔다갔다했다.

"운명 속에서의 일보라!" 그는 크게 소리쳤다. "나도
그와 똑 같은 것을 어젯밤에 꿈꾸었지. 그리고 어머니
에게도 어제 똑같은 것을 말해 주는 예감이 있었다네.
나는 사다리를 타고 나무인지 탑인지를 기어 올라가는
꿈을 꾸었지. 위에 올라갔을 때 커다란 평야였던 나라
전체의 도시와 마을이 불타고 있는 것을 보았지. 나는
아직 전부를 이야기할 수는 없어. 아직도 내겐 모든 것
이 명확하지가 않아."

"자네는 꿈을 자네와 관련시켜 해석하나?"

하고 나는 물었다.

"나와 관련해서냐고? 물론이지. 자기와 관계되지 않
는 꿈을 꾸는 사람은 아무도 없어. 그러나 그것은 나 혼
자에게만 관련되는 것은 아니지. 그건 자네가 옳아. 나

는 내 자신의 영혼 가운데서 동요가 나타나는 꿈과, 아주 드물긴 하지만 전인류의 운명을 암시하는 꿈을 아주 정확하게 구별하지. 나는 그런 꿈을 어쩌다 꾸어 보았지. 그리고 그것이 예언이었고 실현되었다고 할 수 있는 꿈은 한 번도 꾸어 본 일이 없어. 해석이 너무 애매하겠지. 그러나 내게만 관계하는 꿈이 아니라는 것을 분명히 알고 있어. 다시 말해서 그 꿈은 지금도 계속되고 있는 옛날의 다른 꿈에 속하는 것이야. 그 꿈들은 싱클레어, 벌써 자네한테 말했던 예감을 갖고 있는 그런 것이야. 우리들의 세계가 정말 썩었다는 것을 알고는 있지만 그것으로 세상이 멸망한다거나 그와 비슷한 예언을 할 수 있는 근거는 못될 거야. 그러나 나는 여러 해 전부터 꿈을 꾸고 있는데 그것으로 결론을 내리거나 느끼거나 혹은 자네가 원하는 대로 말해도 좋지만, 어쨌든 낡은 세계의 붕괴가 가까이 오고 있다는 것을 느끼고 있지. 그것은 처음에는 아주 약하고 요원한 예감이었지만 점점 뚜렷해지고 강해졌지. 아직도 나는 나와도 관계가 있는 어떤 거대하고 무서운 것이 다가오고 있다는 것 이외에는 아무 것도 모르고 있네. 싱클레어, 우리들이 여러 번 이야기했던 것을 경험하게 될 거야! 세상은 자신을 혁신시키려 하고 있어. 죽음의 냄새가 나지. 죽음 없이는 아무런 새로운 것이 생기지 않아. 그것은 내가 생각했던 것보다 더욱 몸서리가 치는 일이야."

깜짝 놀라서 나는 그를 응시했다.

"자네 꿈의 나머지를 이야기해 줄 수 없겠나?" 나는 수줍은 듯이 부탁했다.

그는 머리를 가로저었다.

"안 돼."

문이 열리고 에봐 부인이 들어왔다.

"여기 같이들 앉아있었구나! 너희들 슬퍼하고 있지는 않을 테지?"

그 여인은 이젠 생기가 돌고 전혀 피로해 보이지 않았다. 데미안은 미소를 지어 보였으며, 그 여인은 불안해 하고 있는 아이들에게로 가는 어머니처럼 우리들에게로 왔다.

"우리는 슬퍼하고 있지 않아요, 어머니. 우리는 새로운 표적을 좀 풀어 보고 있었어요. 그렇지만 물론 그건 아무런 관계도 없어요. 오려고 하는 것은 갑자기 나타날 것이며, 그렇게 되면 우리가 알 필요가 있는 것을 우리는 경험하게 될 것입니다."

그러나 나는 기분이 나빴다. 그래서 작별을 하고 홀을 지나갈 때에, 아까 그 향기롭던 히아신스 냄새가 시들고 무미하고 송장처럼 느껴졌다. 하나의 그림자가 우리 머리 위에 떨어졌던 것이다.

제8장 종말의 발단

　나는 여름학기에도 H시에 머물 수 있도록 내 뜻을 관철했다. 집안에 있는 대신에 우리는 언제나 시냇가의 정원에서 지냈다. 하여튼 레슬링에 완전히 패배한 그 일본인은 떠났으며 톨스토이 신봉자 또한 사라졌다. 데미안은 말을 가졌으며, 매일같이 끈기있게 말을 탔다. 나는 종종 그의 어머니하고만 있었다.

　때때로 나는 내 생활의 평화로움에 대하여 이상스럽게 여겼다. 나는 너무나 오랫동안 고독하게 지내는 일과 단념하는 것, 그리고 나의 고통과 싸워가는 데에 익숙해 있었으므로 H시에서 지낸 수개월을 마치 안락하고 황홀한 채 오로지 아름답고 쾌적한 일들과 감정 속에서만 살아도 되는 꿈의 섬같이 생각하였다. 나는 이것이 우리가 생각했던 저 새롭고 더 높은 공동체의 전조임을 예감했다. 그러나 가끔 나는 그것이 오래 지속될 수 없다는 것을 잘 알고 있었기 때문에 행복을 넘어서 깊은 비애에 사로잡혔다. 나는 풍성과 안락 속에서 호흡하도록 태어나지는 않았고, 고뇌와 광분을 필요로 했다. 언젠가는 이 아름다운 사랑의 영상에서 눈을 뜨고, 다시 나는 오로지 고독과 투쟁만이 있을 뿐 아무런 평화도 공존도 없는 다른 사람들의 차가운 세계 속에서 완전히 혼자 고독하게 서게 되리라는 것을 느꼈다.

그리하여 나는 내 운명이 아직 이 아름답고 고요한 모습을 지니고 있는 것을 기뻐하며 갑절의 애정을 품고 에봐 부인 곁에 달라붙어 있었다.

여름의 몇 주일은 빨리 그리고 쉽사리 지나갔으며 2학기도 벌써 끝나가고 있었다. 이별이 목전에 다가와 있었다. 나는 이별을 생각해서는 안 되었고 생각하지도 않았으며, 꿀이 든 꽃 위의 나비와 같이 이 아름다운 날들에 매달려 있었다. 그것은 행복의 시절이었고, 내 인생에서 최초의 충만이며 결속에의 입회였다. 다음에는 무슨 일이 올 것인가? 나는 또다시 싸워나갈 것이며, 동경으로 괴로워하고 꿈을 꿀 것이며, 고독해질 것이다.

그 무렵 어느 날 이런 예감이 몹시 강하게 엄습해 왔으므로 에봐 부인에 대한 나의 사랑이 갑자기 고통스럽게 불타올랐다. 맙소사, 머지 않아 나는 그 여인을 더 이상 보지 못하게 되고 집안을 돌아다니는 그 여인의 확고하고 다정한 발걸음도 듣지 못하게 되며, 앞으로는 내 책상 위에서 그 여인의 꽃을 보지도 못하게 되는 것이다! 그런데 나는 무엇을 얻었던가! 그 여인을 얻는 대신에 그 여인을 얻으려 싸웠고, 그 여인을 영원히 나의 것으로 빼앗는 대신에 꿈을 꾸었고, 쾌감 속에 내 몸을 맡겼을 뿐이었다. 이전에 그 여인이 진정한 사랑에 대해서 해 준 모든 이야기와, 수백의 세련된 경고의 말들과 수많은 가벼운 유혹들, 혹은 약속들이 머리에 떠올랐다. 나는 그것으로 무엇을 이룰 수가 있었던가? 아무 것도 없다! 아무 것도 없는 것이다!

나는 내 방의 한가운데에 서서 나의 의식을 완전히 집중시켜 에봐 부인을 생각했다. 나는 그 여인으로 하여금 내 사랑을 감득케 하고, 그 여인을 내게로 끌어당기기 위하여 내 영혼의 힘을 집중하려고 했다. 그 여인은 와야 하며 나의 포옹을 열망해야만 한다. 나의 키스는 그 여인의 무르익은 사랑의 입술을 지칠줄 모르고 파헤쳐 놓치 않으면 안 되는 것이다.

나는 선 채로 손가락과 발에서부터 차가와 올 때까지 긴장해 있었다. 나는 힘이 내게서 빠져나갔음을 느꼈다. 잠시 동안 무엇인가 밝고 차가운 것이 나의 내면에 굳고 빽빽하게 응결되었다. 내 가슴 속에 수정이라도 지닌 듯한 기분이 들었다. 그리고 그것이 나의 자아(自我)라는 것을 알았다. 냉기가 가슴까지 올라왔다.

무서운 긴장에서 깨어났을 때 무엇인가 오고 있음을 느꼈다. 나는 죽을 지경으로 지쳐있었지만 불태우며 황홀해져 에봐가 방안으로 들어서는 광경을 기대하고 있었다.

그때에 말발굽 소리가, 긴 거리를 달가닥거리며 다가왔다. 그 소리는 아주 가까운 데서 요란스럽게 울리더니 갑자기 중단되었다. 나는 창가로 뛰어갔다. 데미안이 말에서 내리고 있었다. 나는 밑으로 내려갔다.

"무슨 일인가, 데미안? 설마 자네 어머니에겐 아무런 일도 없겠지?"

그는 내 말을 듣고 있지 않았다. 그는 매우 창백했으며 땀이 그의 이마에서 양쪽 뺨 위로 흘러내리고 있었다. 그는 헐떡이는 말의 고삐를 정원 울타리에 매고서는 나의 팔을 잡고 나와 함께 거리로 내려갔다.

"자네도 벌써 무엇인가 알고 있나?"

나는 아무 것도 몰랐다.

데미안은 나의 팔을 쥔 채 어둡고 동정적이며 이상스러운 눈초리로 얼굴을 내게로 돌렸다

"그래, 이봐, 이제 터졌다네. 자네도 물론 러시아와의 초긴장 상태에 대하여는 알고 있었지……."

"뭐라고? 전쟁이 일어났어? 나는 그러리라고 생각하지는 않았어."

그는 가까이에 아무도 없는데도 나지막하게 말했다.

"아직 공포하지는 않았어. 그러나 전쟁이야. 내 말을 믿게나. 이제까지 이 문제를 가지고 자네를 괴롭히지는 않았어. 그러나 나는 그 무렵부터 세 번이나 새로운 징조를 보았어. 그러니까 그것은 세계의 몰락도 아니고 지진도 아니며 혁명도 아니야. 전쟁이 일어나는 거야. 자네는 사태가 어떻게 되어가는지를 보게 될 거야! 사람들에게 그것은 기쁨이 될 것이고 벌써 지금도 그들은

전쟁이 시작되는 것을 기뻐하고 있단 말야. 그들에겐 인생이 그렇게 무미해져 버린 거야. 하지만 싱클레어, 자네는 이것이 단지 발단에 불과하다는 것을 알게 될 거야. 아마도 대전쟁이, 굉장한 대전쟁이 될 걸세. 하지만 그것도 역시 단순히 발단에 불과하지. 새로운 것이 시작되고 있네. 한데 그 새로운 것이란 낡은 것에 집착하고 있는 사람들에게는 깜짝 놀랄 일이 될 거야. 자네는 어떻게 하나."

나는 어리둥절했다. 모든 것이 내게는 아직도 의아스럽고 사실처럼 들리지가 않았다.

"나는 모르겠어. 한데 자네는?"

그는 어깨를 으쓱했다.

"동원당하게 되면 곧 입대하겠네. 나는 소위야."

"자네가? 그런 줄은 조금도 몰랐어."

"그렇지. 그것은 나의 적응 중의 하나야. 자네도 알지만 나는 외부에 두드러지기를 좋아하지 않았고, 언젠가 올바르게 살기 위해서 지나치게 많은 일을 해 왔지. 나는 일주일 안에 전쟁터에 나가 있을 것으로 생각하네."

"하나님 맙소사."

"왜 그래, 이봐, 감상적으로 그것을 해석해서는 안 되네. 물론 살아있는 사람에게 발포를 명령한다는 것이 내게도 절대 재미있는 일은 아냐. 하지만 그것은 부차적인 문제지. 이제 우리들 모두는 커다란 수레바퀴 속으로 휩쓸려 들어갈 걸세. 자네도 마찬가지야. 자네도 확실히 징집당하게 될 거야."

"그럼, 자네 어머니는, 데미안?"

그제야 비로소 나는 15분 전에 있었던 일이 다시 머리에 떠올랐다. 얼마나 세상이 변해 버렸는가! 그 달콤한 영상을 불러일으키려고 나는 온 힘을 집중했다. 그런데 이제 운명은 갑자기 위협적으로 무서운 가면 속에서 새로이 나를 노려보고 있었다.

"우리 어머니 말야? 아, 어머니 걱정은 조금도 할 필요가 없어. 어머니는 안전하셔. 이 세상의 어느 누구보다도 안전하시지. 자네는 어머니를 몹시도 사랑하고 있지?"

"자네도 그것을 알고 있었군, 데미안?" 그는 밝고 아주 활달하게 웃었다.

"이 어린 친구야! 물론 그걸 알고 있었지. 우리 어머니를 사랑하지 않고서 에봐 부인이라고 부른 사람은 아직 아무도 없었다네. 한데, 그건 어땠지? 자네는 오늘 어머니나 나를 불렀지, 그렇지 않아?"

"응, 불렀어. 나는 에봐 부인을 불렀어."

"어머니는 그것을 감지하셨어. 어머니가 갑자기 나를 자네한테 가도록 보내신 거야. 난 그때 마침 어머니에게 러시아에 관한 소식을 이야기하고 있었지."

우리는 다시 돌아섰으며 이젠 별로 말이 없었다. 그는 자기의 말을 풀고 올라탔다.

위층 내 방에 돌아와서야 비로소 나는 데미안의 통지에 의해서, 아니 오히려 그 이전의 긴장에 의해서 얼마나 지쳐 있었던지를 느꼈다. 하지만 에봐 부인은 내가 부르는 소리를 들었던 것이다! 나는 내 마음속의 생각으로 그 여인에게 도달했던 것이다. 그 여인이 몸소 왔더라면……. 모든 것들은 얼마나 이상한 일이며 결국 얼마나 아름다웠을까! 전쟁이 일어난다는 소문이었다. 우리가 종종 이야기했던 일이 일어나기 시작하리라는 것이었다. 그런데 데미안은 그에 대해 상당히 많은 것을 미리 알고 있었다. 이상스럽게도 지금 세계의 조류는 어느 곳에선가 우리 곁을 지나가고 있는 것이 아니라, 갑자기 우리의 가슴을 통해 흘러가고, 모험과 거친 운명이 우리를 부르고, 지금 아니면 불원간에 이 세계가 스스로 변화하려 하며 우리를 필요로 하는 순간이 다가온 것이다. 데미안이 옳았다. 감상적으로 그것을 받아들여서는 안 되었다. 주목할 만한 일은 이제 내가 그다지도 고독했던 〈운명〉을 그렇게 많은 사람들과, 온 세상과 더불어 경험해야 한다는 것뿐이었다. 물론 좋다!

나는 준비가 되었다. 저녁 때 시내를 걸어다니자 구석구석마다 대단한 흥분에 들끓고 있었다. 어디를 가도 〈전쟁〉이라는 말뿐이었다!

나는 에봐 부인의 집에 갔다. 우리는 정원의 정자에서 저녁을 먹었다. 내가 유일한 손님이었다. 아무도 전쟁에 관해서는 한 마디도 하지 않았다. 다만 밤이 늦어 내가 떠나려 할 때 에봐 부인이 말했다.

"사랑하는 싱클레어, 당신이 오늘 나를 부르셨지요.

왜 내가 몸소 가지 않았는지를 아시겠지요. 그러나 이
걸 잊지 마세요. 당신은 이제 부르는 법을 아십니다. 그
러니 언제든지 표적을 지닌 누군가를 필요로 할 때에는
다시 부르세요!"

그 여인은 일어나서 정원의 황혼 속을 걸어갔다. 그
리고 그 여인의 머리 위에서는 수많은 별들이 조그맣고
사랑스럽게 빛나고 있었다.

종말이 다가왔다. 사태는 급격히 진전되었고 곧 전쟁
이 일어났다. 데미안은 은회색 외투의 군복을 입고 이
상하게도 낯선 태도로 떠나갔다. 나는 그의 어머니를
집으로 데려다 주었다. 곧 나도 그 여인과 작별을 했다.
그 여인은 내 입술에다 키스를 하고 잠시 동안 나를 자
기의 가슴에 끌어안았다. 그 여인의 큰 두 눈은 나의
눈 가까이에서 확고한 채 불타고 있었다.

모든 사람들은 형제가 된 것 같았다. 그들은 조국과
명예를 생각했다. 그러나 그것은 모두가 한 순간 가려
져 있지 않는 운명의 얼굴을 들여다 본 것이다. 젊은
사람들은 병사에서 나와서 기차를 탔다. 그리고 수많은
얼굴에서 표적을 보았다. ─우리들의 것이 아니라─ 그
것은 사랑과 죽음을 의미하는 아름답고 고귀한 표적이
었다. 나는 전혀 본 적이 없는 사람들에게 포옹을 당했
다. 그리고 나는 그것을 이해했고 기꺼이 그것에 답했
다. 그들이 그런 짓을 하는 것은 흥분 때문이지, 운명의

의지는 아니었다. 그러나 그 흥분은 신성했다. 그것은 그들 모두가 운명의 눈 속을 짧고도 고취적인 눈초리로 바라본 데서 기인했던 것이다. 내가 전쟁터로 갔을 때는 이미 겨울이 다 되어 있었다.

처음에 나는 사격으로 인한 감동에도 불구하고 모든 것에 실망했다. 옛날에 나는 왜 그렇게도 극도로 적은 인간만이 하나의 이상을 위하여 살 수 있는 것일까 하고 곰곰이 생각해 본 적이 많았다. 그런데 지금 나는 많은 사람들이, 그래 모든 사람들이 하나의 이상을 위하여 죽을 수 있음을 보았다. 다만 그것은 하등 개인적이거나 자유롭거나 선택된 이상일 수는 없었으며, 공통적이고 부과받은 이상이었다.

그러나 시간이 감에 따라 나는 내가 인간을 과소 평가하였음을 알았다. 아무리 군무와 공통적인 위험이 그들을 획일화하였다고 하더라도 살아있는 사람이거나 죽어가는 사람들이거나 훌륭한 태도로 운명의 의지에 접근하고 있는 것을 보았던 것이다. 많은 사람들, 매우 많은 사람들은 공격시뿐만 아니라 어느 때건 목적에 대해서는 아무 것도 아는 것이 없었고, 거대한 괴물에 대한 완전한 몰두를 의미하는 확고하고 아득하고 약간 정신이 나간 듯한 시선을 가지고 있었다. 설사 이들이 언제나 자기들이 원하는 바를 믿고 또 생각하고 있을지라도 그들은 준비를 하고 있었으며, 그들은 쓸 만했고, 그들에게서 미래가 형성되고 있었다. 그리고 이 세계가 전

쟁과 영웅주의에 대해서, 명예와 다른 낡은 이상에 대
하여 완강히 고집하고 있는 것처럼 보이면 보일수록,
외관적인 인간성의 모든 음향이 아득하고 비현실적으로
울리면 울릴수록, 이 모든 것은 전쟁의 외적이고 정치
적인 목적에 대한 질문과 마찬가지로 피상적인 것에 불
과했다. 왜냐하면 많은 사람들을 볼 수가 있었고 많은
사람들이 내 옆에서 죽어갔다. 그들에게는 증오와 분
노, 살육과 파괴도 그 대상물에 결부되어 있지 않았다.
그렇다. 그 대상물이란 그 목적과 마찬가지로 전혀 우
연한 것이었다. 본래의 감정은 가장 과격한 것까지도
적을 향한 것은 아니었다. 그 피비린내 나는 소행은 내
면의 방사였으며, 새로이 탄생하기 위하여 미쳐 날뛰고
죽이고 파괴하고 죽어 버리려고 하는 내면에서 분열된
영혼의 방사에 불과했다. 한 마리의 거대한 새가 알에
서 나오려고 싸우고 있었다. 그런데 그 알은 세계였고
그 세계는 산산조각이 나지 않으면 안 되었던 것이다.
　우리가 점령한 농장 앞에서 나는 어느 이른 봄날 밤
에 보초를 서고 있었다. 맥없는 바람이 변덕스럽게 간
간이 불어오고 플란더 지방의 높은 하늘로 구름 떼가
흩날려 가고 있었으며, 그 뒤 어느 곳엔지 달이 떠 있
는 예감이었다. 온종일 나는 불안했다. 어떤 알 수 없는
걱정이 내 마음을 어지럽게 했던 것이다. 나는 어두운
초소에서 이제까지의 내 생활과 에바 부인과 데미안에
대해서 열렬히 생각하고 있었다. 나는 백양나무에 기대

어 서서 움직이고 있는 하늘을 응시했다. 남 몰래 떨고 있는 하늘의 밝은 빛은 곧 솟아오르는 커다란 상(像)의 행렬이 되었다. 나는 나의 맥박이 이상하게도 가냘프게 뛰고, 바람과 비에 대한 내 피부의 무감각함과 반짝이는 내면적 경각성에서 지도자가 내 주위에 있다는 것을 감지했다.

구름 속에 대도시가 보였다. 그곳에서 수백만 명의 사람들이 흘러나와서 광대한 지역으로 혼잡을 이루며 퍼져나갔다. 그들 한가운데에, 반짝이는 별을 머리에 달고 산맥처럼 거대하며 마치 에봐 부인과 같은 모습을 지닌 어떤 강력한 신의 모습이 나타났다. 그 속으로 인간들의 대열은 마치 거대한 농굴 속으로 들어가듯 사라져 가서는 없어져 버렸다. 그 여신(女神)은 땅바닥에 웅크리고 앉았으며 이마 위에는 점이 환하게 빛나고 있었다. 꿈이 그 여신을 지배하고 있는 것처럼 보였다. 여신은 두 눈을 감았다. 그리고 그 커다란 얼굴이 고통으로 일그러졌다. 갑자기 여신은 날카롭게 소리를 질렀다. 그러자 이마에서 별들이, 수없이 많은 반짝이는 별들이 튀어나왔고, 그것들은 멋진 활모양과 반원을 그리면서 어두운 하늘로 날아 올라갔다.

그 중 하나의 별이 날카로운 음향을 내면서 똑바로 나를 향해 날아와서 나를 찾는 것 같았다. 그러자 그것은 굉장한 소리를 내며 수없는 불꽃으로 파열하였고, 나를 이끌어 올렸다가는 다시 땅바닥에 내동댕이쳤다. 우뢰 같은 소리를 내면서 세계는 내 위에서 붕괴하였다.

나는 흙에 뒤덮여 많은 상처를 입은 채 백양나무 가까이에서 발견되었다.

나는 지하실에 누워있었다. 포탄이 내 위에서 으르릉대고 있었다. 차 안에 누워서 나는 황막한 벌판을 덜커덕거리며 지나갔다. 대개 잠을 자거나 의식을 잃고 있었다. 그러나 잠을 깊이 자면 잘수록 무엇인가가 나를 끌어당기고, 나를 지배하는 어떤 힘을 따라가고 있음을 더욱더 격렬하게 느꼈다.

나는 마굿간에 누워있었다. 어두웠다. 누군가가 나의 손을 밟았다. 그러나 나의 내면은 계속해서 가려고 했다. 나는 한층 더 강력하게 끌리고 있었던 것이다. 다시 나는 차안에 누웠고 그 후에는 들것에 혹은 사다리 위에 누워있었다. 점점 더 강렬하게 나는 어디론가 갈 것을 명령받고 있음을 느꼈다. 나는 마침내 그곳까지 가려고 하는 충동 이외에 아무 것도 느끼지 않았다.

드디어 나는 목적지에 왔다. 밤이었다. 나는 완전한 의식을 갖고 있었다. 방금까지도 강력한 인력과 충동을 느꼈던 것이다. 나는 홀 안 바닥 위에 잠자리를 펴고 누워있었으며, 내가 부름을 받은 그곳에 와 있음을 느꼈다. 나는 사방을 둘러보았다. 내 잠자리 바로 옆에 다른 잠자리가 있었고 그 위에 누군가가 누워있었다. 그는 몸을 굽혀서 나를 바라보았다. 그는 이마에 표적을 달고 있었다. 그것은 막스 데미안이었다.

나는 말을 할 수가 없었다. 그도 할 수가 없었거나 하려고 하지를 않았다. 그는 그저 나를 바라볼 뿐이었다. 머리 위 벽에 걸린 등불빛이 그의 얼굴을 비춰주고 있었다. 그는 나에게 미소를 지어 보였다.

무한히 오랜 시간 동안 그는 끊임없이 나의 눈을 들여다 보고 있었다. 천천히 그는 자기의 얼굴을 내 가까이로 밀었으며 우리는 거의 살이 맞닿을 정도까지 되었다.

"싱클레어!" 그는 속삭이듯 말하였다.

나는 그에게 말을 알아듣는다고 눈으로 신호했다.

그는 동정이라도 하는 듯이 다시 미소를 지었다.

"어린 꼬마야!" 그는 웃으면서 말했다.

그의 입은 바로 내 입 가까이에 있었다. 나지이 그는 말을 계속했다.

"프란츠 크로머를 아직도 기억할 수 있나?" 그는 물었다.

나는 그에게 눈을 깜박였다. 그리고 미소를 지을 수도 있었다.

"여보게, 싱클레어, 들어 봐! 난 떠나가야만 될 거야. 자네는 아마 언젠가 나를 다시 필요로 하겠지. 크로머나 혹은 다른 일 때문에 말야. 그때는 자네가 나를 불러도 나는 더 이상 그렇게 간단히 말을 타고 오거나 기차를 타고 올 수는 없을 거야. 그럴 때엔 자네 자신의 내면에 귀를 기울여야 되네. 그러면 내가 자네의 내면에 깃들어 있게 될 거야. 알겠어? 그리고 또 한 가지!

에봐 부인이 말하기를, 만일 자네가 언젠가 잘못되면 내게 함께 주어 보낸 그분의 키스를 자네한테 해 주라고 하셨네…… 눈을 감게나, 싱클레어!"

나는 순순히 눈을 감았다. 조금씩 흐르는 피가 전혀 그치려 하지 않는 내 입술 위에서 가벼운 키스가 느껴졌다. 그리고 나서 나는 잠이 들었다.

이튿날 아침 눈을 떴다. 나는 붕대를 감아야 했다. 완전히 잠에서 깨어난 나는 빨리 옆자리로 몸을 돌렸다. 그곳에는 내가 한 번도 본 일이 없는 낯선 사람이 누워있었다.

붕대를 감는 것은 아팠고, 그 이후에 내게 일어난 모든 일도 아프기만 했다. 그러나 나는 가끔 열쇠를 찾아내어 어두운 거울 속에 운명의 상이 졸고 있는 나 자신의 내면으로 완전히 내려가기만 하면, 나는 다만 그 어두운 거울 위에 몸을 굽히기만 하면 되었다. 그러면 이젠 완전히 그 사람과 같은, 내 친구며 지도자인 그 사람과 같은 내 자신의 모습을 보게 되는 것이다.

옮긴이 약력

1940년 충북 출생
한국외국어대학 및 동 대학원 독일어과 졸업
서독 뮌헨대학 및 뷔르츠부르크 대학에서 독문학 연구
1972년 헤르만 헤세에 대한 연구 논문으로 문학박사
한국외국어대학 독일어과 교수

주요 논문 및 편저서
≪베르테르의 슬픔≫에 나타난 자연의 문제
Ostasiatische Anschauungen im Werk H. Hesses
독일 단편소설집
욘손 作 ≪장미와 불의 꿈≫ 외 다수

데미안　　　　　　　　〈서문문고154〉

초판 발행 / 1974년 12월 5일
개정판 발행 / 1996년 9월 30일
지은이 / 헤르만 헤세
옮긴이 / 이 인 웅
펴낸이 / 최 석 로
펴낸곳 / 서 문 당
주소 / 서울시 마포구 성산1동 20—12호
전화 / 322—4916~8 팩스 / 322—9154
등록일자 / 1973. 10. 10
등록번호 / 제13-16

* 잘못된 책은 바꾸어 드립니다